O PODER E A GLÓRIA

GRAHAM GREENE
O PODER E A GLÓRIA

introdução de john updike

tradução de mário quintana

Copyright desta edição © Graham Greene, 1940
Copyright da tradução © Editora Globo S.A., 2020

Todos os direitos reservados. Nenhuma parte desta edição pode ser utilizada ou reproduzida – em qualquer meio ou forma, seja mecânico ou eletrônico, fotocópia, gravação etc. – nem apropriada ou estocada em sistema de banco de dados sem a expressa autorização da editora.

Texto fixado conforme as regras do Acordo Ortográfico da Língua Portuguesa (Decreto Legislativo nº 54, de 1995).

Editores responsáveis: Erika Nogueira Vieira e Lucas de Sena Lima
Editora assistente: Luisa Tieppo
Assistente editorial: Lara Berruezo
Preparação: Rebeca Michelotti
Revisão: Suelen Lopes
Capa: Thiago Lacaz
Imagem da capa: wwing/Getty Images

Título original: *The Power and the Glory*

CIP-BRASIL. CATALOGAÇÃO NA PUBLICAÇÃO
SINDICATO NACIONAL DOS EDITORES DE LIVROS, RJ

G831p
3. ed.

Greene, Graham
  O poder e a glória / Graham Greene ; introdução de John Updike ; tradução de Mário Quintana. - 3. ed. - Rio de Janeiro : Biblioteca Azul, 2020.

  Tradução de: The power and the glory
  ISBN 9786580722044

  1. Ficção inglesa. I. Updike, John. II. Quintana, Mário. III. Título.

19-60645
CDD: 823
CDU: 82-3(410.1)

1ª edição, Editora Globo, 1953
2ª edição, Editora Globo, 1959
3ª edição, Biblioteca Azul, 2020

Direitos exclusivos de edição em língua portuguesa para o Brasil adquiridos por Editora Globo S.A.
Rua Marquês de Pombal, 25
Rio de Janeiro – RJ – 20.230-240 – Brasil
www.globolivros.com.br

INTRODUÇÃO

PUBLICADO CINQUENTA ANOS ATRÁS, com uma modesta tiragem de 3.500 exemplares, *O poder e a glória* é geralmente considerado a obra-prima de Graham Greene, seu livro mais aclamado pelo público e pela crítica. Este romance, baseado nos menos de dois meses que o autor passou no México, entre março e abril de 1938, e que renderam uma viagem solitária e extenuante de cinco semanas pelas províncias de Tabasco e Chiapas, no sul do país, é o que há de menos inglês em toda a sua obra – apenas algumas poucas personagens secundárias têm origem bretã. É possível que seu sucesso se deva ao caráter pouco inglês do catolicismo romano que, com sombrio maniqueísmo e tortuosa literalidade, permeia esta que é sua obra ficcional mais ambiciosa. Em contraste com suas obras de caráter mais folhetinesco, os três romances escritos antes e depois de *O poder e a glória* – *A inocência e o pecado* (1938), *O cerne da questão* (1948) e *Fim de caso* (1951) – buscam a grandiosidade e são tão intensos, penetrantes e perturbadores quanto o olhar de um inquisidor. Após estrear no romance de forma modesta e sob grande influência de Joseph Conrad e John Buchan, Greene fez com que sua facilidade magistral para concatenar tramas de suspense e sua sensibilidade mórbida (e um tanto despreocupada) coincidissem em alto nível de paixão e inteligência ao seguir os termos estritos de um debate interno de cunho religioso que ainda não o havia consumido à época. Ainda assim, nos três romances citados o catolicismo parece um tanto "travado"; há uma sensação onírica de exagero e distorção. O adolescente assassino que lidera sua gangue ao mesmo tempo que sustenta uma crença fixa na existência do inferno e o hábito de citar para si mesmo frases religiosas em latim; o policial colonial de modos discretos motivado pela imensa pena que sente por conta da inevitável condenação dos suicidas; sua mulher deveras infiel que, por um batismo acidental do qual não tem conhecimento, é alçada à condição de santa e realiza milagres póstumos... todas essas personagens são seres moralmente grotescos moldados em um mundo diferente do nosso, e não se mesclam à realidade do ambiente ao seu redor – seja ele Brighton, Londres ou a África Britânica Ocidental, todos evocados com grande precisão e destreza. Por outro lado, o padre bêbado de *O poder e a glória* se mescla perfeitamente ao seu México corrupto, tropical e anticlerical.

O catolicismo é intrínseco tanto ao ambiente quanto à personagem; a imersão imaginativa de Greene em ambos é triunfante. Em 1978, um padre mexicano declarou a Norman Sherry, biógrafo de Greene: "Por ser mexicano, viajo por essas regiões. Nos três primeiros parágrafos, onde ele nos oferece tomadas do local, vemos por que ele é impressionante. Nós *estamos* no lugar". Em 1960, um professor católico da Califórnia escreveu para Greene:

> Certa feita, dei um exemplar de *O poder e a glória* a [...] uma mexicana que havia suportado as mais terríveis perseguições [...] Ela me confidenciou que as descrições eram tão vívidas, e o padre tão realista, que ela se viu rezando por ele na missa. Entendo o que ela sentiu. No ano passado, em uma viagem pelo México, eu me vi espiando o interior das cabanas de barro, as ruas dos vilarejos, as cadeias de montanhas intransponíveis, sempre com a crença parcial de que acabaria avistando uma figura esguia, cambaleando na chuva

em seu caminho rumo à fronteira. Não há maior homenagem possível para essa personagem de sua criação – ela tem vida.

A identificação de Greene com seu herói homônimo, um pequeno homem "muito teso, com um modesto traje escuro à moda da cidade e uma pequena mala de mão" – oblitera o tédio e o ceticismo instruído característicos da alta sociedade, que pairavam até mesmo sobre os seus romances mais fervorosamente espirituais. O sr. Tench, dentista, e a complicada família Fellow são ingleses, e talvez a intenção fosse atribuir a eles um papel mais relevante do que aquele que desempenham. Na prática, sua existência é marginal: são como pequenas figuras inseridas em uma paisagem a fim de transmitir a dimensão de sua grandiosidade. Os picos e abismos do mergulho do padre na escuridão e sua simultânea ascensão à condição de mártir dominam a tela de tal forma que até mesmo seu perseguidor e antagonista ideológico, o tenente fanaticamente ateu, é jogado para escanteio, achatado à espessura de uma folha de alumínio. O único acontecimento a ocupar o mesmo patamar agigantado desse padre obstinado e condenado, o âmbito dos paradoxos transcendentais, é a aparição do mestiço de caninos amarelos, dedos encurvados e lábia pegajosa, sedutora e inexorável.

Em correspondência, Edith Sitwell disse a Greene em 1945 que ele teria sido um ótimo padre. Sua conversão ao catolicismo, ocorrida em Nottingham no ano de 1926 (quando o escritor tinha vinte e dois anos), se deu pelas mãos do Padre Trollope – que, após sua própria conversão, havia sido (conforme o livro de memórias *A Sort of Life*, do próprio Greene) "impelido por uma vocação interior para a vida clerical". Mas Greene não corria o mesmo risco; ele se convertera com o intuito de desposar uma católica e, de qualquer forma, escrevera em 1938 que "a castidade estaria além de meus poderes". Ainda assim, é comum que os padres em seus romances sérios sejam retratados como seres imperfeitos em sua condição humana, mas acima de quaisquer reprimendas na vida clerical. Em seu segundo livro autobiográfico, *Ways of Escape*, Greene escreveu: "Acho que *O poder e a glória* é o único romance que escrevi para apresentar uma tese... Mesmo em meus anos de colégio, eu sempre escutara com impaciência os relatos escandalosos dos turistas sobre os padres que haviam encontrado em vilas latinas remotas (tal padre tinha uma amante, outro estava sempre bêbado), pois os livros de História Protestante já haviam me instruído adequadamente sobre as crenças católicas. Mesmo então, eu já era capaz de distinguir o homem do ofício". A distinção entre o comportamento pecaminoso e a função sacramental também é clara para os sacerdotes degradados de *O poder e a glória*. O padre José, induzido ao casamento pelo Estado e por sua covardia, lembra-se do "dom que recebera e que ninguém lhe podia arrancar. Era isso o que o tornava digno da condenação: o poder que ainda tinha de transformar a hóstia em carne e sangue de Deus". O padre desviado já não é capaz de encontrar significado na oração, mas para ele a "hóstia era diferente: colocá-la entre os lábios de um moribundo era colocar ali a Deus." Greene diz a respeito de seu herói o que poderia dizer sobre si mesmo: "Motivava-lhe uma curiosidade minuciosa".

De todas as cenas angustiantes que se sucedem implacavelmente enquanto o homem perseguido tenta dar continuidade ao seu ofício sacro, nenhuma é tão angustiante quanto o episódio, de medonha ironia e diálogos dolorosamente mundanos, em que o padre se vê obrigado a assistir a um trio de folgados, dentre eles o delegado de polícia, beber a garrafa de vinho que comprara com seus últimos pesos para fins sacramentais. Mas quase todos os estágios da peregrinação maltrapilha do clérigo, ocorrida entre os dois breves encontros com o sr. Tench na capital entorpecente daquele estado infernal (Tabasco, embora o nome nunca seja mencionado), nos enchem de pena e tristeza. Como resenhista, Greene assistiu a muitos filmes a partir dos trinta anos, e as cenas que escreve são abruptas, cinematográficas, construídas a partir de imagens brilhantes e habilmente iluminadas: o "grande prédio caiado", por exemplo, que o clérigo não reconhece como uma igreja e toma por um quartel ao final da segunda parte; ou o arvoredo no topo da montanha, marcado por cruzes altas e insanamente inclinadas, como "plantas que tivessem sido deixadas para aproveitamento de semente", que marcam o cemitério indígena e a fronteira com outra província, mais segura e menos intolerante (Chiapas, mas o nome tampouco é mencionado). A escalada anterior à cena, empreendida na companhia da mulher indígena que carregava a criança morta nas costas, é tão grandiosa em seu silêncio quanto os cortejos de Eisenstein, e há um toque do horror surrealista de Buñuel quando, ao voltar para o cemitério, o padre surpreende o cadáver da criança com um torrão de açúcar na boca. Em *A Sort of Life*, ao relembrar seus muitos romances em busca de "trechos, ou mesmo capítulos que me deram alguma satisfação quando os escrevi", Greene mencionou "o diálogo na prisão em *O poder e a glória*". E de fato, a cena em que o padre, no ápice do risco e da degradação, passa a noite inteira sentado em uma cela sombria e apinhada de gente escutando as muitas vozes – as almas sem corpo – dos outros cativos é, por seu caráter profundo, direto e estranhamente cômico, digna de Dostoiévski – outro homem de crença atribulada.

A conversão de Greene ao catolicismo, tal qual ele a descreve em *A Sort of Life*, foi um tanto ressabiada. Ele passeava com seu cachorro em frente a uma igreja que "para mim, possuía certo poder lúgubre, pois representava o incrível e o inconcebível. Lá dentro, havia uma caixa de madeira para indagações, e coloquei ali um bilhete pedindo instruções... Eu não tinha a intenção de ser acolhido pela igreja. Para que algo assim acontecesse, eu precisaria estar convicto de sua verdade, e essa não era sequer uma possibilidade remota". Mas, após algumas sessões de discussão acalorada com o padre Trollope, em que defendeu o ateísmo, algo aconteceu com o escritor: "Só lembro que, em janeiro de 1926, tornei-me convicto da provável existência de algo que chamamos de Deus, muito embora eu hoje não goste dessa palavra em virtude de suas conotações antropomórficas". No início do mês seguinte, ele se confessou pela primeira vez, foi batizado e comungou. "Eu me lembro muito bem da natureza de minhas emoções ao sair da catedral: não havia nenhum vestígio de alegria, somente uma apreensão sombria." Toda essa entrega ágil nos faz lembrar de outra ocorrida um pouco antes, durante os quatro meses em que morou sozinho em Nottingham e foi tomado por um tédio assombroso.

> Em meu dia de folga, atravessei as colinas rumo a Chesterfield e encontrei um dentista. Descrevi a ele os sintomas de um abcesso, que me eram familiares. Ele tocou um dente perfeitamente saudável com seu espelhinho e reagi da forma adequada. "Melhor arrancar", ele aconselhou.
>
> "Sim", eu disse, "mas com éter".
>
> Alguns minutos de inconsciência eram como férias do mundo. Eu havia perdido um dente bom, mas por ora o tédio se esvaíra.

Quando ainda era graduando em Oxford, ele havia jogado roleta-russa diversas vezes em busca de férias permanentes do mundo. O mundo é retratado de forma severa em sua ficção. Para Pinkie, de *A inocência e o pecado*, "o mundo nunca se mexeu: ele está sempre ali parado, um território de disputa e devastação situado entre duas eternidades". Em *O poder e a glória*, ao olhar para as estrelas, o padre acha difícil acreditar que "de lá o nosso globo pudesse parecer igualmente brilhante: devia rolar pesadamente no espaço, envolto no seu nevoeiro, e semelhante a um navio abandonado ao incêndio". Ao olhar para o filho ilegítimo, ele vê que "trazia já o mundo no coração, como um germe de podridão oculto na polpa de um fruto". Na cela da prisão, ele reflete: "Aquele lugar se parecia muito com o mundo: regurgitante de luxúria e de crime, e de amor insatisfeito;

seu fedor subia até o céu; mas o padre tinha consciência de que afinal de contas ali se podia encontrar a paz quando se tinha plena certeza de que o fim estava próximo." Sua faceta cética, imprudente e de grande desdém pela vida permeou, dentre outras empreitadas precipitadas, a viagem de Greene ao México em 1938.

Desde 1936 ele buscava uma forma de viajar para o México a trabalho, com o intuito de escrever sobre "a mais cruel perseguição religiosa no mundo desde o reino de Elizabeth". A perseguição chegara ao ápice alguns anos antes, sob o governo do presidente Calles, eleito em 1924, e do notório ateu e governador de Tabasco, Garrido Canabal. Greene finalmente conseguiu o apoio que queria através das editoras Longman's (na Inglaterra) e Viking (nos Estados Unidos); ele sobreviveu à viagem e produziu seu livro, *The Lawless Roads* [Estradas sem lei] na Inglaterra e *Another Country* [Outro país] nos Estados Unidos. (Houve um tempo em que tais variações transatlânticas nos títulos eram comuns; *O poder e a glória* foi publicado originalmente pela Doubleday com o que Greene chamou de "um título difícil e enganoso, *The Labyrinthine Ways*" [Os caminhos labirínticos].) *Another Country* ainda rende uma boa leitura, apesar de seu caráter episódico e, em alguns trechos, da escrita desleixada. Com grande charme, Greene insere em seu texto alguns trechos de Trollope e Cobbet (cujas obras lera durante a viagem) e relatos dos próprios sonhos. Muitos elementos do romance são facilmente reconhecíveis: a geografia, os abutres, a disposição e o torpor de Villahermosa, o amigável e corrupto delegado de polícia, o inoportuno professor de colégio local que tenta substituir o padre após seu banimento, a *finca* europeia cujos proprietários se banham em meio a peixes mordiscantes, o torrão de açúcar, o mestiço enlameado (encontrado atrás de uma máquina de escrever no vilarejo de Yajalon) e o surgimento dos muitos rumores sobre o padre bêbado, bem como sua insistência ébria em batizar a filha com o nome Brigitta. Mas tudo foi transposto e editado de forma magnífica: a base para a fuga em que o padre cruza no lombo de uma mula o território (criado aos moldes de Tabasco) foram as viagens angustiantemente longas que Greene fez por Chiapas enquanto se dirigia a Las Casas, aonde seu padre ficcional jamais chegaria. Se o transporte aéreo entre Yajalon e Las Casas não houvesse sido cancelado em razão das chuvas, é possível que o romance não contasse com seu meio de transporte mais memorável e de caráter mais bíblico.

O tom também passou por uma transformação: em *Another Country*, Greene se aproxima muito da imagem do turista exasperado: ele odeia a comida, os modos, os hotéis, os ratos, os mosquitos, as viagens de mula, as ruínas e os suvenires mexicanos, e chega a atacar a "assombrosa falta de expressão dos olhos castanhos". No romance, ao retratar um mexicano que se move em meio a outros mexicanos (no geral, os mais pobres e desprestigiados), toda sua rabugice se esvai, engolida por questões de vida e morte e do além. Mesmo em *Another Country* é possível ver traços de uma postura conciliatória: "O que me deixara exaurido em Chiapas fora a simples exaustão mental, a antipatia, o tédio; de qualquer modo, a vida em meio àqueles bosques escuros de cruzes inclinadas evocava valores eternos".

O padre desviado, já despido de toda sua vivacidade e do respeito dos devotos antes mesmo do início de *O poder e a glória*, perde seu traje e sua mala ao longo do romance. O homem é reduzido aos seus valores eternos, ou à falta deles. Greene, que passou por maus bocados em suas viagens por Chiapas, buscou abrigo em uma cabana à beira da estrada, "um depósito de milho, mas que continha algo difícil de se encontrar no México – o sentimento de bondade humana". O velho que ali vivia cedeu sua cama, "um estrado de terra coberto por um colchão de palha anteposto à pilha de milho onde os ratos cavoucavam" para Greene, que escreveu sobre o episódio: "Só o que restava era um homem velho, a ponto de morrer de fome em uma cabana repleta de ratos, mas que recebia estrangeiros sem dizer uma palavra sobre pagamento enquanto proseava suavemente na escuridão. Eu me senti em meio aos habitantes do céu". *Felizes os pobres de espírito, pois a eles pertence o reino do céu.*

A simpatia de Graham Greene pelos pobres de espírito e pelos rejeitados do mundo antecedem sua conversão religiosa e, aparentemente, perduraram mais que ela: Greene relatou a Norman Sherry já não ter certeza se acreditava em Deus, e em *A Sort of Life* ele conta como "muitos de nós abandonamos a confissão e a comunhão para nos juntarmos à Legião Estrangeira da Igreja e lutar por uma cidade onde já não gozamos de cidadania plena". Sua fé religiosa sempre foi acompanhada pela convicção de que, como afirmou em um ensaio sobre Eric Gill em 1941, "O conservadorismo e o catolicismo deveriam ser... parceiros impossíveis". Ao refletir sobre o México em *Ways of Escape* (no qual relata que *O poder e a glória* foi escrito em Londres, sempre às tardes, vagarosamente, sob efeito de benzedrina, após longas manhãs de trabalho frenético em *The Confidential Agent*), ele não se queixa de que o governo atual fosse de esquerda, mas do fato de que não era suficientemente de esquerda, se comparado ao de Cuba. Suas simpatias acabaram gerando um firme antiamericanismo característico do pós-guerra, e uma ânsia bastante atípica por líderes semelhantes a Fidel Castro e Kim Philby. Mas a energia e a grandiosidade de seu melhor romance advêm desse mesmo desejo de compaixão, um comunismo idealizado ainda mais cristão que o comunismo. Sua unidade é o indivíduo, em detrimento de qualquer classe. Em sua cela escura, o padre percebe que "quando se pode imaginar com minúcia o rosto de um homem ou de uma mulher, a gente começa inevitavelmente a sentir piedade... uma qualidade da imagem de Deus...".

John Updike, 1990

Para Gervase

*Fecha-se o cerco; avança, cada vez mais forte,
o solerte poder da opressão e da morte.*

DRYDEN

PRIMEIRA PARTE

CAPÍTULO 1
O PORTO

Sr. Tench saiu para buscar o seu tubo de éter, sob o ardente sol mexicano e a poeira alvacenta. Do alto do telhado, alguns abutres olharam para ele com sórdida indiferença: ainda não era carniça. Um tímido sentimento de revolta agitou o coração do sr. Tench e, com as unhas, ele arrancou uma pedra do solo e atirou-a molemente contra os bichos. Um deles ergueu-se e voou por sobre a cidade: sobre a pequena praça, sobre o busto de um ex-presidente, ex-general, ex-criatura humana, sobre as duas tendas que vendiam água mineral, na direção do rio e do mar. Ali nada encontraria: era para aquelas bandas que os tubarões vinham procurar o que comer. Sr. Tench atravessou a praça.

Disse *buenos días* a um homem de espingarda, sentado numa estreita nesga de sombra contra um muro. Mas ali não era como na Inglaterra: o homem não disse coisa alguma, limitando-se a olhar de má vontade para o sr. Tench, como se nunca houvesse lidado com aquele estrangeiro, como se o sr. Tench não fosse responsável pelos dois dentes de ouro que lhe havia colocado. Suando em bicas, o sr. Tench passou pela Tesouraria, que fora antes uma igreja, e encaminhou-se para o cais. Eis que no meio do caminho se esqueceu de súbito por que motivo havia saído. Seria para tomar um copo de água mineral? Era só o que havia para beber naquela província onde vigorava a lei seca, exceto cerveja, que era monopólio do Governo e muito cara, a não ser em certas ocasiões. Uma terrível sensação de náusea convulsionou o estômago do sr. Tench — não podia ser água mineral o que desejava. Ah! sim... o seu tubo de éter... o vapor já estava atracado. Tinha ouvido o seu alvissareiro apito enquanto descansava na cama, após o lanche. Passou pelas barbearias e pelos consultórios de dois dentistas e adentrou o cais entre um armazém e o edifício da Alfândega.

O rio corria pesadamente para o mar por entre as plantações de banana: o *General Obregon* achava-se ancorado e estavam descarregando cerveja — já se viam no cais umas cem caixas empilhadas. Sr. Tench parou à sombra da Alfândega e pensou: Que diabo vim fazer aqui? A memória fugia-lhe com o calor. Sentiu a bílis subir-lhe à boca e cuspiu desanimadamente. Depois sentou-se em cima de um caixote e ficou à espera. Não havia nada que fazer. Ninguém o procuraria antes das cinco.

O *General Obregon* tinha cerca de trinta metros de comprimento. Com alguns pés de amurada em mau estado, um barco salva-vidas, um sino pendente de uma corda podre, um lampião na proa, parecia capaz de aguentar mais dois ou três anos no Atlântico, caso não apanhasse uma nortada no golfo. Aí então seria o fim. Isso, na verdade, não importava: ficava-se automaticamente segurado ao comprar a passagem. Meia dúzia de passageiros se debruçavam na amurada, entre perus amarrados, e contemplavam o porto: os armazéns, a rua deserta e escaldante dos dentistas e barbeiros.

Sr. Tench ouviu atrás de si um ranger característico de coldre e voltou o rosto. Um funcionário da Alfândega estava a olhá-lo raivosamente. Disse qualquer coisa que o sr. Tench não pôde compreender.

"Como?"

"Os meus dentes", disse o homem com voz engrolada.

"Ah!", disse o sr. Tench, "sim, os seus dentes..." O homem não tinha nenhum: era por isso que não podia falar com clareza. Sr. Tench havia arrancado todos. Sentiu-se novamente acometido de enjoo. Alguma coisa não estava indo bem. Lombrigas, pensou, disenteria, talvez... "A dentadura está quase pronta", disse ele. "Hoje de noite", prometeu com raiva. Claro que era impossível; mas era assim que se vivia, adiando tudo. O homem deu-se por satisfeito: podia ser que se esquecesse, e, afinal de contas, que poderia fazer? Tinha pago adiantado. Essa era a vida do sr. Tench: o calor e o esquecimento, deixar para amanhã o que poderia fazer hoje e, se possível, receber adiantado. Mas para quê? Fitou as águas vagarosas: a barbatana de um tubarão movia-se como um periscópio na embocadura do rio. Várias embarcações, encalhadas com os anos, ajudavam agora a escorar a margem do rio, com as suas chaminés inclinadas como canhões, apontando para algum alvo distante além dos bananais e dos pântanos.

O tubo de éter, pensou o sr. Tench, quase ia me esquecendo. Sua boca pendeu aberta e ele começou a contar ociosamente as garrafas de Cerveja Moctezuma. Cento e quarenta caixas. Doze vezes cento e quarenta. A saliva espessava em sua boca. Quatro vezes doze: quarenta e oito. "Hum! É bem bonita!", disse em voz alta, na sua língua natal. Mil e duzentas, mil seiscentas e oitenta... Cuspiu, olhando com vago interesse para uma moça na proa do *General Obregon*, bela e esbelta — eram em geral tão gordas —, olhos castanhos, naturalmente, e o indefectível brilho do dente de ouro, mas algo de fresco e juvenil... Mil seiscentas e oitenta garrafas a um peso cada uma.

Alguém murmurou em inglês: "Que disse?"

Sr. Tench voltou-se rapidamente. "É inglês?", perguntou, espantado, mas, à vista da cara larga e das faces cavas e sombreadas de uma barba de três dias, modificou a pergunta: "Fala inglês?".

O homem disse que sim, que falava um pouco de inglês. Estava ali parado à sombra, muito teso, com um modesto traje escuro à moda da cidade e uma pequena mala de mão. Trazia um romance debaixo do braço: na capa destacavam-se trechos de uma cena de amor, vistosamente colorida. "Desculpe", disse ele, "pensei que estivesse falando comigo." Tinha olhos salientes; dava a impressão de uma intermitente hilaridade, como se tivesse acabado de comemorar um aniversário, sozinho.

Sr. Tench escarrou. "Que foi que eu disse?" Não podia lembrar-se.

"O senhor disse: 'Hum! É bem bonita!'."

"Que teria eu querido dizer com isso?" Olhou para o céu implacável! Um abutre pairava no ar como um vigia. "Ah! decerto era a moça. Não é sempre que se vê um bom pedaço por aqui. Quando muito uma ou duas por ano que valha a pena olhar."

"É bem novinha."

"Oh! não tenho intenções", disse sr. Tench, enfadado. "Mas sempre se pode olhar. Faz quinze anos que vivo só."

"Aqui?"

"Aqui por perto."

Calaram-se; o tempo passou, a sombra da Alfândega alongou-se mais alguns centímetros na direção do rio: o abutre moveu-se um pouco, como um negro ponteiro de relógio.

"O senhor veio *nesse vapor*?", indagou sr. Tench.

"Não."

"Vai embarcar nele?"

O homenzinho não parecia disposto a responder, mas, afinal, como se julgasse necessário dar uma explicação, replicou: "Estava apenas olhando. Deve partir em breve, não?".

"Para Vera Cruz", disse sr. Tench. "Dentro de poucas horas."

"Sem tocar em nenhum porto?"

"Onde poderia tocar?", perguntou sr. Tench. "Como você veio para cá?"

"De canoa", respondeu vagamente o desconhecido.

"Tem uma plantação?"

"Não."

"É bom ouvir falar inglês", disse sr. Tench. "O senhor aprendeu nos Estados Unidos, não foi?"

O homem fez que sim com a cabeça. Não era muito conversador.

"Ah, o que eu não daria para estar lá agora", suspirou o sr. Tench. E indagou ansiosamente em voz baixa: "Por acaso o senhor não terá nessa maleta qualquer coisa que se beba? Alguns dos que vêm de lá — conheci dois ou três — trazem sempre certa quantidade para fins terapêuticos."

"Só trago remédios", disse o homem.

"O senhor é médico?"

Os olhos inflamados fitavam astutamente, de soslaio, o sr. Tench. "Quem sabe se o senhor não queria dizer: curandeiro?"

"Especialidades farmacêuticas? A gente precisa viver", disse sr. Tench.

"O *senhor* vai embarcar?", indagou o outro.

"Não, eu vim aqui para... Bem, em todo caso, não importa." Levou a mão ao estômago e disse: "O senhor não tem aí algum remédio para... Oh, diabo! Não sei para quê. É esta maldita terra. Disto o senhor não me pode curar. Nem o senhor, nem ninguém."

"Quer voltar para a sua terra?"

"A minha terra?", disse sr. Tench. "A minha terra é aqui. Viu a quanto está o peso na Cidade do México? Vinte e cinco centavos. Vinte e cinco. Santo Deus! *Ora pro nobis.*"

"O senhor é católico?"

"Não, não. É um modo de falar. Não acredito nessas coisas." E acrescentou, inconsequentemente: "Em todo o caso, está fazendo muito calor".

"Eu desejaria sentar nalguma parte."

"Vamos até minha casa. Tenho uma rede vaga. O vapor só sai daqui a algumas horas, se é que o senhor deseja assistir à partida."

"Estava esperando encontrar alguém", disse o desconhecido.
"Um tal de Lopez."
"Oh, deram-lhe um tiro há dias."
"Foi morto?"
"O senhor sabe como são as coisas aqui... Ele era seu amigo?"
"Não, não", apressou-se o homem em protestar. "Apenas amigo de um amigo meu."
"Pois foi isso mesmo", disse sr. Tench. Sentiu de novo a bílis subir-lhe à boca e cuspiu para o lado, à luz crua do sol. "Dizem que ele costumava auxiliar certos... indesejáveis... bem, a fugir. A pequena dele está agora com o chefe de polícia."
"A pequena dele? Quer dizer a sua filha?"
"Ele não era casado. Estou falando da pequena com quem vivia." Sr. Tench ficou por um momento surpreso com a expressão do desconhecido. "O senhor sabe como são as coisas...", repetiu. Olhou para o *General Obregon*. "Ela é um pedaço. Naturalmente, daqui a uns dois anos estará como as outras. Gorda e estúpida. Meu Deus, não seria mau um traguinho. *Ora pro nobis*."
"Tenho um pouco de aguardente", disse o desconhecido.
Sr. Tench olhou para ele com vivacidade. "Onde?"
O desconhecido apontou para o quadril, como a indicar a origem da sua estranha hilaridade nervosa. Sr. Tench tomou seu pulso e disse: "Cuidado! Aqui não". Olhou para o trilho de sombra no chão: um guarda achava-se reclinado sobre um caixote vazio, dormindo ao lado de seu fuzil. "Venha até minha casa", disse sr. Tench.
"Queria ver partir o vapor", retrucou o homenzinho com relutância.
"Oh, ainda levará horas", assegurou-lhe de novo sr. Tench.
"Horas? Tem certeza? Faz muito calor ao sol."
"Seria melhor que o senhor desse uma chegada lá em casa."
"Casa" era a expressão que significava quatro paredes para abrigar o sono. Nunca fora um lar. Atravessaram a praça escal-

dante, onde a umidade esverdinhava o falecido general e onde as tendas de gasosa* se erguiam sob as palmeiras. Aquela casa, para o sr. Tench, era tal como um cartão-postal em cima de outros mais antigos: era só baralhar e surgia Nottingham, o lugar onde nascera nos arredores de Londres, depois Southend, onde vivera algum tempo. Seu pai também tinha sido dentista, e a mais remota das suas recordações era ter encontrado um molde no cesto de papéis, uma boca de gesso desdentada e escancarada, que mais parecia um achado arqueológico feito em Dorset — restos de um Neandertal ou de um Pithecantropus. Fora o seu brinquedo favorito: queriam tentá-lo com um Meccano, mas o destino havia vencido. Há sempre um momento na infância em que a porta se abre e deixa entrar o futuro. O porto, com o seu calor úmido, e os seus abutres jaziam no cesto de papéis, de onde o sr. Tench procurou tirá-los. Devíamos ficar agradecidos por não ver os horrores e degradações que cercaram a nossa infância, pelos armários, pelas estantes, por toda parte.

Não havia calçamento: durante as chuvas, a aldeia (pois não passava disso) atolava-se na lama. Mas agora sob os pés sentia-se um chão duro como pedra. Os dois homens passaram em silêncio pelas barbearias e os consultórios dos dentistas; em cima dos telhados, os abutres pareciam à vontade como aves domésticas; catavam piolhos debaixo das largas asas empoeiradas.

"Com licença", disse sr. Tench, parando diante de uma casinha de madeira, de um só andar, com uma varanda onde balançava uma rede. A casa era um pouco maior do que as outras da viela que se estendia por uns duzentos metros até o pântano. "Não gostaria de dar uma olhada?", disse ele, nervoso. "Não é para me

---

* As "tendas de gasosa" são barracas onde são vendidas, entre outras coisas, refrigerantes. (N.E.)

gabar, mas eu sou o melhor dentista da terra. A instalação não é má." O orgulho tremia-lhe a voz como uma plantinha frágil. Fechando a porta atrás de si, conduziu-o através de uma sala de jantar, com duas cadeiras de balanço de cada lado da mesa vazia, alguns exemplares de velhos jornais americanos e um armário. "Vou tirar os copos, mas primeiro queria mostrar... o senhor é um homem educado..." O consultório dava para um pátio, onde alguns perus se moviam pomposamente. Havia ali uma broca de pedal, uma vistosa cadeira de dentista forrada de pelúcia vermelha, um armário de vidro onde se amontoavam instrumentos empoeirados. Viam-se mais um par de tenazes, uma lâmpada de álcool quebrada, jogada a um canto, e pensos de algodão em rama, espalhados pelas prateleiras.

"Muito bonito", comentou o desconhecido.

"Não está mau, para este lugar. O senhor não imagina as dificuldades. Essa broca", continuou ele amargamente, "é de fabricação japonesa. Tenho apenas há um mês e já está estragando. Mas não estou em condições de adquirir brocas americanas."

"A janela é muito bonita", disse o desconhecido.

Tinham colocado ali um fragmento de vitral: uma Madona contemplava através dos caixilhos os perus do pátio. "Arranjei-o quando saquearam a igreja", disse sr. Tench. "Não ficaria bem um consultório de dentista sem vitrais. Não seria civilizado. Na minha terra — quero dizer na Inglaterra — era geralmente o Cavaleiro Risonho, não sei por quê, ou então a rosa dos Tudor. Mas nem sempre se pode escolher."

Abriu outra porta e disse: "O meu gabinete de trabalho". A primeira coisa que se via era uma cama com um mosquiteiro. "O senhor compreende", disse sr. Tench, "a escassez de espaço." Na extremidade de um banco de carpinteiro estava um jarro com a respectiva bacia e uma saboneteira; na outra extremidade havia um espevitador, um tabuleiro de areia, umas pinças e uma pequena fornalha. "Molde em areia", disse sr. Tench. "Que mais se pode fazer num lugar destes?" Pegou o molde de um maxilar inferior. "Nem sempre fica bem, e o pessoal naturalmente se queixa", disse ele. Tornou a pousá-lo e apontou para outro objeto que se achava em cima do banco, alguma coisa fibrosa, semelhante a um intestino, com duas bexigas de borracha. "Fissura congênita", explicou. "Foi a primeira vez que tentei. O caso Kingsley. Não sei se dará resultado. Mas a gente precisa estar à altura das circunstâncias." Ficou boquiaberto, o olhar vago voltou: o calor naquele pequeno cômodo era sufocante. Ali estava ele, como um homem perdido numa caverna, entre os fósseis e instrumentos de uma era de que pouco soubesse.

"E se nos sentássemos?", sugeriu o desconhecido.

Sr. Tench olhou para ele com ar pasmado.

"Ah! sim, a aguardente."

Tirou dois copos de um armário de baixo do banco e limpou os vestígios de areia. Depois foram os dois sentar-se nas cadeiras de balanço da sala da frente. Sr. Tench serviu a bebida.

"Com água?", perguntou o desconhecido.

"A gente não pode confiar na água", disse sr. Tench. "Atacou-me aqui." Levou a mão ao estômago e bebeu um trago. "O senhor também não está com boa cara", acrescentou, examinando atentamente o outro. "Os seus dentes." Faltava um canino, e os da frente estavam cariados e amarelados de tártaro. "Precisa tratar deles."

"Para quê?", retrucou o desconhecido. Tinha no copo um pouco de aguardente que guardava com cautela, como se se tratasse de um animal a quem tivesse dado abrigo, mas em quem não confiasse. O rosto cavo e por barbear dava-lhe o ar de um pobre-diabo, vencido pela falta de saúde ou as preocupações. Estava sentado na ponta da cadeira de balanço, com a maleta a balançar sobre os joelhos e adiando o instante de tomar a aguardente, com uma espécie de culposo afeto.

"Beba, que lhe fará bem", animou-o sr. Tench (a bebida não era dele). A roupa escura e os ombros pendentes do homem traziam-lhe à mente desagradáveis ideias fúnebres, e a morte já se mostrava nos dentes cariados do seu interlocutor. Sr. Tench serviu-se de outra dose. "A gente se sente muito só aqui", disse ele. "Faz bem falar inglês, mesmo com um estrangeiro. Talvez queira ver um instantâneo de meus garotos..." Tirou do bolso um instantâneo amarelecido e entregou-o ao visitante. Num quintal, duas crianças disputavam um regador. "Claro que foi há dezesseis anos", explicou.

"Então agora já são uns homens."

"Um deles morreu."

"Ao menos", disse o outro delicadamente, "foi num país cristão." Bebeu um gole da sua aguardente e sorriu meio tolo para o sr. Tench.

"Sim, creio que sim", disse sr. Tench com surpresa. Cuspiu e acrescentou: "Mas isso, naturalmente, não tem muita importância para mim." Ficou calado, com o pensamento longe, boquiaberto, o rosto lívido, até que uma pontada no estômago o despertou; serviu-se então de mais aguardente. "Vejamos... De que estávamos falando? Ah, os garotos. É engraçado... As coisas de que a gente se recorda... Sabe? Lembro mais daquele regador do que dos pequenos. Era verde, custou três xelins, onze pence e três farthings. Eu poderia até levá-lo à loja onde o comprei. Mas, quanto aos garotos," e fixando o copo, mergulhou no passado, "pouco me lembro, a não ser do choro deles."

"E tem tido notícias?"

"Ah, deixei de escrever, antes mesmo de vir parar aqui. Para quê? Não podia mandar dinheiro. Não me admiraria que a minha mulher tivesse casado de novo. A mãe dela é que havia de ficar satisfeita, aquela cachorra: ela jamais gostou de mim."

"É terrível", disse o desconhecido em voz baixa.

Sr. Tench tornou a examinar com surpresa o companheiro. Ali estava ele, pousado na sua cadeira, como um negro ponto de interrogação, pronto para ir, pronto para ficar. A barba de três dias dava-lhe um aspecto pouco recomendável e um ar de docilidade: alguém a quem se poderia mandar fazer o que quer que fosse. "Refiro-me ao mundo", disse ele, "à maneira como as coisas acontecem."

"Beba a sua aguardente."

O forasteiro bebericou, como por favor. Depois disse: "Não se lembra deste lugar antes... antes que viessem os Camisas Vermelhas?".

"Mais ou menos."

"Era muito bom naqueles tempos."

"Ah, sim? Não notei."

"Pelo menos tinham... Deus."

"Nos dentes não se nota a mínima diferença", disse sr. Tench, tornando a servir-se da aguardente do desconhecido. "Foi sempre um lugar horrível. Solitário. Lá na minha terra diriam que é romântico. Mas eu pensava: cinco anos aqui e vou embora. Trabalho havia bastante. Dentes de ouro. Mas depois o peso baixou. Agora não posso sair. Mas o dia há de chegar. Deixarei o trabalho, irei para a minha terra. Viverei como um verdadeiro gentleman." E, apontando para o quarto desguarnecido: "Hei de esquecer tudo isto. Não falta muito... Sou otimista".

O desconhecido perguntou de repente: "Quanto tempo leva até Vera Cruz?".

"O quê?"

"O vapor."

"Em quarenta horas estaríamos lá...", disse tristemente sr. Tench. "'A Diligência', um bom hotel! E também há onde se dance. É uma cidade alegre."

"Não parece longe. E quanto custa a passagem?"

"Tem de perguntar a Lopez", disse sr. Tench. "Ele é o agente."

"Mas Lopez..."

"Ah, sim, já tinha esquecido. Fuzilaram-no."

Alguém bateu à porta. O desconhecido meteu a maleta embaixo da cadeira e sr. Tench encaminhou-se cautelosamente para a janela. "Todo o cuidado é pouco", disse ele. "Qualquer dentista digno desse nome tem inimigos."

Uma voz débil gemeu: "Um amigo...". E sr. Tench abriu a porta. Imediatamente o sol entrou como uma barra de ferro em brasa.

No limiar da porta, um menino perguntava por um médico. Tinha um grande chapéu e olhos castanhos, de expressão estúpida. Atrás dele, duas mulas resfolegavam e escarvavam a estrada ardente. Sr. Tench respondeu que não era médico, mas dentista. Voltando-se, viu o desconhecido curvado na ponta da cadeira, olhando com um ar de súplica... O menino disse que havia um novo médico na cidade: o outro estava com febre e não queria atender. Era a sua mãe que estava doente.

Uma vaga lembrança despertou no cérebro do sr. Tench. Ele disse, com um ar de descoberta: "É verdade, o senhor é médico, não é?".

"Não, não. Tenho de tomar aquele vapor."

"Pensei que o senhor tinha dito..."

"Mudei de ideia."

"Mas só parte daqui a horas", afirmou sr. Tench. "Nunca obedecem ao horário." Perguntou ao menino se era muito longe. Este respondeu que ficava a trinta quilômetros.

"É muito longe", disse sr. Tench. "Vai embora. Vai procurar outro." Voltou-se para o desconhecido: "Como as coisas se espalham! Todo o mundo já deve saber que o senhor está aqui".

"Eu não poderia fazer nada", disse o desconhecido com ansiedade: parecia estar solicitando humildemente a opinião do sr. Tench.

"Vai embora", repetiu sr. Tench. O menino não se moveu. Estava ali ao sol a olhá-los com infinita paciência. Disse que a sua mãe estava morrendo. Os olhos castanhos não expressavam a mínima emoção: tratava-se de um fato. A gente nasce, os pais morrem, a gente envelhece e também acaba morrendo.

"Se ela está morrendo", disse sr. Tench, "não adianta o médico ir vê-la."

Mas o desconhecido ergueu-se, como se, contra a sua vontade, tivesse sido solicitado para um caso a que não poderia furtar-se. "É sempre assim", disse ele com tristeza.

"Vai ter um trabalhão para não perder o vapor."

"Vou perdê-lo. Estou destinado a perdê-lo", disse com raiva. "Dê-me a minha aguardente." Pegou-a num assomo, com os olhos postos no menino impassível, na rua escaldante, nos abutres que se moviam no céu como dejetos intestinais.

"Mas se ela está morrendo...", disse sr. Tench.

"Conheço essa gente. Ela deve estar tão moribunda quanto eu."

"O senhor não pode fazer nada."

O menino olhava-os com indiferença. Aquela discussão em língua estrangeira era qualquer coisa de abstrato: não lhe dizia respeito. Ficaria ali esperando até que o médico saísse.

"Que sabe o senhor?", exclamou o desconhecido com violência. "É o que todo o mundo diz sempre: nada pode fazer!" A aguardente começava a produzir-lhe efeito. E acrescentou com apaixonada amargura: "É o que me dizem no mundo todo.".

"Em todo o caso", disse sr. Tench, "há outro vapor. Daqui a duas ou três semanas. O senhor ainda tem muita sorte. Pode sair. Não tem o seu capital aqui." Pensou no seu capital: a broca japonesa, a cadeira de dentista, a lâmpada de álcool, as pinças e o pequeno fogão para os trabalhos a ouro: era o que o prendia à terra.

"Vamos", disse o homem ao menino, em espanhol. Voltou-se para o sr. Tench e agradeceu aqueles instantes de repouso à sombra. Tinha aquela espécie de apoucada dignidade a que o sr. Tench estava acostumado: a dignidade das pessoas receosas de uma pequena dor, mas ainda assim sentadas com certa firmeza na cadeira do dentista. Talvez não gostasse muito de viajar de mula. E, na despedida, fazendo lembrar as maneiras de outrora: "Rezarei pelo senhor". "Tive muito prazer com a sua visita", disse sr. Tench. O homem montou na mula e, com o menino a servir de guia, seguiu lentamente sob a luz ofuscante, em direção ao pântano, para o interior. Era de lá que o homem tinha vindo naquela manhã para dar uma vista d'olhos ao *General Obregon*: e para lá voltava. Oscilava levemente na sela, por efeito da bebida. Dentro em pouco era um miserável vulto no fim da rua.

Tinha sido bom falar com um desconhecido, pensou sr. Tench, entrando em casa e fechando a porta à chave, por causa das dúvidas. Ali o enfrentavam de novo a solidão, o vácuo. Mas já se acostumara com ambos, como com a sua própria face no espelho. Sentou-se na cadeira e começou a embalar-se, produzindo uma leve brisa no ar pesado. Uma estreita fila de formigas movia-se em direção ao lugar onde o desconhecido derramara um pouco de aguardente: pisavam ali e depois se dirigiam em ordenada coluna para a parede oposta e desapareciam. Além, no rio, o *General Obregon* apitou duas vezes, sem que se soubesse por quê.

O desconhecido esquecera seu livro. Estava debaixo da cadeira de balanço: uma mulher, vestida à moda eduardiana, soluçava num tapete, abraçada aos lustrosos e afilados sapatos marrons de um homem. Este, com o seu bigodinho frisado, olhava-a do alto desdenhosamente. O livro intitulava-se *La eterna mártir*. Passado um momento, sr. Tench apanhou-o do chão. Ao abri-lo, ficou espantado, pois o conteúdo não parecia pertencer à capa: era em latim. Sr. Tench ficou pensativo: fechou o livro e levou-o para o seu gabinete. A gente não podia queimar um livro, mas sempre era bom escondê-lo quando não se tinha certeza — isto é, quando não se tinha certeza das coisas que ele continha. Guardou-o dentro do pequeno forno que servia para as ligas de ouro. Depois ficou junto ao banco de carpinteiro, com a boca entreaberta: lembrara-se daquilo que o levara ao cais — o tubo de éter que devia ter chegado no *General Obregon*. De novo ouviu-se o apito no rio e o sr. Tench saiu correndo, sem chapéu, ao sol. Tinha dito que o barco não partiria antes da manhã, mas não se podia confiar demasiado em que aquela gente *não* cumprisse o horário, e, com efeito, quando chegou à margem, entre a Alfândega e o armazém, o *General Obregon* já avançara uns três metros sobre as águas sonolentas do rio, rumo ao mar. Gritou, mas de nada serviu: não havia sinal de tubo nenhum no cais. Gritou de novo e depois desistiu. Afinal de contas, não tinha muita importância: mais dor menos dor, era coisa que mal se notava naquela enorme desolação.

Sobre o *General Obregon* começou a soprar uma ligeira brisa. Sumiram-se primeiro as plantações de banana de ambos os lados, depois os fios telegráficos, depois o porto. Ao olhar-se para trás, parecia que nunca tinha existido. Abria-se o vasto Atlântico: as plúmbeas vagas cilíndricas ladeavam a proa, e os perus amarrados tentavam arrastar-se no convés. O capitão estava na cabine do convés, de palito espetado no cabelo. A terra distanciava-se cada vez mais, e a noite caiu quase de súbito, com um céu de estrelas baixas e fulgurantes. Um lampião de azeite foi aceso na proa, e a moça que o sr. Tench divisara da margem começou a cantar docemente uma canção melancólica e sentimental que falava de uma rosa ensanguentada e de um sincero amor. Um vasto sentimento de liberdade e de ar puro pairava sobre o golfo, com o raso litoral tão profundamente amortalhado na treva como uma múmia num sarcófago. Sinto-me feliz, dizia a moça consigo mesma, sem saber por quê, sinto-me feliz.

Lá para trás na terra, embrenhando-se na escuridão, iam trotando as mulas. Fazia muito havia desaparecido o efeito da aguardente e, durante a marcha ao longo do pântano, que durante as chuvas se tornava intransitável, o homem sentia, a obsedar seu espírito o som da sirene do *General Obregon*. Sabia o que aquilo significava: o navio tinha partido no horário: ele estava abandonado. Brotou no coração um involuntário ódio ao menino que seguia à sua frente e à mulher enferma, e ele sentia-se indigno da sua missão. Cercava-o o cheiro da umidade; era como se aquela parte do mundo tivesse secado à chama quando a terra se pusera a girar no espaço: absorvera apenas a neblina e as nuvens daqueles tremendos tempos. Começou a rezar, com o corpo oscilante ao passo irregular e escorregadio da mula, com a língua emperrada pela aguardente: "Fazei com que eu seja apanhado em breve... fazei com que eu seja apanhado". Tentara escapar, mas era como aquele rei de uma tribo da África ocidental que, escravo do seu povo, nem ao menos podia repousar, para que o vento não parasse.

CAPÍTULO 2
A CAPITAL

O PELOTÃO DE POLÍCIA voltava para o quartel. Vinham esfarrapados, com os fuzis pendentes, pontas de linha onde devia haver botões. Eram homens de pequena estatura e negros olhos misteriosos de índio. A pequena praça no alto da colina era alumiada por globos em grupos de três e ligados por fios oscilantes. A Tesouraria, a Presidência, um consultório dentário, a prisão — edifício baixo de colunas brancas, de três séculos —, e depois a rua íngreme, o muro traseiro de uma igreja arruinada: qualquer caminho que se tomasse, acabava-se sempre por chegar à água e ao rio. Clássicas fachadas cor-de-rosa se descarnavam, mostrando por baixo a lama, e a lama, pouco a pouco, revertia à lama. Em volta da praça havia o costumeiro desfile da noite: as mulheres numa direção, os homens noutra. Rapazes de camisa vermelha cercavam bulhentamente as tendas de gasosa.

O tenente marchava à frente de seus homens com um ar de amargo descontentamento. Dava a impressão de que fora acorrentado a eles contra a própria vontade, e a cicatriz de seu maxilar talvez fosse a recordação de alguma fuga. Suas botas e a cinta estavam lustradas e não lhe faltava nenhum botão. Tinha um nariz fino e aduncо que se destacava de uma longa face de dançarino: a sua compostura naquela desmazelada cidade tornava-o suspeito de profundas ambições. Vinha do rio um cheiro acre e os abutres aninhavam-se nos telhados, sob a tenda de suas asas eriçadas. De quando em quando uma pequena cabeça espiava, uma garra movia-se. Exatamente às nove e meia apagaram-se todas as luzes da praça.

Um policial apresentou armas desajeitadamente e o pelotão entrou no quartel. Sem esperar ordens, penduraram os fuzis ao lado da sala dos oficiais e dirigiram-se ao pátio, uns para as redes, outros para os escusados. Alguns tiraram os calçados e deitaram-se. A cal desprendia-se das paredes úmidas, onde uma geração de policiais havia garatujado frases. Alguns camponeses esperavam, sentados num banco, com as mãos entre os joelhos. Ninguém prestava atenção a eles. Dois homens estavam lutando no lavatório.

"Onde está o *jefe*?", perguntou o tenente. Ninguém sabia ao certo: devia estar jogando bilhar nalguma parte. O tenente sentou-se com ar irritado à mesa do chefe: por trás da sua cabeça, na parede, alguém desenhara dois corações entrelaçados. "E então", disse ele, "que é que estão esperando? Tragam os prisioneiros." Entraram fazendo reverência, um atrás do outro, de chapéu na mão. "Fulano: embriaguez e desordem." "Multa de cinco pesos." "Mas eu não posso pagar, Excelência." "Então que faça a limpeza da privada e das celas." "Beltrano: depredou um cartaz de eleições." "Multa de cinco pesos." "Sicrano: trazia uma medalhinha benta debaixo da camisa." "Multa de cinco pesos." O serviço estava terminando: não havia nada de importância. Pela porta aberta, mosquitos entravam, zumbindo.

Lá fora ouviu-se o sentinela apresentar armas: era o chefe de polícia. Entrou tranquilamente. Era um homem forte, de faces gordas e rosadas, de calças brancas e chapéu de abas largas; trazia uma cartucheira e uma enorme pistola que roçava a coxa. Segurava um lenço contra a boca: estava aflito. "Dor de dentes outra vez", disse ele, "dor de dentes."

"Nada a relatar", disse o tenente com ar de desprezo.

"O governador fez hoje nova encrenca", lamentou o chefe.

"Bebida?"

"Não: um padre."

"Fuzilamos o último há semanas."

"O diabo é que não temos fotografias", disse o tenente. Lançou um olhar à parede, para o retrato de James Calver, procurado pela polícia dos Estados Unidos por crime de assalto a um banco e homicídios; cara grosseira, fotografada de frente e de perfil, cujos sinais circulavam por todas as delegacias da América Central: testa baixa, olhos fanáticos e fixos. Olhou-o com pesar: havia tão poucas possibilidades de que ele alcançasse o sul. Com certeza o apanhariam em qualquer esconderijo da fronteira, em Juarez, nas Piedras Negras ou em Nogales.

"Mas ele diz que temos", queixou-se o chefe. "Ai, o meu dente, o meu dente..." Procurou qualquer coisa no bolso traseiro, mas o coldre embaraçava-o. O tenente batia impacientemente o pé.

"Aqui está", disse o chefe. A fotografia mostrava uma porção de pessoas sentadas em redor de uma mesa: moças de branco, senhoras de cabelo desalinhado e expressão assustada; ao fundo, alguns homens espreitando tímida e solicitamente. As faces não passavam de pequenas manchas. Era uma fotografia que representava uma festa de primeira comunhão e que fora recortada de um jornal datado de vários anos. Entre as mulheres achava-se sentado um jovem de colarinho de gola virada. Ante as guloseimas que seriam servidas naquele contrafeito ambiente de intimidade convencional, ali estava ele, gorducho, de olhos salientes, uns olhos que a gente imaginava a faiscarem com inofensivas malícias para as moças. "Foi tirada há anos."

"Parece-se com todos os outros", disse o tenente. Não estava muito nítido, mas podia distinguir-se na fotografia manchada um queixo bem barbeado, bem empoado, muito desenvolvido para a sua idade. Adivinhava-se que as coisas boas da vida tinham vindo a ele demasiado cedo — a consideração dos outros, uma vida sem cuidados. Os lugares-comuns da religião na ponta da língua, a fácil jovialidade, a pronta aceitação das homenagens... um homem feliz, em suma. Nas entranhas do tenente agitou-se um ódio tão natural como o de um cão por outro. "Já o fuzilamos meia dúzia de vezes", disse ele.

"O governador recebeu um comunicado... Na semana passada ele tentou fugir para Vera Cruz."

"Para que servem os Camisas Vermelhas, se ele consegue vir até *nós*."

"Oh, houve um desencontro, naturalmente. Foi uma sorte ter perdido o vapor."

"Que foi feito dele?"

"Encontraram a sua mula. O governador diz que é preciso apanhá-lo ainda este mês. Antes de chegarem as chuvas."

"Onde era a sua paróquia?"

"Concepción e as aldeias vizinhas. Mas há três anos que desapareceu de lá."

"Que mais se sabe a seu respeito?"

"Pode passar por gringo. Esteve seis anos num seminário dos Estados Unidos. Não sei mais nada. Nasceu em Carmen — o pai tinha um armazém de secos e molhados. Mas isto não adianta coisa alguma."

"Para mim são todos iguais", disse o tenente. Uma sensação que poderia dizer-se quase de horror apossou-se dele ao olhar para os vestidos de musselina branca — lembrava-se do cheiro do incenso das igrejas, na sua infância, dos círios, das rendas e das imensas exigências feitas nos degraus do altar por homens que não sabiam o que era sacrifício. Os velhos camponeses ali se prostravam ante as imagens sagradas, de braços abertos em cruz: cansados do longo dia de trabalho nas plantações, procuravam nova mortificação.

E o padre vinha com o saco de esmolas, tirando-lhes os centavos, explorando os seus insignificantes pecados, e nada sacrificando em troca, a não ser um pequeno gozo sexual. Mas isso não era difícil, pensava o tenente. Ele próprio não sentia necessidade de mulheres. "Havemos de apanhá-lo", disse ele. "É apenas questão de tempo."
"O meu dente!", gemeu outra vez o chefe. "Isto estraga completamente a vida. Hoje a minha maior tacada foi de vinte e cinco."
"O que o senhor deve fazer é mudar de dentista."
"São todos a mesma coisa."
O tenente agarrou a fotografia e pregou-a na parede. James Calver, ladrão de banco e assassino, ficou com o perfil duro, virado para a festa de primeira comunhão. "Mas seja como for, ele é um homem", disse o tenente com ar de aprovação.
"Quem?"
"O gringo."
"Com certeza, sabe o que ele fez em Houston", disse o chefe. "Fugiu com dez mil dólares. Morreram dez G-men."
"G-men?!"
"Em todo o caso, não deixa de ser uma honra lidar com gente assim", continuou o chefe. E atirou uma palmada furiosa a um mosquito.
"Um homem como este", disse o tenente, "não faz verdadeiramente mal. Alguns homens mortos, é verdade. Mas nós todos temos de morrer. O dinheiro — alguém tem de gastar. Tanto maior é o mérito quando se consegue agarrar um desses." De pé, no meio da pequena sala caiada, com as suas botas brilhantes e o seu veneno, a ideia que ele acabava de ter como que lhe conferia certa dignidade. Havia algo de desinteressado na sua ambição, uma espécie de virtude no seu desejo de apoderar-se do rechonchudo convidado de honra da festa de primeira comunhão.
O chefe acrescentou com ar sombrio: "Ele deve ser esperto como o diabo para ter vivido assim durante anos.".

"Qualquer um poderia fazê-lo. Nunca nos ocupamos deles seriamente. Salvo quando eles próprios vêm entregar-se. Olhe, eu pegaria esse homem dentro de um mês, se ao menos..."
"Se o quê?"
"Se tivesse plenos poderes."
"Isso é fácil de dizer", observou o chefe. "E que faria você?"
"Esta província é pequena. Montanhas ao norte, o mar ao sul. Eu daria uma batida como se faz a uma rua, casa por casa."
"Oh, parece fácil." E o chefe fez ouvir um vago gemido, levando o lenço à boca.
"Ouça o que eu faria", disse de súbito o tenente, "Tomaria um homem em cada aldeia como refém. Se os aldeões não quisessem denunciá-lo logo que ele aparecesse, os reféns seriam fuzilados. E depois íamos buscar mais."
"Naturalmente, morreriam muitos."
"E não valeria a pena?", disse o tenente com uma espécie de exultação. "Se isso nos livrasse dessa gente de uma vez por todas."
"Sabe de uma coisa?", disse o chefe. "A sua ideia não é nada má."

O TENENTE VOLTOU PARA casa através da cidade de janelas fechadas. Toda a sua vida se passara ali: o Sindicato dos Operários e Camponeses fora antigamente uma escola. Ele havia ajudado a apagar esse lamentável vestígio. Toda a cidade estava transformada: o parque de cimento na encosta do cemitério, onde as barras de ferro luziam agora como postes de força na escuridão luarenta, achava-se no local da antiga catedral. A nova geração teria recordações diferentes: nada se assemelharia mais ao que fora. Havia algo de sacerdotal no seu passo decidido e atento — teólogo considerando os erros do passado para os destruir incessantemente.

Chegou, enfim, ao seu aposento. As casas eram todas de um andar, caiadas, construídas em torno de pequenos pátios, onde se encontravam um poço e algumas flores. As janelas que davam para a rua eram guarnecidas de grades. No quarto do tenente havia uma cama feita de caixotes velhos, com um colchão de palha em cima, um travesseiro e um lençol. Na parede, um retrato do presidente e uma folhinha; no chão ladrilhado, uma mesa e uma cadeira de balanço. À luz da vela, o cômodo era tão desolado como uma cela de prisão ou de convento.

O tenente sentou-se na cama e começou a tirar as botas. Era a hora da oração. Besouros explodiam contra as paredes como foguetes. Mais de uma dúzia arrastavam-se sobre os ladrilhos com as asas feridas. Enfurecia-o pensar que ainda havia na província gente que acreditava num Deus infinitamente bom e misericordioso. Há místicos que dizem ter sentido Deus diretamente. Ele era um místico também, e só o que havia encontrado era o nada — uma certeza absoluta na existência de um mundo que esfriava e agonizava, de seres humanos que tinham evoluído da condição animal sem qualquer finalidade. Sim, ele o sabia.

Deitou-se de camisa e calções e apagou a vela. O calor ocupava o quarto como um inimigo. Mas ele acreditava, contra a evidência dos seus sentidos, nos frios e vazios espaços do éter. Um rádio tocava nalguma parte: música da Cidade do México, ou talvez mesmo de Londres ou Nova York, que se infiltrava naquela obscura e esquecida província. Isso lhe parecia uma fraqueza; aquela era a sua terra e, se pudesse a muraria de aço até extirpar dela tudo aquilo que lhe recordasse a sua infância miserável. Desejaria destruir tudo, ficar sozinho sem nenhuma recordação. A vida começara cinco anos antes.

O tenente estava deitado de costas, de olhos abertos, enquanto os besouros espoucavam contra o teto. Recordava o padre que os Camisas Vermelhas tinham fuzilado contra o muro do cemitério e que era outro homenzinho rechonchudo, de olhos salientes. Era monsenhor e pensava que este título o protegeria: tinha certo desprezo pelo baixo clero, até o último instante invocara a sua qualidade. Foi só no fim que se lembrou das suas orações. Ajoelhara-se e concederam-lhe tempo para um breve ato de contrição. O tenente assistira como espectador, pois o assunto não era de sua alçada. Em todo caso, tinham fuzilado cinco padres, dois ou três haviam fugido, o bispo estava a salvo na Cidade do México, e um só se havia conformado à ordem do governador, que impusera casamento a todos os padres. Morava ele agora junto ao rio, com a sua governanta. Esta era, sem dúvida, a melhor solução: poupar aquele homem que era o exemplo vivo da fraqueza da sua fé. Isso bem prova que, durante anos, tinham vivido na impostura. Pois, se realmente acreditasse no Céu e no Inferno, não se teria recusado a um breve instante de sofrimento para merecer a eternidade... Estendido no seu leito duro naquela quente e úmida escuridão, o tenente não tinha nenhuma simpatia pelas fraquezas da carne.

NUM CÔMODO DETRÁS DA Academia Comercial uma mulher estava lendo para os seus filhos. Duas meninas de seis e dez anos estavam sentadas à borda do leito, enquanto um rapazinho de catorze anos se apoiava à parede com uma expressão de profundo aborrecimento.

"Desde os mais tenros anos", lia a mãe, "o jovem Juan se fizera notar por sua humildade e piedade. No meio de seus camaradas brutais e vingativos, o pequeno Juan seguia os preceitos de Nosso Senhor e oferecia a outra face. Um dia, seu pai julgou que ele havia mentido e bateu nele; soube mais tarde que o filho dissera a verdade e então lhe pediu desculpas. Mas Juan disse: 'Meu querido pai, da mesma forma que Nosso Pai do Céu tem o direito de castigar-nos...'."

De impaciência, o menino esfregava a cara contra o muro caiado, enquanto a doce voz continuava a sussurrar. As duas meninas, com os olhinhos atentos, bebiam aquelas palavras de suave piedade.

"Não imaginemos que o pequeno Juan não fosse tão disposto a rir ou a brincar como as outras crianças, mas havia momentos em que ele escapulia do meio de seus alegres companheiros de folguedo e ia esconder-se no curral do pai com um livro de imagens sagradas na mão."

Com o pé descalço, o menino esmagou um cascudo e, cada vez mais sombrio, pensou que afinal de contas nada é eterno neste mundo, que um dia chegariam ao último capítulo e que Juan morreria, com as costas contra o muro, gritando: "*Viva el Christo Rey*". Sim, refletiu ele, mas deve haver mais; um dia chegaria outro livro. Aquelas obras eram enviadas clandestinamente da Cidade do México: se ao menos o pessoal da Alfândega soubesse onde dar com elas.

"Não, o pequeno Juan era um verdadeiro mexicaninho e, se possuía mais reflexões do que seus camaradas, era também o primeiro quando preparavam alguma representação teatral. Certo ano, a sua classe representou perante o bispo uma pequena peça sobre as primeiras perseguições dos cristãos e ninguém riu mais do que o próprio Juan quando foi designado para encarnar Nero. Seu colega de classe, que mais tarde se tornou o padre Miguel Cerra, S. J., escreveu: 'Nenhum de nós esquecerá jamais esse dia...'."

Uma das meninas umedeceu furtivamente os lábios. Aquilo era a vida.

"Quando o pano se ergueu, Juan apareceu envergando o mais belo roupão de banho de sua mãe, com um bigode desenhado a carvão e uma coroa feita de lata. Até o bispo sorriu quando Juan avançou solenemente para a borda do pequeno palco improvisado e pôs-se a declamar..."

O menino abafou um bocejo contra a parede caiada. "Será que Juan é mesmo um santo?", perguntou ele, com ar cansado.

"Um dia o será, em breve, quando o Santo Padre o decidir."
"E eles são todos assim?"
"Eles quem?"
"Os mártires."
"Sim, todos."
"Até o padre José?"
"Não fales nele", disse a mãe. "Não tem vergonha? É um homem desprezível. Traiu Nosso Senhor."
"Pois ele me disse que tinha mais de mártir que todos os outros."
"Eu já proibi mil vezes que falasse com ele. Oh! meu filho, meu querido filho..."
"E o outro o que veio nos visitar?"
"Não, esse não é bem como Juan."
"É também desprezível?"
"Não, não é desprezível."
"Ele tinha um cheiro engraçado", disse de súbito a menorzinha das irmãs.

A mãe continuou a leitura: "Teria tido Juan naquele dia o pressentimento de que também ele, dentro em breves anos, deveria entrar para o número dos mártires? Não o sabemos. Mas o padre Miguel Cerra nos conta que, à noite, Juan permaneceu ajoelhado mais tempo que de costume e que, quando seus camaradas de classe o provocaram, segundo o costume dos colegiais..."

A voz continuava sem trégua, implacavelmente suave, insinuante e decidida: as meninas escutavam avidamente, retendo no espírito pequenas sentenças piedosas, com que mais tarde surpreenderiam os pais, e o menino bocejava contra a parede branca. Tudo tem um fim.

Mais tarde a mãe foi falar com o marido: "Estou preocupada com o menino."

"E por que não com as meninas? Em tudo há com que a gente preocupar-se..."

"Essas já são umas santinhas, mas o menino... Ele me faz cada pergunta! Sobre aquele padre beberrão... Como lamento que o tenhamos acolhido em casa."

"Se não o tivéssemos acolhido, ele seria preso e se tornaria um de nossos mártires. E escreveriam sobre ele um livro que tu lerias para os nossos filhos."

"Aquele homem? Nunca."

"Oh! afinal de contas", retrucou o marido, "ele não abandonou a partida. Não acredito no que está escrito nesse livro. Nós somos todos humanos."

"Sabe o que me contaram hoje? Uma pobre mulher levou o filho para batizar. Queria que ele fosse chamado Pedro. Mas o padre estava tão bêbado que não quis saber de nada e deu o nome de Brígida ao menino. Imagina, Brígida!"

"Pois é o nome de uma boa santa."

"Há momentos em que me faz perder a paciência. Ainda mais: o nosso filho andou falando com o padre José."

"Esta cidade é muito pequena", disse o pai. "E nada de ilusões: estamos abandonados. Temos de nos arranjar como pudermos. Quanto à Igreja... a Igreja é o padre José e também o padre bêbado, não conheço outra Igreja. Se ela não nos agrada, pois bem: é só deixá-la."

Observava-a com paciência. Era mais instruído do que a mulher. Sabia utilizar uma máquina de escrever e possuía alguns rudimentos de contabilidade. Estivera uma vez na Cidade do México. Sabia ler um mapa; via claramente a que ponto estavam abandonados: dez horas para descer o rio até o porto, depois mais quarenta e duas horas no golfo de Vera Cruz. Era a única saída. Ao norte, os pântanos e os rios se perdiam nas montanhas que os separavam da província vizinha. E, do outro lado, a mínima estrada — nada mais que caminhos de mulas e, de tempos em tempos, um avião com o qual não se podia contar, aldeias de índios, choças de pastores; trezentos quilômetros além, o Pacífico.

"Prefiro morrer", disse ela.

"É claro. Nem se discute. Mas devemos continuar a viver."

O VELHO ESTAVA SENTADO em cima de um caixote no pequeno pátio. Era muito gordo e tinha a respiração curta; o calor fazia-o arquejar levemente, como após um grande esforço. Outrora, tivera noções de astronomia e naquela noite, com os olhos fixos no céu noturno, tentava reconhecer as constelações. Só usava camisa e calças, não trazia sapatos, mas conservava qualquer coisa de inconfundivelmente clerical. Quarenta anos de sacerdócio o haviam marcado para sempre. Completo silêncio reinava sobre a cidade: tudo dormia.

Os mundos resplandecentes lá estavam no espaço como uma promessa: nosso mundo não é todo o universo, talvez haja um lugar onde o Cristo não esteja morto. Era difícil acreditar que de lá o nosso globo pudesse parecer igualmente brilhante: devia rolar pesadamente no espaço, envolto no seu nevoeiro, e semelhante a um navio abandonado ao incêndio. A terra inteira está abafada pelo seu pecado.

Do cômodo único, que compunha a sua casa, uma mulher chamou: "José, José!". O som daquela voz o fez encolher o corpo como um escravo condenado às galés. Seus olhos deixaram o céu, e as constelações sumiram-se no espaço: os cascudos arrastavam-se no pátio. "José, José!" Ele pensou com inveja nos homens que estavam mortos: era tão rápido. Levavam-nos até o cemitério e fuzilavam-nos contra o muro: em dois minutos a vida estava finda. E chamavam a isso martírio! Aqui a vida continuava sem tréguas. Ele tinha apenas sessenta e dois anos, podia viver até os noventa.

Vinte e oito anos — esse período incomensurável que transcorrera do seu nascimento à sua primeira paróquia: toda a infância, a adolescência e o seminário ali estavam contidos. "José, vem para a cama!" Ele estremeceu: sabia que era grotesco. Um velho que se casa já é ridículo, mas um velho padre... Examinou-se, como do exterior, e perguntou a si próprio se nem do inferno seria digno. No leito ele não era mais que um velho obeso e importante que se cobria de ridículo. Mas lembrou-se então do dom que recebera e que ninguém lhe podia arrancar. Era isso o que o tornava digno da condenação: o poder que ainda tinha de transformar a hóstia em carne e sangue de Deus. Era um padre sacrílego; aonde quer que fosse e o que quer que fizesse, ofendia a Deus. Certa vez, o louco de um católico renegado, fanatizado pela política do governador, irrompera numa igreja (no tempo em que ainda havia igrejas) e se apoderara da hóstia consagrada. Cuspira em cima e a pisoteara; então os fiéis o haviam enforcado no campanário como faziam com o Judas na Quinta-Feira Santa. Aquele homem não era tão culpado assim, pensou José: seria perdoado, pois só agira por política, mas ele, ele era muito pior — ele era como uma imagem obscena pendurada ali todos os dias para corromper as crianças.

 Arrotou, sentado no seu caixote. "José, que estás fazendo? Vem para a cama!" Não havia mais nada que fazer o dia inteiro — não mais ofícios cotidianos nem missas nem confissões era inútil rezar: a prece é um ato e ele não tinha absolutamente intenção de agir. Fazia dois anos que vivia em estado constante de pecado mortal e ninguém podia ouvir sua confissão: nada a fazer, senão comer, e comer demais; ela alimentava-o engordando-o, para o conservar, como a um porco de preço. "José!" Vieram-lhe soluços nervosos ao pensar que iria afrontar pela setingentésima trigésima oitava vez a sua autoritária criada, sua mulher, ia encontrá-la deitada no grande leito impudico que enchia metade da peça, vulto ossudo dentro do mosquiteiro, com a longa mandíbula e a trança grisalha e curta encimadas por uma touca absurda. Julgava ela que tinha uma posição a sustentar, como pensionista da província e mulher do único padre casado. E disto se orgulhava. "José!" "Já... vou, meu amor", disse ele, erguendo-se do caixote. Ouviu alguém rir. Ergueu os olhos, uns olhinhos avermelhados como os de um porco ciente do matadouro. Uma voz aguda de criança gritou: "José!". Percorreu o pátio com um olhar intrigado. Defronte, por trás das grades de uma janela, três garotos o vigiavam com ar grave. Voltou-lhes as costas e deu dois passos para a porta, vagarosamente, por causa da sua corpulência. "José", gritou de novo a voz aguda, "José!". Olhou para trás por cima do ombro e surpreendeu nas suas pequenas faces todos os sinais de uma alegria delirante. Seus olhinhos avermelhados não exprimiram a mínima indignação — ele não tinha o direito de indignar-se; esboçou um meio sorriso perplexo e, como se aquele sinal de fraqueza lhes desse toda a audácia de que necessitavam, puseram-se a gritar sem cerimônia: "José, José, vem para a cama, José!". As suas vozinhas atrevidas enchiam o pátio; ele sorriu humildemente, esboçando pequenos gestos a pedir silêncio. Ninguém lhe testemunhava o menor respeito nem na sua casa, nem na cidade, nem em todo este mundo corrupto.

CAPÍTULO 3
O RIO

O CAPITÃO FELLOWS CANTAVA alto para si mesmo, enquanto o pequeno motor ronronava na proa do bote. O grande rosto tisnado lembrava o mapa de uma região montanhosa, com as suas manchas de vários tons de castanho e os dois pequenos lagos azuis que eram os olhos. Cantava com uma voz terrivelmente desafinada umas canções que ia improvisando: "Vou pra casa, vou pra casa, tudo o que eu comer vai ser bem bom, bem bom, bem bom. Adeus, maldito grude desta maldita cidaaaaade!". Deixou o rio para meter-se por um afluente. Alguns jacarés descansavam na areia. "Não gosto da cara de vocês, malditos bichos, não, não gosto", cantarolou o capitão. Era um homem feliz.

As plantações de bananeiras estendiam-se em ambas as margens. A voz ressoava sob o sol ardente; aquele canto e o ruído regular do motor eram os únicos sons que se ouviam. Ele estava inteiramente só. Sentia-se arrebatado por uma grande vaga de alegria juvenil: um trabalho de homem, no próprio coração da natureza, nenhuma responsabilidade com quem quer que fosse. Alegria maior, só a sentira num outro país: a França em guerra, em meio da paisagem devastada das trincheiras. O afluente seguia em ziguezague, adentrando-se mais e mais na terra pantanosa e coberta de vegetação, e um abutre pairava alto no céu; o capitão abriu uma lata e comeu um sanduíche: a comida é sempre melhor ao ar livre. Um macaco saudou-o à passagem com um guincho, e o capitão Fellows sentiu-se feliz em comunhão com a natureza. Uma leve e vasta fraternidade o unia ao mundo. Ela circulava em suas veias, no seu próprio sangue. "Que pândego, pensou ele, que pândego!" Recomeçou a cantar — desta vez eram as palavras de algum outro, que conservara um pouco à matroca na memória infiel, apesar das boas intenções. "Dai-me a vida que eu amo, que eu molho o meu pão na água do rio, sob o firmamento estrelado... O caçador volta do mar.". As plantações foram rareando e ao longe surgiram as montanhas de contornos pesados e negros desenhados a pouca altura do horizonte. Alguns bangalôs surgiram da lama. Ele estava em casa. Uma ligeira nuvem veio sombrear sua alegria. Afinal de contas, a gente gosta que alguém venha receber-nos, pensou ele. Caminhou em direção a sua casa, que se distinguia das outras à beira d'água pelo seu teto de telha, seu mastro sem bandeira e a placa na porta, anunciando que se tratava da "Central American Banana Company". Havia duas redes na varanda, mas não se via ninguém. O capitão Fellows sabia onde ia encontrar sua esposa. Não era ela quem ele esperava ver à entrada. Empurrou uma porta e irrompeu violentamente, gritando: "Papai está de volta!". Um magro rosto assustado espreitou-o através de um mosquiteiro: as pesadas botas escorraçavam o silêncio e a paz. Sra. Fellows teve um movimento de recuo. "Estás contente com a minha chegada, Trix?", perguntou ele. A mulher esboçou às pressas na cara assustada um sorriso de boas-vindas. Aquilo lembrava a brincadeira de desenhar um cachorro de um só traço: o resultado é uma salsicha.

"Eu me sinto contente por estar em casa", disse o capitão Fellows. E acreditava-o. Era a sua única convicção firme: que sentia realmente as emoções que a ocasião requeria — amor, alegria, dor e ódio. Sempre se portara bem na hora H.

"Tudo vai bem no escritório?", perguntou a mulher.

"Às mil maravilhas."

"Eu ontem tive um pouco de febre."

"Ah! é preciso alguém que cuide de você. Vai passar muito bem, agora que estou aqui", acrescentou com ar vago. Tinha despedido alegremente a ideia da febre; batia as mãos, rindo alto, enquanto ela tremia sob o mosquiteiro. "Onde está Coral?"

"Com o policial", respondeu sra. Fellows.

"Eu esperava que ela viesse a meu encontro", disse ele, caminhando à toa pelo quarto desarrumado, enquanto o cérebro atinava com o sentido do que ouvira. "Policial? Que policial?"

"Ele chegou ontem de noite e Coral deixou-o dormir na varanda. Ele me disse que o homem andava à procura de alguém."

"Que coisa esquisita! Aqui?"

"Não é um policial ordinário, é um oficial. Deixou os seus homens na aldeia, pelo que ela me disse."

"Mesmo assim, acho que devia se levantar. Quero dizer... Esses tipos, nunca se sabe." E acrescentou, sem a mínima convicção: "Coral não passa de uma criança".

"Eu já te disse que estava com febre", gemeu sra. Fellows. "Sentia-me tão doente!"

"Não há de ser nada. Foi um pouco de sol. Vais ver... agora que *eu* estou em casa."

"Eu tinha tanta dor de cabeça... Impossível ler ou coser. E ainda por cima aquele homem..."

O terror erguia-se atrás da sra. Fellows, bem junto às suas costas, e ela se consumia num esforço constante para não se voltar. Revestia o seu medo de um disfarce, para não encará-lo — batizava-o de febre, ratos, desemprego. Quanto à face verdadeira, que permanecia tabu, era a morte. Cada ano a morte mais se aproximava daquela região estranha. Eles fariam suas malas e partiriam, deixando-a sozinha num cemitério que ninguém visitava, dentro de um enorme túmulo.

"Creio que tenho de ir ver o tal homem", disse o capitão. Sentou-se no leito e pousou a mão sobre o braço da mulher. Tinham alguma coisa em comum, uma espécie de timidez. Acrescentou distraidamente: "Aquele sujeito, o secretário do patrão, nunca mais o veremos."

"Partiu?"

"Para o outro mundo." Sentiu inteiriçar-se o braço que segurava; ela afastou-se do marido, recuando para a parede. Ele havia tocado no tabu. Rompera-se o elo entre ambos, sem que ele compreendesse por quê. "Dor de cabeça, querida?"

"Não seria melhor que fosses falar com o homem?"

"Ah! sim, já vou." Mas não se moveu. Foi a menina quem veio procurá-lo.

Parou à porta do quarto e os examinou com uma expressão de infinita responsabilidade. Sob aquele olhar tão grave, os dois se tornavam, ele um garoto em quem não se podia confiar, ela um fantasma que um sopro dissiparia, um bocado de ar assustadiço. Era muito nova, cerca de treze anos e nessa idade não se tem medo de muitas coisas, nem da velhice, nem da morte, nem do que pode acontecer: as mordidas de cobra, a febre, os ratos, um mau cheiro. A vida ainda não a atingira e havia nela um falso ar de invulnerabilidade. Mas já fora, por assim dizer, reduzida ao mínimo. Tudo ali estava, mas em quantidades ínfimas, é o efeito que produz o sol numa criança. A pulseira de ouro no seu punho ossudo era como um cadeado numa porta de lona, que um empurrão faria ceder. "Já disse ao policial que tinha chegado", disse ela.

"Está bem", respondeu o capitão. "Não há um beijo para o velho paizinho?"

Ela atravessou solenemente a peça e deu-lhe na fronte um beijo formal: ele sentiu a falta de entusiasmo. A menina tinha outras preocupações. Continuou: "Avisei a cozinheira que mamãe não se levantaria para o jantar."

"Acho que devia tentar, querida", disse o capitão Fellows à mulher.

"Por quê?", perguntou Coral.

"É que..."

"Eu queria falar a sós com o senhor", disse Coral. Sra. Fellows deslizou até o fundo de sua tenda; estava certa de que a sua retirada final seria arranjada dessa maneira, por sua filha. O bom senso era uma qualidade horrível, que nunca possuíra. É o bom senso que proclama: "Os mortos não ouvem", ou "Deixou de sofrer", ou "As flores artificiais são mais práticas".

"Não compreendo por que sua mãe não pode ouvir", disse o capitão.

"Ela se negaria a ouvir. Só serviria para assustá-la."

A experiência lhe ensinara que Coral tinha resposta para tudo. Jamais falava sem refletir: estava sempre prevenida, mas às vezes as respostas que havia preparado pareciam a seu pai muito bárbaras. Eram colhidas na única vida que ela podia recordar: aquela. Pântanos, abutres, nenhuma outra criança em parte alguma, a não ser os pequenos da aldeia, de ventre inchado pelas lombrigas e que comiam detritos à margem do rio, como animais. Dizem que os filhos criam uma ligação entre os pais, e sem dúvida ele sentia grande relutância em confiar-se àquela menina. Nunca sabia aonde o poderiam levar as respostas dela. Através do mosquiteiro, procurou ocultamente a mão da mulher: eles eram os adultos, pertenciam ao mesmo partido, sua filha era a estranha instalada na casa deles. "Você nos assusta", disse ele com jovialidade.

"Não creio", disse a menina, escolhendo as palavras, "que *você* possa assustar-se."

Ele capitulou e, apertando a mão da mulher: "Minha querida, nossa filha resolveu, parece...".

"Primeiro é preciso que o senhor vá falar com o oficial de polícia. Ele tem de ir embora. Não me agrada."

"Então, é claro que ele tem de ir embora", disse o capitão, com um riso que soou falso.

"Foi o que eu lhe disse. Expliquei que não podíamos recusar uma rede para passar a noite, já que havia chegado tão tarde, mas agora quero que ele parta."

"E ele desobedeceu?"

"Disse que queria falar com o senhor."

"Como ele se ilude!", disse o capitão Fellows. A ironia era a sua única defesa, mas a menina não compreendia essa linguagem. Não compreendia nada que não fosse claro, claro como o alfabeto, um pequeno problema fácil ou uma data histórica. Largou a mão da mulher e, quase à revelia, deixou que o conduzissem para o sol da tarde. Silhueta imóvel cor de oliva, o oficial de polícia mantinha-se de pé diante da varanda; não avançou um passo para ir ao encontro do capitão Fellows.

"A seu dispor, meu tenente", disse o capitão com displicência. Veio-lhe a ideia de que Coral tinha mais pontos de contato com aquele policial do que com ele próprio.

"Ando à procura de um homem", disse o tenente. "Foi assinalada a sua presença nesta região."

"Ele não pode estar aqui."

"Foi o que me disse a sua filha."

"Pode confiar nela."

"A acusação é muito grave."

"Assassinato?"

"Não, traição."

"Oh, traição", murmurou o capitão Fellows, deixando bruscamente de interessar-se pelo assunto. Havia tanta traição por toda parte... Era como os roubos insignificantes que se fazem nas casernas.

"Trata-se de um padre. Espero que o senhor nos informe imediatamente se ele for visto em qualquer parte." Uma pausa.

Depois o tenente prosseguiu: "O senhor é estrangeiro mas vive sob a proteção de nossas leis. Esperamos que corresponda devidamente à nossa hospitalidade. Não é católico?".

"Não."

"Então posso contar com o senhor?"

"Creio que sim."

O tenente se erguia ao sol como um pequeno e ameaçador ponto de interrogação, sua atitude parecia significar que ele se recusava a receber de um estrangeiro até a dádiva de um pouco de sombra.

"Não aceita um copo de gasosa?"

"Não, não, obrigado."

"Bem", respondeu Fellows, "é só o que lhe posso oferecer, não é? Beber álcool também é traição."

De súbito, o tenente rodou sobre os calcanhares como se não mais pudesse suportar a vista daquelas duas criaturas; eles ficaram a vê-lo descer a grandes pernadas o caminho que conduzia à aldeia; as perneiras e o coldre da pistola brilhavam ao sol. Depois que percorreu um trecho de caminho, viram-no parar e cuspir. Não deixara de ser cortês, pois tinha esperado o momento em que pensava que não mais podiam avistá-lo para lançar todo o seu ódio e desprezo a uma vida tão diferente da sua, uma vida de conforto, de segurança, de tolerância amável.

"Quero antes tê-lo como amigo do que como inimigo", disse o capitão.

"Naturalmente, ele desconfia de nós."

"Essa gente desconfia de todo o mundo."

"Tenho a impressão", disse Coral, "que ele suspeitava de qualquer coisa."

"É sua profissão: suspeitar."

"O senhor compreende, foi porque eu não deixei que ele revistasse a casa."

"Por que diabo o impediste?", disse o capitão Fellows, cujo espírito divagante se fixou de súbito. "E como fizeste para impedi-lo?"

"Eu lhe disse que soltaria os cães em cima dele... e que faria queixa ao cônsul. Ele não tinha o direito..."

"Oh!", exclamou o capitão, "quanto ao seu direito, eles o carregam na cintura, do lado esquerdo. Não havia nenhuma inconveniência em deixá-lo dar uma batida."

"Eu lhe dei a minha palavra." Ela era tão inflexível quanto o tenente: pequena, escura, deslocada no meio daqueles bananais. Sua simplicidade não tinha indulgência com ninguém; o futuro, cheio de compromissos, de angústia, de vergonha, permanecia exterior a ela; a porta pela qual um dia ele entraria, estava ainda fechada. Mas dali por diante, a cada momento, uma palavra, um gesto, a ação mais trivial poderia muito bem ser o seu sésamo... e que encontraria ela atrás? O capitão sentiu medo: reconheceu que a sua ternura excessiva o privava de autoridade. Não se pode exercer controle sobre o objeto amado: o vemos correr imprudente para a ponte ruída, para o precipício do caminho, para o horror do que há de ser setenta anos depois. Fechou os olhos... era um homem feliz... e pôs-se a trautear uma canção.

"O senhor compreende? Eu não gostaria que um homem como aquele descobrisse que eu estava mentindo", disse Coral.

"Estavas mentindo? Meu Deus", exclamou o pai, "não me vás dizer que ele está aqui!"

"Claro que está aqui", respondeu Coral.

"Onde?"

"No celeiro", explicou ela docemente. "Afinal de contas, não podíamos deixar que o apanhassem."

"Sua mãe sabe?"

A pequena respondeu com arrasadora franqueza: "Oh, não. Eu não podia confiar *nela*." Ela não dependia nem dele nem da sua mãe: ambos pertenciam ao passado. Dali a quarenta anos es-

tariam os dois tão mortos como o cão que morrera um ano atrás.
"Mostra-me onde ele está", disse o capitão.

Caminhava devagar; a felicidade o deixava mais veloz e mais completamente do que a um homem infeliz, pois os infelizes estão sempre preparados. Vendo-a seguir à sua frente, com as duas finas tranças descoloridas pelo sol, pensou pela primeira vez que ela atingira a idade em que as jovens mexicanas estão prontas para receber o seu primeiro homem. Que iria acontecer? Seu espírito recuou diante desses problemas que jamais ousara enfrentar. Ao passar pela janela do quarto de dormir, avistou, solitário sob o mosquiteiro, um franzino corpo ossudo e enrodilhado. Lembrou-se, com nostalgia e uma grande piedade por si mesmo, como fora feliz no rio, quando fazia um trabalho de homem sem pensar em outros. Ah! se eu nunca tivesse casado... E dirigiu ao pequeno dorso infantil e impiedoso um gemido de impotência. "Não devemos meter-nos nas suas histórias políticas."

"Não se trata de política", explicou ela com brandura. "Política eu sei o que é. Mamãe e eu estudávamos o Reform Bill."

Tirou uma chave do bolso e abriu o celeiro onde se guardavam as bananas antes de serem transportadas pelo rio até o porto. Estava ali muito escuro, depois do sol ofuscante: ouviu-se qualquer coisa mexer-se num canto. O capitão Fellows tirou a sua lanterna e assestou o jato de luz sobre um homem de roupa escura e esfarrapada, um homenzinho cujos olhos piscavam e cujas faces estavam cobertas de uma barba de vários dias.

"*Quién es usted?*", perguntou o capitão Fellows.

"Eu falo inglês." Apertava contra si uma pequena valise, como se esperasse um trem que não deveria perder por nada deste mundo.

"Fez mal em esconder-se aqui."

"Eu sei...", disse o homem.

"Nós estamos fora de tudo isso. Somos estrangeiros."

"Naturalmente. Já vou partir", disse o homem. Estava de pé, com a cabeça um pouco inclinada, como um soldado que espera a decisão do superior. O capitão Fellows abrandou-se. "Espere que anoiteça", disse ele. "Não deve deixar que o apanhem."

"Não, isso não…"

"Está com fome?"

"Um pouco. Mas não quer dizer nada…" E acrescentou com uma humildade quase repulsiva: "Se quisesse prestar-me um grande serviço…"

"O quê?"

"Um pouco de bebida."

"Já infringi bastante a lei por sua causa", disse o capitão Fellows. Retirou-se a grandes passadas, com a súbita sensação de ser muito grande e alto, abandonando o homenzinho inclinado no escuro, em meio às bananas. Coral fechou a porta à chave e o seguiu. "Que religião!", murmurou o capitão Fellows. "Mendigar bebida… É vergonhoso."

"Mas o senhor às vezes bebe."

"Minha querida, quando for maior, compreenderá a diferença que há entre beber um pouco, após a refeição, e… meu Deus, ter necessidade de beber."

"Posso levar um pouco de cerveja?"

"Você? Não, *você* não levará coisa alguma."

"Não se pode confiar nos criados."

Ele sentiu-se impotente e furioso. "Está vendo em que embrulhada nos meteu?", disse ele. Entrou em casa e foi para o seu quarto, que se pôs a medir em passos nervosos. Sra. Fellows dormia um sono agitado e sonhava com casamentos. "A minha cauda, cuidado com a minha cauda", disse ela em voz alta.

"Que é que estás dizendo?", perguntou ele em tom irritado.

A noite tombou como uma cortina. O sol ali estava e no momento seguinte havia desaparecido. Sra. Fellows despertou na entrada de uma nova noite.

"Falou alguma coisa, querido?"

"Você é que falou. Falou em caudas."

"Com certeza estava sonhando."

"Ainda falta muito tempo para se usarem caudas por aqui", disse ele com sombria satisfação. Foi sentar-se no leito, para fugir à janela: o que a gente não vê, bem pode ignorar. Os grilos começavam a cricrilar e, junto à rede da janela, passavam vaga-lumes, acesos como pequenas lâmpadas. Na necessidade de tranquilizar-se, ele pousou a sua pesada mão de sujeito bonachão sobre o vulto estendido debaixo dos lençóis e disse: "A vida não é tão má assim, não achas, Trixy? Afinal de contas, não é mau negócio, esta vida!" Mas sentiu que ela se contraía: a palavra "vida" era tabu, fazia pensar em morte. Ela desviou o rosto. Tomada de pânico, via estender-se cada vez mais as fronteiras do seu terror. Associava-lhe pouco a pouco todas as criaturas que dela se aproximavam e o mundo inteiro dos objetos inanimados: era como uma doença infecciosa. Não se pode olhar muito tempo para alguma coisa sem perceber que ali se encontra o germe... Assim, a palavra "lençol". Afastou o lençol para longe. "Mas como está fazendo calor!", disse ela. O que era habitualmente feliz, a que era sempre infeliz, imóveis sobre aquele leito, viam com desconfiança a noite adensar-se. Eram dois companheiros separados do resto do mundo; só achavam sentido no que se passava em seus corações; eram transportados através dos espaços infinitos como crianças numa diligência, que ignoram o seu destino. Ele pôs-se a cantarolar, com uma alegria desesperada, uma velha canção do tempo da guerra; não queria ouvir o ruído dos passos que atravessavam o pátio e se dirigiam para o celeiro.

Coral colocou as coxas de frango e as tortilhas no chão e abriu a porta com a sua chave. Trazia uma garrafa de Cerveza Moctezuma debaixo do braço. No escuro ouviu a mesma inquietação de há pouco: um homem que se move e que está com medo. "Sou eu", disse, para tranquilizá-lo, mas sem acender a lâmpada elétrica. E acrescentou: "Trouxe-lhe uma garrafa de cerveja e comida."

"Obrigado, obrigado."

"Os policiais deixaram a aldeia. Vão para o sul. O senhor terá de ir para o norte."

Ele não respondeu.

Ela perguntou, com a curiosidade indiferente das crianças: "Que é que eles lhe farão se o pegarem?".

"Fuzilam-me."

"Deve ter muito medo...", disse ela, interessada.

Ele atravessou o celeiro, às apalpadelas, em direção à porta e ao pálido clarão das estreias.

"*Tenho* muito medo", disse ele, e tropeçou num cacho de bananas.

"O senhor não pode fugir daqui?"

"Já tentei. Há um mês. O vapor estava para partir... e, exatamente na hora, recebi um chamado."

"Alguém precisava do senhor?"

"Ela não precisava mesmo de mim", respondeu ele com amargura. Coral podia distinguir o seu rosto, agora que a Terra rolava em meio das estrelas: seu pai teria dito que era uma cara que não inspirava confiança.

"Bem vê", disse ele, "como sou indigno ao falar assim."

"Indigno de quê?"

Ele apertou mais forte contra si a sua pequena valise e perguntou: "Pode dizer-me em que mês estamos? Fevereiro?"

"Não, hoje é 7 de março."

"Raramente encontro pessoas que saibam a data. Portanto, dentro de um mês, de seis semanas, as chuvas vão começar." E explicou: "Quando vierem as chuvas, estarei quase em segurança, porque os policiais não poderão mais circular."

"O senhor será salvo pelas chuvas?", perguntou ela, animada pelo desejo de aprender.

O Reform Bill, a Colina de Senlac, algumas frases de francês repousavam em seu cérebro como um pequeno tesouro secreto.

Ela exigia uma resposta a cada uma de suas perguntas e absorvia-a com avidez.

"Oh, não, não. As chuvas me permitirão viver esta vida durante mais seis meses." Ele deu uma dentada numa coxa de frango. Coral sentiu o seu hálito, desagradável como uma coisa requentada. "Prefiro que me prendam."

"Mas", perguntou ela com toda a lógica, "por que então não vai entregar-se, simplesmente?"

As respostas eram tão diretas e claras como as perguntas. "Há o sofrimento", disse ele. "Escolher um sofrimento como aquele não é possível. Por outro lado, é meu dever não deixar que me prendam. Você compreende, o meu bispo não está mais aqui. Um estranho pedantismo o levava a falar. Aqui, é a minha paróquia." Encontrou uma tortilha, que se pôs a comer com voracidade.

A menina disse solenemente: "É um verdadeiro problema.".

Ouviu os glu-glus que ele fazia ao beber pelo gargalo. "Tento lembrar-me da minha felicidade de outrora." Um vaga-lume alumiou sua face durante alguns segundos e depois se extinguiu: era uma cara de vagabundo. Quais poderiam ter sido as causas da sua felicidade? "Neste momento", continuou ele, "na Cidade do México, tem lugar a bênção eucarística. O arcebispo assiste... Acha que ele às vezes pensa...? Nem sequer sabe que ainda estou vivo."

"Naturalmente", disse a pequena, "o senhor poderia... renunciar."

"Não compreendo."

"Renunciar à sua fé", especificou ela, empregando o vocabulário da sua História da Europa.

"É impossível. Não há saída. Eu sou padre. Não está em meu poder."

A menina escutava-o com paixão.

"Como um sinal de nascença..." disse ela. Ouviu-o sorver a garrafa desesperadamente. "Acho que poderia encontrar a aguardente de papai."

"Oh! Mas não... roubar, não." Bebeu até a última gota de cerveja; um longo siflar de garrafa vazia, no escuro; não restava mais nada. "Tenho de partir", disse ele, "imediatamente."

"Pode voltar, sempre que quiser."

"Seu pai não ficaria satisfeito."

"Ele não precisa saber. Eu me ocuparei do senhor. O meu quarto fica justamente diante desta porta. É só bater na minha janela. Talvez", continuou ela com a maior seriedade, "seja conveniente arranjarmos um código. Se outra pessoa viesse bater."

Ele disse, horrorizado: "Um homem?".

"Sim. Nunca se sabe. Outro fugitivo que queira escapar à justiça."

"Em todo o caso", observou ele, um tanto embaraçado, "é pouco provável."

"Isso acontece", respondeu ela com desenvoltura.

"Já aconteceu?"

"Não. Mas agora quero estar preparada. O senhor dará três batidas: uma breve, duas longas."

Ele estourou de riso como uma criança: "Mas como é que se pode dar uma batida longa?".

"Assim."

"Ah! você quer dizer forte."

"Eu digo longa por causa do Morse." Isso estava fora do alcance do padre. Ele disse à menina: "Você é muito boa. Vai rezar por mim?".

"Oh! Não", disse ela, "não acredito nessas coisas."

"Não acredita na oração?"

"Não acredito em Deus. Perdi a fé quando tinha dez anos."

"Bem, bem", disse ele. "Então eu é que rezarei por você."

"Por certo, se isso lhe dá prazer", disse ela em tom protetor.
"Se voltar, eu ensinarei a você o alfabeto Morse. Seria útil."
"Como?"
"Se o senhor se escondesse na plantação, eu poderia, com o meu espelhinho, dar-lhe informações sobre os movimentos do inimigo."
Ele escutava com a maior seriedade.
"Mas será que o inimigo não a veria?"
"Oh, eu arranjaria uma explicação." No momento preciso, seu pensamento avançava metodicamente, eliminando todas as objeções.
"Adeus, minha filha", disse ele.
Hesitou junto da porta. "Talvez... já que as orações não lhe interessam... talvez você gostasse... Conheço um belo truque."
"Gosto muito disso."
"Faz-se com cartas. Será que você não tem cartas?"
"Não."
Ele suspirou. "Então, nada feito" e, de novo, teve um risinho súbito. Ela sentiu o bafio de cerveja de seu hálito. "Meu único recurso será então rezar por você."
"O senhor não parece estar com medo", disse ela.
"Uma garrafa de cerveja transforma um poltrão de modo miraculoso. Se eu tivesse bebido um pouco de aguardente, seria capaz de enfrentar... o diabo." Tropeçou no pé da porta.
"Adeus", disse ela. "Espero que escape." Um débil suspiro lhe chegou aos ouvidos. Ela acrescentou docemente: "Se eles o matarem, eu não perdoarei, nunca, nunca!". Estava disposta a aceitar sem hesitação qualquer responsabilidade, até mesmo a da vingança. Era a sua razão de viver.

MEIA DÚZIA DE CABANAS de barro e taquara se erguiam no meio de uma clareira; duas delas estavam em ruínas. Alguns porcos fuçavam a terra enquanto uma velha, carregando uma tocha acesa, ia de choça em choça, para acender um pequeno fogo ao centro, a fim de encher a casa de um fumo que espantasse os mosquitos. As mulheres ocupavam duas das cabanas, os porcos a outra; na última das que estavam sólidas e na qual se guardava a provisão de milho, vivia um velho, um menino e toda uma tribo de ratos. O velho de pé na clareira olhava o fogo que ia sendo transportado de um lugar para outro, vacilando no escuro: parecia um rito repetido todos os dias à mesma hora, durante uma vida inteira.

Com os seus cabelos brancos, a sua barba de vários dias, também branca, suas mãos engelhadas e frágeis como as folhas do último outono, o velho dava uma espantosa impressão de permanência. Tendo atingido o limite da existência, não mais poderia mudar dali por diante: era velho desde muitos anos.

O desconhecido adentrou a clareira. Trazia o que fora um par de sapatos da cidade, pretos e pontudos; não restava mais que a parte de cima, de modo que, de fato, ele andava descalço. Seus sapatos eram simbólicos, como os estandartes cobertos de teias de aranha que flutuam nas igrejas. Vestia uma camisa e um par de calças pretas rasgadas e segurava sua valise como um viajante de estrada de ferro. Quase atingira também o estado de permanência, mas viam-se ainda nele as cicatrizes do tempo; seus sapatos estraçalhados eram ainda a marca de um passado diferente, os sulcos do rosto revelavam os seus temores e esperanças quanto ao futuro. A velha portadora do fogo parou entre duas cabanas para observá-lo. Ele avançou para a clareira, com os olhos fixos no chão e as espáduas curvas, como se se sentisse exposto aos olhares. O velho veio a seu encontro: tomou a mão do desconhecido e beijou-a.

"Pode dar-me uma rede para esta noite?"

"Ah, padre, uma rede só na cidade. Aqui só temos o chão."

"Não importa. Apenas um lugar onde possa estender-me. E poderia dar-me um pouco... um pouco de bebida?"
"Só temos café, padre, mais nada."
"Comida?"
"Não temos nenhuma."
"Não faz mal."
O menino saiu da cabana e veio olhá-lo. Todos o olhavam: era como nas touradas, quando o animal está exausto e os espectadores esperam o seu próximo movimento. Não tinham o coração duro. Apenas saboreavam este espetáculo pouco comum: uma miséria maior que a sua. O padre dirigiu-se, coxeando, para a cabana. Lá dentro, só se era alumiado até os joelhos; no chão não havia propriamente fogo, mas uma combustão lenta. O recinto estava meio ocupado por um monte de milho; ouvia-se o barulho dos ratos entre as folhas secas. Havia uma cama feita de terra e coberta de um colchão; dois caixotes serviam de mesa. O forasteiro deitou-se.
"Não há perigo?"
"O menino está de vigia. Ele sabe."
"Esperavam-me?"
"Não, padre. Mas faz cinco anos que não vemos padre... isso ia acontecer um dia."
Ele tombou num sono inquieto, e o velho acocorou-se no chão, soprando o fogo para atiçá-lo. Alguém bateu à porta e o padre ergueu-se bruscamente. "Não é nada, padre", disse o velho. "É o seu café." Ele lhe trouxe um café pardacento de milho que fumegava num recipiente de lata, mas o padre estava muito fatigado para beber. Permanecia estendido de lado, absolutamente imóvel: dentre o milho, um rato fitava-o.
"Ontem estiveram aqui uns soldados", disse o velho. E soprou o fogo; nuvens de fumaça subiram, enchendo a cabana. O padre começou a tossir e o rato desapareceu no milho como a sombra de uma mão.

"Padre, o menino não foi batizado. O último padre que esteve aqui queria dois pesos. Eu só tinha um. E agora, tenho só cinquenta centavos."

"Amanhã", disse o padre, exausto.

"Vai rezar missa amanhã de manhã, padre?"

"Sim, sim."

"E a confissão, padre? Vai ouvir nossa confissão?"

"Sim, mas deixe-me dormir primeiro." Deitou-se de costas e fechou os olhos para protegê-los da fumaça.

"Não temos dinheiro para lhe dar, padre. O outro padre, o padre José..."

"Deem-me roupa em vez de dinheiro", disse ele com irritação.

"Mas nós só temos a que vestimos."

"Fiquem com a minha em troca."

O velho pôs-se a resmungar baixinho, observando furtivamente o que a luz do fogo lhe permitia ver da roupa negra e esfarrapada. "Se tem de ser...", disse ele. Soprou tranquilamente o fogo durante uns momentos. Os olhos do padre tornaram a fechar.

"Em cinco anos, a gente tem tantos pecados a confessar..."

O padre ergueu-se vivamente. "Que foi?", perguntou.

"Estava sonhando, padre. O menino nos avisará se os soldados voltarem. Eu apenas lhe estava dizendo..."

"Não pode deixar-me dormir cinco minutos?" Tornou a deitar-se. Nalguma parte, numa das choças das mulheres, alguém estava cantando: "Eu fui até meu jardim, ali achei uma rosa".

O velho disse baixinho: "Seria uma pena que os soldados chegassem antes que nós tivéssemos tempo de... Que fardo para as nossas pobres almas, padre..." O padre ergueu-se e, apoiando-se à parede, disse em tom furioso: "Está bem. Comece. Vou confessá-lo". Os ratos agitavam-se no milho. "Ande, ande", disse o padre. "Não perca tempo. Despachemo-nos. Qual foi a última vez que...?" O velho ajoelhou-se junto ao fogo, enquanto, do outro lado da clareira, a mulher cantava: "Eu fui até a roseira, e a rosa tinha murchado".

"Há cinco anos." Ele deteve-se para soprar o fogo. "É difícil de lembrar, padre."

"Pecou contra a castidade?"

O padre encostou-se à parede, com as pernas encolhidas, e os ratos, já habituados às vozes, recomeçaram a agitar-se no milho. O velho desfiava com dificuldade os seus pecados, soprando o fogo ao mesmo tempo. "Faça um bom ato de contrição e diga... diga... Tem um rosário? Bem, então recite os Mistérios Gozosos." Seus olhos fecharam-se, seus lábios e sua língua engrolaram a absolvição que não chegaram a terminar... Com um sobressalto, despertou.

"Posso trazer as mulheres?", perguntou o velho. "Há cinco anos..."

"Oh, que venham, que venham todas", exclamou o padre encolerizado. "Sou o vosso servo." Cobriu os olhos com as mãos e pôs-se a chorar. O velho foi abrir a porta; fora não estava completamente escuro sob o céu constelado de estrelas. "Venham", disse ele. "Têm de confessar-se. É uma delicadeza que fazem ao padre." Responderam-lhe gemendo que estavam cansadas, que na manhã seguinte haveria tempo. "Querem então insultá-lo? Para que julgam que ele veio aqui? É um padre muito santo. Lá está ele chorando na choça pelos nossos pecados." Obrigou-as a sair; uma após outra, encaminharam-se através da clareira para a cabana; e o velho dirigiu-se para a margem do rio a fim de substituir o menino que vigiava o vau por causa dos soldados.

CAPÍTULO 4
AS TESTEMUNHAS

Fazia anos que o sr. Tench não escrevia uma carta. Sentado à escrivaninha, ele chupava a pena de aço limpa. Obedecendo a um estranho impulso, ia lançar sua carta ao acaso, para o último endereço que conhecera — Southend. Como saber quem está morto, quem vive ainda? Tentou começar: era tão difícil como romper o silêncio numa reunião onde não se conhece ninguém. Começou a escrever o endereço — sra. Henry Tench, ao cuidado da sra. Marsdyke, 3, The Avenue Westcliff. Era a casa de sua sogra, aquela megera que metia o nariz em tudo e o forçara a colocar a sua placa de dentista em Southend numa época fatal. "Obséquio remeter", acrescentou. Ela não o faria, caso reconhecesse a sua letra, mas, depois de todos aqueles anos, com certeza a tinha esquecido.

Chupou a pena coberta de tinta — e depois? A coisa seria mais fácil se ele tivesse outra finalidade além do vago desejo de afirmar a alguém que ainda estava vivo. Isso poderia embaraçá-la muito se ela houvesse casado de novo, mas, neste caso, a mulher não hesitaria em rasgar a carta. Escreveu: *Querida Sylvia*, com uma grossa letra infantil, bem legível, enquanto ouvia os estalidos da fornalha sobre o banco. Estava preparando uma liga de ouro; não havia onde comprar material já pronto. Por outro lado, jamais lhe forneceriam ouro de catorze quilates para os seus trabalhos dentários e ele não possuía meios para material de melhor qualidade.

O diabo é que ali nunca acontecia coisa alguma. A vida dele era tão sóbria, respeitável e pacata como jamais poderia desejar a sua sogra.

Lançou um olhar ao cadinho: o ouro em fusão estava a ponto de juntar-se à liga; atirou-lhe uma colherada de carvão vegetal para proteger a mistura da ação do ar. Não tinha uma lembrança muito exata de sua esposa; apenas se recordava dos chapéus que ela usava. Como ficaria surpresa ao receber notícias suas depois de todos aqueles anos! Só uma vez se haviam correspondido depois que o pequeno falecera. Para ele os anos nada significavam; passavam rapidamente sem lhe modificarem os hábitos. Tivera a intenção de voltar para a Inglaterra seis anos antes, mas a revolução desvalorizara o peso, e então ele viera instalar-se no sul. Agora, havia de novo juntado um pouco de dinheiro, mas o peso tivera nova baixa no mês anterior, por causa de nova revolução em qualquer parte. Era só esperar... Tornou a colocar a pena entre os dentes, e sua memória fundiu-se ao calor da pequena peça sem ar. Para que escrever? Nem sequer se lembrava como lhe viera essa ideia esquisita. Alguém bateu à porta da rua e o sr. Tench abandonou a carta, onde as palavras *Querida Sylvia* se destacavam desesperançadamente. A sineta de um vapor soou à margem do rio: era o *General Obregon*, que voltava de Vera Cruz. Uma lembrança despertou: como se alguma coisa viva, alguma coisa desamparada se pusesse a se mover na sala da frente, entre as cadeiras de balanço — "Uma tarde interessante... Eu só queria saber o que teria acontecido a ele..."; depois a coisa morreu, ou foi-se: o sr. Tench tinha o hábito de ver sofrer, era o seu ofício. Esperou, prudentemente, e, só depois de ter ouvido alguém bater à porta e uma voz gritar *"con amistad"* — não se pode confiar em ninguém —, foi que se resolveu a puxar os ferrolhos e a abrir a porta para introduzir um cliente.

O PADRE JOSÉ ATRAVESSOU o pórtico clássico com a palavra *Silêncio* inscrita em letras negras e adentrou o que chamavam de Jardim de Deus. Dir-se-ia um terreno loteado onde cada qual mandara construir sem se preocupar com o estilo da casa vizinha. Os grandes mausoléus de pedra eram de todas as alturas e de todas as formas; às vezes se erguia sobre o teto um anjo com asas cobertas de musgo, às vezes se podiam distinguir, por uma porta vidrada, flores de metal a enferrujar-se sobre uma prateleira, o que dava a impressão de estarmos olhando para a cozinha de uma casa cujos donos tivessem se mudado, esquecendo-se de limpar os utensílios. Reinava um ar de intimidade — podia-se ir por toda a parte e tudo examinar. A vida retirara-se completamente daquele lugar.

Ele caminhava entre os túmulos, muito devagar, por causa da sua obesidade. Encontrava enfim um pouco de solidão naquele recinto onde as crianças não entravam, e vinha-lhe uma sensação de vaga nostalgia bem preferível à indiferença total. Alguns daqueles mortos tinham sido enterrados por ele. Os olhinhos de pálpebras inflamadas voltavam-se para um lado e outro. Depois de contornar o enorme túmulo cinzento dos Lopez, família de negociantes que, cinquenta anos antes, possuíra o único hotel da capital, viu que não estava só. No extremo do cemitério, junto à parede, dois homens cavavam rapidamente uma sepultura; junto deles encontrava-se uma mulher e um velho e, a seus pés, um caixão de criança. Em um nada, naquele solo esponjoso, atingia-se a profundidade necessária. Logo em seguida, a água subia. Eis por que os que possuíam bastante dinheiro construíam os seus monumentos acima do solo.

Pararam de trabalhar e olharam para o padre José, que recuou para o túmulo dos Lopez com a sensação de ser um intruso. Não se sentia nenhum sinal de luto na luz viva do céu ardente. Um corvo estava empoleirado num telhado próximo do cemitério. Uma voz chamou: "Padre!"

O padre José ergueu a mão num gesto tímido, como para protestar que não estava ali, que tinha partido para muito longe, fora da vista.

"Padre José", repetiu o velho. Todos o olhavam com avidez; antes de avistá-lo, estavam inteiramente resignados, mas agora, mostravam-se ansiosos, como que famintos... O padre José encolheu-se e afastou-se do grupo. "Padre José", repetiu o velho. "Uma oração?" Eles sorriam e esperavam. Estavam habituados a ver morrer as pessoas, mas eis que a possibilidade de uma felicidade acabava de surgir dentre os túmulos; iam poder orgulhar-se de que pelo menos um membro da sua família descera à cova acompanhado de uma prece oficial.

"Impossível", respondeu o padre.

"Ontem era o dia da sua santa padroeira", disse a mulher, como se isso fizesse alguma diferença. "Tinha cinco anos." Era uma dessas mulheres tagarelas que mostram os retratos dos filhos a pessoas que não conhecem; mas só o que tinha para mostrar era um caixão.

"Sinto muito."

Para melhor aproximar-se do padre, o velho afastou o caixão com o pé: tão pequenino, tão leve que só poderia conter ossos. "Não lhe pedimos todo o serviço", disse ele, "apenas uma oração... Era... uma inocente." A palavra, na pequena cidade de pedra, soou estranha, arcaica, fora do tempo como o túmulo dos Lopez, pertencente apenas ao local.

"É contra a lei."

"Seu nome de batismo era Anita. Eu estava doente quando a tive", explicou ela, como para desculpar a saúde delicada da filha que lhes causara todos aqueles aborrecimentos.

"A lei..."

O velho levou o dedo ao lábio. "Pode ter confiança em nós. É só uma oraçãozinha bem curta. Eu sou avô dela. Aqui estão a mãe, o pai, o tio. Pode ter confiança em nós."

Mas ali justamente é que estava a tragédia — ele não podia ter confiança em ninguém. Mal chegassem em casa começariam um ou outro a vangloriar-se. O padre não parava de recuar, sacudindo a cabeça, juntando as mãos gorduchas, quase a esbarrar no monumento dos Lopez. Tinha medo e, no entanto, um curioso orgulho lhe afogava a garganta, orgulho de que o tratassem de novo como um padre, com respeito. "Se eu pudesse, meus filhos..."

Súbito, o desespero encheu o cemitério. Estavam habituados a ver morrer os filhos, mas não estavam habituados à coisa que o resto do mundo conhece melhor que tudo: ver morrer uma esperança. A mulher pôs-se a chorar, sem lágrimas, com os ruídos que faz um animal apanhado numa armadilha para implorar que o libertem; o velho tombou de joelhos, com as mãos estendidas. "Padre José, o senhor é o único que..." Parecia que reclamava um milagre. O padre José foi invadido da imensa tentação de correr todos os riscos e pronunciar uma oração sobre aquele cadáver, um desejo insensato de cumprir o seu dever. E com a mão estendida traçou o sinal da cruz no ar. Depois o medo lhe subiu à garganta como o gosto de uma droga. O aviltamento e a segurança esperavam-no perto do cais: ele queria ir embora. Vencido, tombou de joelhos e suplicou: "Deixem-me. Sou indigno. Não compreendem que não passo de um covarde?". Ali estavam os dois velhos de joelhos, um defronte ao outro, em meio dos túmulos, o pequeno esquife posto de lado; a cena inteira era ridícula. Que era ridícula, ele bem o sabia; tinha passado a vida a analisar-se e podia ver-se tal como era: gordo, feio e velho, aviltado. Era como se todo o suave coro dos anjos se houvesse calado para não deixar ouvir senão as vozes dos garotos do pátio: "Vem para a cama, José. Vem para a cama!". Vozes finas, estridentes mais atrozes do que nunca. Sabia que estava nas garras do pecado sem remissão: o desespero.

"ENFIM CHEGOU", lia a mãe em voz alta, "o dia bendito em que terminou o noviciado de Juan. Oh, que dia de alegria para sua mãe e suas irmãs! Dia um pouco triste também, porque a carne tem suas fraquezas, e como não poderiam elas afligir-se com a perda de um filho moço, de um irmão mais velho? Ah, se soubessem que naquele mesmo dia ganhavam um santo que do alto dos céus rezaria por elas!"
A menor das meninas, sentada no leito, perguntou: "*Nós* temos um santo?"
"Certamente."
"Por que então queriam elas ter mais um?"
A mãe continuou a leitura: "No dia seguinte, a família inteira recebeu a santa comunhão das mãos dele. Depois se despediram ternamente — não imaginavam que seria para sempre — do novo Soldado de Cristo e voltaram para a sua casa em Morelos. Já as nuvens se amontoavam nos céus e o presidente Calles discutia as leis contra os católicos no seu palácio de Chapultepec." O diabo estava prestes a atacar o pobre México.
"Quando é que vão começar a fuzilar?", perguntou o menino, agitando-se contra a parede. A mãe prosseguiu implacavelmente: "Juan, sem que ninguém o soubesse, salvo o seu confessor, preparava-se para os dias maus que se aproximavam, com as mais severas mortificações. Seus companheiros de nada suspeitavam, pois ele era sempre o mais animado nas palestras alegres, e, na festa do aniversário do fundador da Ordem…"

"Já sei, já sei", disse o menino. "Ele apresentou uma peça."
As meninas arregalaram os olhos de surpresa.
"E por que não, Luís?", perguntou a mãe, que se deteve, com o dedo pousado sobre o livro proibido. Ele lançou à mãe um olhar sombrio. "E por que não, Luís?", repetiu ela. Esperou um instante, depois continuou a leitura. As meninas olhavam para o irmão com horror e admiração. "Foi ele", continuou a mãe, "que obteve permissão para representar uma peça em um ato baseada nas..."
"Sim, eu sei", disse o menino, "na história das catacumbas."
A mãe apertou os lábios e continuou: "... nas perseguições dos primeiros mártires cristãos. Talvez se lembrasse que, quando menino, tinha sido Nero perante o bom bispo, mas, desta vez, insistiu para representar o papel cômico de um vendedor de peixes de Roma..."
"Eu não acredito em uma só palavra de tudo isso", disse o menino com um furor sombrio, "em uma só palavra!"
"Como se atreve!"
"É impossível que seja tão bobo."
As meninas, com os grandes olhos de anjo arregalados, não se moviam, gozando uma alegria diabólica com o incidente.
"Vai ter com seu pai."
"Vou para qualquer outra parte, para fugir desta... desta..."
"Repete para ele o que acaba de me dizer."
"Esta..."
"Vá embora daqui."
Ele saiu, batendo a porta. O pai, de pé diante da janela da sala, olhava pelas grades. Os cascudos arremessavam-se, estourando, contra o lampião de azeite e, de asas quebradas, arrastavam-se sobre os ladrilhos.
"Minha mãe me mandou dizer que eu não acreditava em uma palavra do livro que ela está lendo para nós..."
"Que livro?"

"O livro do Santo."

"Ah! sim...", disse o pai, taciturno.

Ninguém passava na rua, nada acontecia. Já passava das nove e meia e todos os lampiões estavam apagados. "Tem de ser indulgente", disse ele. "Para nós, bem vês, tudo parece acabado... Aquele livro... é um pouco da nossa infância."

"Mas é tão idiota!"

"Não podes recordar-te do tempo em que tínhamos religião. Sempre fui muito mau católico, mas, em todo caso, era... a música, as luzes, um lugar onde a gente podia abrigar-se do calor, e, quanto à tua mãe, meu Deus, isso lhe dava uma ocupação constante. Se ao menos tivéssemos um teatro, qualquer coisa para substituí-la, não nos sentiríamos tão... tão abandonados."

"Mas esse Juan", protestou o menino, "parece que foi tão idiota!"

"Mataram-no, não foi?"

"Oh! sim, como também mataram Villa, Obregon, Madero..."

"Quem te falou nessa gente?"

"É do que brincamos. Ontem, eu é que era Madero. Os outros me fuzilaram na praça — tentativa de evasão." Ao longe, na noite pesada, ouvia-se um rufar de tambor, o cheiro acre do rio enchia a sala, cheiro que lhes parecia tão familiar como o da fuligem nas grandes cidades. "Tiramos a sorte. Madero era eu. Pedro teve de ser Huerta. Fugiu para Vera Cruz, pelo rio. Manuel o perseguiu... Ele era Carranza." O pai de olhos fixos na rua, sacudiu um besouro que lhe subia pela camisa; vinha-se aproximando o ruído de uma marcha cadenciada. "E então", disse ele, "suponho que sua mãe ficou muito zangada."

"E o senhor não?"

"Por que havia de ficar? A culpa não é sua. Fomos abandonados."

Os soldados passaram; para alcançar o quartel, subiram a colina e contornaram o que tinha sido outrora a catedral. Seguidamente perdiam a cadência, apesar dos tambores que batiam; pareciam malnutridos e não estavam ainda afeitos ao ofício militar. Passaram sonambulamente pela rua escura e o menino os contemplou, até perdê-los de vista, com um animado e ambicioso olhar.

SRA. FELLOWS, NA SUA cadeira, balançava-se para trás e para diante, para trás e para diante.

"Então lorde Palmerston declarou que, se o governo grego não se conduzisse corretamente com don Pacifico..." Ela disse: "Minha querida, estou com tanta dor de cabeça que acho que devemos parar por hoje".

"Sim, eu também tenho um pouquinho."

"A sua há de passar logo. Quer guardar os livros?" Os volumezinhos gastos tinham vindo pelo correio de uma firma de Paternoster Row denominada Private Tutorials, Ltd. Era um curso completo de ensino que começava por *Aprenda a ler sem lágrimas* e levava progressivamente ao Reform Bill e lorde Palmerston e aos poemas de Victor Hugo. A cada seis meses enviavam questões de exame e sra. Fellows examinava laboriosamente as respostas e concedia notas à filha. Remetia essas notas para Paternoster Row, onde eram fichadas algumas semanas mais tarde. De uma feita, quando houvera fuzilamentos em Zapata, esquecera-se ela das suas obrigações e tinha recebido uma pequena fórmula impressa que começava assim: "Prezado pai, lamento verificar que...". O pior é que estavam agora vários anos adiantadas sobre o programa — havia tão poucos outros livros para ler — de maneira que as questões de exame tinham vários anos de atraso. Às vezes, a firma mandava certificados com letras em relevo, para enquadrar, anunciando que a srta. Coral Fellows passara em terceiro lugar com menção honrosa para o segundo grau e assinados com o carimbo de Henry Becklty, B.A., diretor dos Private Tutorials, Ltd. E às ve-

zes chegava uma pequena carta pessoal, datilografada: "Estimada aluna, creio que deveria prestar mais atenção esta semana a..." Essas cartas traziam sempre a mesma assinatura azul um pouco borrada e levavam seis semanas para chegar.
"Querida", disse sra. Fellows, "vai falar com a cozinheira e manda preparar o almoço, sim? Só para você. Eu seria incapaz de engolir qualquer coisa e seu pai está lá fora, na plantação."
"Mãe", disse a pequena, "acredita que existe um Deus?"
A pergunta assustou a sra. Fellows. Balançou-se furiosamente para trás e para diante e disse: "Naturalmente".
"Eu quero dizer a Imaculada Conceição... e todas essas coisas."
"Que pergunta, filhinha! Com quem andou falando?"
"Oh! É que eu tenho pensado em tudo isso." Não esperou por mais resposta; sabia muito bem que não haveria nenhuma. Sempre era a ela que competia tomar as decisões. Henry Beckley, B.A. pusera aquilo tudo numa das suas primeiras lições. Não era mais difícil de aceitar do que a história de João e o Pé de Feijão e na idade de dez anos ela descartara de ambas as coisas, implacavelmente. Nessa altura principiara a estudar álgebra.
"Com certeza não foi o teu pai que..."
"Oh, não!"
Pôs o chapéu e partiu ao ardente calor das dez da manhã para ir procurar a cozinheira. Parecia mais frágil do que nunca e mais indomável. Depois que deu as ordens, foi até o armazém inspecionar os couros de jacaré, pregados à parede, depois até o estábulo, para ver se as mulas estavam em boa forma. Carregava consigo a sua responsabilidade, cautelosamente, como um objeto de porcelana, através do pátio esbraseado: não havia pergunta a que não estivesse preparada para responder; os abutres ergueram--se preguiçosamente à sua aproximação.
Voltou para casa e para junto da mãe. "Hoje é quinta-feira", disse ela.

"Sim, querida?"
"O pai não mandou as bananas para o cais?"
"Como vou saber, querida?"
Ela voltou vivamente para o pátio e tocou um sino. Apareceu um índio. Não, as bananas ainda estavam no depósito; não fora dada ordem alguma. "Baixem as bananas imediatamente", disse ela, "e depressa. O barco não demora a chegar." Foi buscar o livro de assentamentos do pai e pôs-se a contar os cachos à medida que os retiravam: cerca de cem bananas em cada cacho, que não valia mais que alguns pence. Foram precisas mais de duas horas para esvaziar o depósito. O trabalho tinha de ser feito; já uma vez o pai esquecera o dia. Ao cabo de meia hora sentiu-se cansada; habitualmente não se sentia tão cansada no início do dia. Apoiou-se contra a parede; mas esta lhe queimava as omoplatas. Não queria mal a ninguém, por estar ali, a ocupar-se de tudo: a palavra "brinquedo" não tinha a mínima significação para ela, cuja vida inteira era a de um adulto. Num dos primeiros livros de leitura de Henry Beckley havia uma imagem que representava a merenda da boneca: aquilo lhe pareceu incompreensível como uma cerimônia ritual que ela ignorasse; não atinava por que motivo se havia de "fazer de conta". Quatrocentos e cinquenta e seis. Quatrocentos e cinquenta e sete. O suor corria ao longo do corpo dos peões, abundantemente, como a água de um chuveiro. De súbito, sentiu uma dor horrível no ventre; passou um carregamento de bananas sem que o tivesse anotado e apressou-se em corrigir seus cálculos. Pela primeira vez o seu senso de responsabilidade lhe pareceu um fardo, carregado desde muitos anos. Quinhentos e vinte e cinco. Aquela dor era nova (desta vez não eram as lombrigas) mas não lhe metia medo: dir-se-ia que o seu corpo a esperava, que se havia preparado para ela ao crescer, como a alma, amadurecendo, se prepara para a perda da ternura. No seu caso, não se podia dizer que a infância a abandonava: a infância era um estado de que verdadeiramente jamais tivera consciência.

"É o último?", perguntou ela.

"Sim, *señorita*."

"Tem certeza?"

"Sim, *señorita*."

Mas era preciso certificar-se. Jamais, até aquele dia, lhe viera a ideia de recuar diante do trabalho — se ela não o fizesse, ninguém o faria —, mas hoje, tinha necessidade de deitar-se, de dormir: se não partissem todas as bananas, a culpa seria de seu pai. Pensou se não estaria com febre: seus pés estavam gelados sobre o chão ardente. Veremos, pensou, e, pacientemente, foi até o depósito, encontrou a lanterna elétrica e acendeu-a. Sim, o local parecia vazio, mas Coral nunca deixava um serviço pela metade. Avançou até a parede do fundo, segurando a lanterna adiante de si. Uma garrafa vazia rolou a seus pés, ela baixou a luz e leu: Cerveza Moctezuma. Depois a lâmpada iluminou a parede: em baixo, perto do chão, alguém rabiscara a giz. Aproximou-se. Uma porção de pequenas cruzes apareceram no círculo de luz. Ele devia ter ficado deitado no meio das bananas e, maquinalmente, para disfarçar o medo, tentara escrever alguma coisa. E só se lembrara daquilo. A criança ficou parada, na sua dor de mulher, a olhar para as cruzes. Aquela manhã se enchia para ela de uma novidade terrível: naquele dia, parecia que tudo devia ser memorável.

O CHEFE DE POLÍCIA estava na cantina jogando bilhar quando o tenente o encontrou. Tinha um lenço atado em torno da face, na convicção de que isso aliviaria a dor de dentes. Estava esfregando o giz no taco para uma carambola difícil quando o tenente empurrou a porta vai-e-vem. Nas prateleiras só se viam garrafas de gasosa e de um líquido amarelo chamado Sidral — garantido sem álcool. O tenente parou à porta, em atitude de protesto: a situação era ignóbil; precisava eliminar da província tudo o que pudesse causar riso aos estrangeiros. "Posso falar-lhe?", indagou ele. O *jefe* fez uma careta, ante uma agulhada súbita de dor, e dirigiu-se para a porta, com desusada rapidez; o tenente lançou um olhar para o marcador: uma corda estendida ao longo da sala, onde se enfiavam as argolas. "Volto... um momento", disse o *jefe*. E explicou para o tenente: "Não quero abrir... boca". Enquanto empurrava a porta, alguém ergueu um taco de bilhar e desviou furtivamente uma das argolas do *jefe*.

Subiram a rua lado a lado: o gordo e o magro. Era domingo, e todas as lojas fechavam ao meio-dia, único vestígio dos velhos tempos. Nenhum toque de sino em parte alguma. "Falou com o governador?", indagou o tenente.

"Você pode fazer tudo", disse o chefe, "tudo."

"Ele deixa tudo por nossa conta?"

"Sob condições", disse o chefe, com um gemido de dor.

"Quais?"

"Você responsável... se... não o pegar... antes... chuvas..."

"Se eu não tiver de ser responsável por mais nada...", disse o tenente, pensativo.

"Assim o quis, assim o tem."

"Fico feliz." Parecia ao tenente que tudo o que lhe importava no mundo estava agora a seus pés. Pasmaram pelo novo edifício construído para o Sindicato dos Operários e Camponeses. Pelas janelas avistaram as grandes pinturas murais de uma astuciosa audácia: um padre acariciando uma mulher no confessionário, outro embriagando-se com vinho sacramentado. "Em breve poderemos dispensar essas coisas", disse o tenente. Olhava para as pinturas com olhos de estrangeiro, pareciam-lhe bárbaras. "Um dia hão de esquecer que houve uma igreja aqui."

O *jefe* não disse nada. O tenente bem sabia o que ele estava pensando: quanto barulho por coisa nenhuma. Disse asperamente: "E então, quais são as minhas ordens?"

"Ordens?"

"O senhor é meu chefe."

O *jefe* conservou-se em silêncio: com os seus olhinhos pequenos e astutos, estudava discretamente o outro. Depois disse: "Bem sabe que confio em você. Faça o que julgar melhor".

"Não vai botar isso por escrito?"

"Oh!... não precisa... Nós nos conhecemos bem."

Durante todo o caminho, defenderam cautelosamente as suas posições.

"O governador não lhe deu nada por escrito?", perguntou o tenente.

"Não. Ele disse que nós nos conhecíamos."

Foi o tenente que cedeu primeiro, pois era ele realmente o interessado naquilo. Era-lhe indiferente o seu futuro pessoal. "Tomarei reféns em todas as aldeias", disse ele.

"Então ele evitará as aldeias."

"Imagina o senhor", disse o tenente com azedume, "que não sabem onde é que ele está? Ele tem de conservar algum contato... Senão, para que servirá ser padre?"

"Seja como você quiser", disse o chefe.

"E mandarei fuzilar todas as vezes que for necessário."

"Um pouco de sangue nunca fez mal a ninguém", disse o *jefe*, gracejando. "Por onde vai começar?"

"Pela paróquia dele, Concepción, penso eu... E depois, talvez... pela terra dele."

"Por que lá?"

"Porque lá ele pode julgar-se em segurança." Passava, pensativo pelas lojas fechadas. "Isso bem vale algumas mortes; mas acha que *ele* me defenderá se encrencarem com a coisa na Cidade do México?"

"Não é lá muito provável, não acha?", disse o chefe. "Mas foi o que..." Uma dor súbita o fez parar.

"Foi o que eu quis", disse o tenente por ele.

Seguiu sozinho para o posto de polícia, enquanto o chefe voltava para o bilhar. Havia pouca gente na rua; fazia demasiado calor. Se ao menos, pensou ele, tivéssemos uma boa fotografia... Queria conhecer as feições do seu inimigo. Um bando de crianças tomara conta da praça. Brincavam de banco em banco, um jogo misterioso e complicado; uma garrafa vazia de gasosa voou pelos ares e se quebrou aos pés do tenente. Levou a mão ao coldre e voltou-se: viu uma cara consternada de menino.

"Foi você quem atirou esta garrafa?"

Os grandes olhos castanhos fitavam-no obstinadamente.

"Por que fez isso?"

"Era uma bomba."

"Foi em mim que você a atirou?"

"Não."

"Em quem, então?"

"Num gringo."

O tenente sorriu: um desajeitado movimento dos lábios. "Bem, mas você devia visar melhor." Com o pé jogou a garrafa partida para a rua e tentou achar palavras que mostrassem àqueles garotos que eles e ele estavam do mesmo lado. "Suponho", disse ele, "que o gringo era um desses ianques ricos que julgam..." Mas, surpreendendo no rosto do garoto uma expressão de fervor que demandava algo em retribuição, o tenente teve consciência de que havia no seu próprio coração um triste e insatisfeito amor. "Vem cá", disse ele. O menino aproximou-se, enquanto os seus companheiros temerosos formavam um semicírculo de onde o vigiavam a cautelosa distância.

"Como se chama?"

"Luís."

O tenente não sabia o que dizer. "Pois bem, Luís, é preciso que aprenda a atirar direito."

"Ah, quem me dera!", disse apaixonadamente o menino. Não tirava os olhos do coldre do tenente.

"Quer ver o meu revólver?", perguntou o tenente. Puxou a pesada automática do coldre e a estendeu. "Este é o fecho de segurança", explicou. "Levanta-o. Assim. Agora está pronto para disparar."

"Está carregado?", perguntou Luís.

"Sempre está carregado."

A ponta da língua do menino apareceu: ele engoliu. As glândulas salivavam como se estivesse cheirando comida. Todos estavam perto agora. Um mais ousado estendeu a mão e tocou no coldre. Formaram círculo em torno do tenente. Quando recolocou a arma no coldre, sentia-se no meio de um círculo de temerosa alegria.

"Como se chama?", perguntou Luís.

"É uma Colt .38."

"Quantas balas?"

"Seis."

"O senhor matou alguém com ela?"

"Ainda não", respondeu o tenente.

O interesse lhes tirava o fôlego. De mão no coldre observava os olhos escuros, intensos e pacientes. Haveria de eliminar daquela infância tudo quanto havia tornado a sua desgraça, tudo quanto era miséria, superstição, corrupção. Mereciam saber toda a verdade: o vazio do universo, a terra a esfriar, o direito de cada qual ser feliz à sua maneira. Pela salvação deles, estava pronto para fazer um massacre — primeiro a Igreja, depois os estrangeiros, depois os políticos — até o seu próprio chefe teria de marchar um dia. Queria começar o mundo de novo com eles, num deserto.

"Oh!", disse Luís, "eu queria... eu queria...", como se a sua ambição fosse muito vasta para que pudesse ser definida. O tenente estendeu a mão num gesto de afeição" um ligeiro contato, não sabia como fazer. Beliscou a orelha do menino e o viu recuar de dor: eles fugiram-lhe como um bando de pássaros, e ele continuou sozinho através da praça para o posto policial, pequeno e lesto vulto de ódio, carregando o seu segredo de amor. Na parede do gabinete, o gangster continuava de perfil, a olhar teimosamente para a festa de primeira comunhão: alguém fizera um círculo a tinta em redor da cabeça do padre para destacá-la das faces das moças e das senhoras: um insuportável sorriso no meio de uma auréola. O tenente gritou furiosamente para o pátio: "Não há ninguém aqui?!". Depois sentou-se à mesa. Ouvia-se lá fora o ruído das coronhas no solo.

SEGUNDA PARTE

CAPÍTULO 1

DE REPENTE, A MULA ajoelhou sob o peso do padre. Nada mais natural: fazia perto de doze horas que viajavam pela floresta. Tinham começado por marchar em direção ao poente, mas, à notícia de que soldados se aproximavam, viraram para leste; ali também os Camisas Vermelhas estavam em atividade, de modo que tiveram de rumar para o norte atravessando pântanos e mergulhando na escuridão das florestas. Estavam agora ambos extenuados, e a mula ajoelhara, simplesmente. O padre conseguiu cair de pé e começou a rir. Sentia-se feliz. Uma das descobertas estranhas que a gente faz é que a vida, qualquer que seja ela, contém momentos de exultação: é sempre possível evocar horas mais penosas; mesmo no perigo e no desespero há altos e baixos.

Saiu cautelosamente do maciço de árvores para a clareira pantanosa. Toda a província era assim: rio, pântano e floresta. Ajoelhou à luz do sol poente e banhou a cara numa poça pardacenta que refletia, como um pedaço de louça vidrada, a sua cara esquálida e barbuda. Aquilo foi tão inesperado que sorriu ante a própria imagem: um sorriso tímido, desconfiado, evasivo, de alguém que fosse surpreendido em flagrante delito. Nos velhos tempos, costumava estudar longamente um gesto diante do espelho, de modo que chegara a conhecer a sua própria face tão bem como a conhece um ator. Era uma forma de humildade, pois a sua face natural não lhe parecia a mais apropriada. Era uma cara de bufão, boa para dizer gracejos inofensivos às mulheres, mas imprópria para o múnus do altar. Tentara modificá-la. "E na verdade", pensava ele, "na verdade o consegui, agora jamais me reconhecerão." E a causa da sua alegria voltou-lhe como o gosto da aguardente, que promete um alívio temporário do medo, da solidão, de uma porção de coisas. Graças à presença dos soldados ia sendo arrastado para o lugar onde mais desejava estar. Fazia seis anos que o evitava, mas agora não era por sua culpa — era o seu dever ir até lá — não podia considerar-se um pecado. Voltou para junto da mula e bateu-lhe de leve com o pé: "Anda, mula, anda!". Aquele homenzinho magro, de vestes esfarrapadas de camponês, voltava depois de longa ausência, como qualquer outro homem que regressa ao lar.

Em todo o caso, mesmo que pudesse ter ido para o sul, evitando a aldeia, isto seria apenas uma derrota a mais: os anos decorridos estavam cheios dessas derrotas — primeiro, renunciara aos dias de festa, aos dias de jejum e de abstinência; depois, não mais abrira o seu breviário senão de tempos em tempos, afinal o tinha esquecido naquele porto onde fizera uma das suas periódicas tentativas de fuga. Depois tinha sido a pedra de ara que se fora — demasiado perigosa para carregar consigo. Não tinha o direito de rezar missa sem ara*: corria o risco de suspensão. Mas os castigos de ordem eclesiástica pareciam-lhe irreais numa província em que a única pena existente era a pena civil do fuzilamento. A rotina da sua vida era como um dique rachado: nela se infiltrava gota a gota a água do esquecimento, para apagar ora uma coisa, ora outra. Cinco anos antes, deixara-se arrastar ao desespero, o pecado sem remissão, e eis que presentemente voltava ao teatro do seu desespero, com o cora-

---

* Um altar religioso. (N. E.)

ção singularmente aliviado. Pois também havia vencido o desespero. Era um mau padre, sabia-o, um padre bêbado. Mas todas as suas faltas, ele as perdera de vista e as esquecera: iam-se acumulando secretamente, nalguma parte, os detritos das suas faltas. Um dia, ao que supunha, esses detritos acabariam por destruir o manancial da graça. Até então, prosseguiria, com períodos de temor, de cansaço, com uma envergonhada leveza de coração.

A mula chapinhou através da clareira e entraram de novo na floresta. Ter vencido o desespero não significava, é claro, que não estivesse condenado, mas simplesmente que, após certo tempo, o mistério se tornara demasiado grande — um condenado pondo a Deus na boca dos outros homens: que estranho servo do Diabo, esse! Seu espírito estava cheio de uma mitologia simplificada: S. Miguel de armadura abatia um dragão e os anjos tombavam do céu como cometas de belas cabeleiras flutuantes, por se terem enciumado, como um dos Padres da Igreja o dissera, de que Deus concedesse aos homens o imenso privilégio da vida — desta vida.

Havia sinais de cultivo: troncos de árvores cortados e cinzas nos lugares onde o solo estava sendo limpo para a ceifa. Deixou de tocar a mula; sentia uma estranha timidez. De uma cabana saiu uma mulher e ficou a vê-lo subir lentamente o caminho, montado na mula cansada. A aldeola, duas dúzias de cabanas em torno de uma praça poeirenta e nada mais, era conforme o modelo, mas lhe estava bem junto do coração. Ali se sentia em segurança, estava certo de que seria bem acolhido, sabia que ali encontraria pelo menos uma pessoa em quem podia confiar, que não o denunciaria à polícia. Quando chegou bem perto, a mula ajoelhou de novo: desta vez teve de rolar por terra para lhe escapar. Ergueu-se; a mulher espiava-o como se espia um inimigo. "Olá, Maria, como vai?"

"Oh!", exclamou a mulher. "É o senhor, padre?"

Ele não a olhava de frente; seu olhar era dissimulado e cauteloso. "Não me reconheceu?", disse ele.

"O senhor mudou." Olhou-o de alto a baixo com uma espécie de desprezo e disse: "Há quanto tempo anda assim vestido, padre?"
"Há uma semana."
"Que fez das suas roupas?"
"Troquei-as."
"Por quê? Eram boas."
"Estavam rasgadas, e davam na vista."
"Eu poderia emendá-las e escondê-las. É um desperdício. Assim parece um homem qualquer."

O padre sorriu, de olhos no chão, enquanto ela o repreendia como uma governanta: era justamente como nos velhos tempos, quando havia um presbitério e reuniões das Filhas de Maria, e todas as associações de uma paróquia, com as suas bisbilhotices, exceto, naturalmente, que... Perguntou brandamente, com o mesmo sorriso embaraçado, sem olhar para a mulher: "Como vai a Brígida?". Sentiu um baque no coração ao dizer o nome: um pecado pode ter enormes consequências. Já tinham passado seis anos da última vez que estivera... em casa.

"Tão bem como nós todos. Que esperava mais?"

A satisfação que ele sentia estava ligada ao seu crime; não tinha o direito de sentir-se feliz com qualquer coisa que se relacionasse àquele passado. "Tanto melhor", respondeu ele mecanicamente, enquanto aquele amor secreto, abominável, lhe fazia bater o coração. Acrescentou: "Estou muito cansado. A polícia andava por perto de Zapata..."

"Por que não seguiu para Monte Cristo?"

Ergueu vivamente os olhos, com ansiedade. Não era o acolhimento que esperava. Entre as cabanas reunira-se um pequeno grupo que o observava à devida distância — havia um pequeno coreto desmantelado e um único balcão para as gasosas — e todos tinham trazido as cadeiras para fora, para passar a tardinha ao ar livre. Ninguém se aproximou para lhe beijar a mão ou pedir-lhe a bênção. Era como se o seu pecado o tivesse feito descer para o meio das lutas humanas para que aprendesse, além do desespero e do amor, que um homem pode ser mal acolhido mesmo em sua própria casa. "Os Camisas Vermelhas andavam por lá", respondeu ele.

"Está bem, padre", disse a mulher, "não podemos mandá-lo embora. É melhor que venha comigo." Ele a seguiu docilmente, tropeçando nas suas longas calças de peão; a alegria lhe desaparecera do rosto, onde não ficara mais que o sorriso, esquecido, como o sobrevivente de um naufrágio. Havia sete ou oito homens, duas mulheres, uma meia dúzia de crianças: aproximou-se deles como um mendigo. Não podia deixar de lembrar-se da última vez... as cabaças de álcool que tiravam das covas feitas no chão... O seu crime era ainda bem recente, e, no entanto, como fora bem recebido! Era como se tivesse regressado para junto deles na sua corrupta prisão — um emigrado que volta rico para a terra natal.

"Aqui está o padre", disse a mulher. Talvez fosse apenas porque não o tivessem reconhecido, pensou ele e aguardou as saudações. Avançaram um por um para lhe beijarem a mão e, recuando, ficaram a observá-lo. "Fico muito feliz em vê-los", disse ele. Ia acrescentar: "meus filhos", mas depois lhe pareceu que somente o homem sem filhos tem o direito de chamar assim aos outros. Os verdadeiros filhos vinham agora beijar-lhe a mão, um por um, empurrados por seus pais. Eram muito novos para se lembrarem dos velhos tempos em que os padres se vestiam de negro, usavam colarinho branco e tinham suaves mãos protetoras: bem via que estavam surpreendidos com todo aquele respeito a um camponês igual a seus pais. Não os olhava diretamente, mas em todo caso observava-os com atenção. Duas eram meninas — uma magrinha, pálida, de cinco, seis, sete anos? não saberia dizê-lo; e a fome aguçara os traços da outra, dando-lhe um ar de malignidade diabólica muito acima da sua idade. Nos olhos daquela criança luzia um olhar de mulher feita. Viu-os dispersarem-se de novo, sem nada lhes dizer: eles lhe eram estranhos.

"Pensa ficar aqui muito tempo, padre?", perguntou um dos homens.

"Pensava que talvez... pudesse descansar... por alguns dias."

Outro homem falou: "Não poderia ir um pouco mais para o norte, padre, até Pueblito?".

"É que nós estivemos viajando doze horas, a mula e eu..."

Foi a mulher quem falou em seu lugar, raivosamente: "É claro que ele pode passar a noite aqui. É o mínimo que podemos fazer".

"Eu rezarei missa amanhã de manhã para vocês", falou o padre, como se estivesse a suborná-los, mas com dinheiro roubado, a julgar pela expressão de receio e má vontade de todos eles.

"Se não se importar, padre", propôs alguém, "reze a missa bem cedo... de noite talvez."

"Mas que há com vocês todos?", perguntou ele. "Por que estão com medo?"

"Mas não ouviu dizer...?"

"O quê?"

"Que agora estão tirando reféns de todas as aldeias onde julgam que o padre esteve. E se a gente não fala... alguém é fuzilado... e depois tomam outro refém. Aconteceu em Concepción."

"Concepción?" Uma das suas pálpebras começou a agitar-se, para cima e para baixo, para cima e para baixo. "Quem?", perguntou ele. Todos o olhavam com ar estúpido. O padre disse furiosamente: "Quem foi que eles mataram?"

"Pedro Montez."

Ele lançou um pequeno grito agudo, como um ganido de cachorro — absurda abreviação da dor. A criança-velha riu. "Por que não me pegam?", disse ele. "Idiotas! Por que não *me* pegam?" A menina riu de novo. Olhou-a sem a ver, como se o som chegasse até ele enquanto o rosto permanecia oculto. Mais uma vez a felicidade havia morrido antes de ter tido tempo de respirar e o padre permanecia ali como uma mulher que tem nos braços um filho natimorto: que o enterrem depressa, que o esqueçam e que tudo recomece. Talvez o próximo consiga viver.

"O senhor compreende, padre", começou um dos homens, "é que..."

"Vocês prefeririam que eu vivesse... como o padre José na capital? Não ouviram falar nele?"

Responderam sem convicção: "Certamente que não queremos, padre...".

"Aliás, que digo? Não se trata nem do que vocês preferem nem do que eu prefiro." E acrescentou num tom cortante, autoritário: "Agora, vou dormir. Podem despertar-me uma hora antes do amanhecer... meia hora para ouvir as confissões... a missa... e depois partirei."

Mas para onde? Não havia uma única aldeia em toda a província para a qual a sua chegada não constituísse desde então um perigo.

"Por aqui, padre", disse a mulher.

Acompanhou-a até uma pequena peça cujos móveis eram todos fabricados de velhas embalagens: uma cadeira, um leito feito de pranchas pregadas, com uma esteira de palha, um caixote recoberto de um pano, tendo em cima um lampião de azeite. "Não quero desalojar ninguém deste quarto", disse ele.

"O quarto é meu."

Ele olhou-a com desconfiança: "E você onde vai dormir?". Observava-a disfarçadamente, receoso de que ela fizesse valer seus direitos. Não haveria senão isso no casamento: evasões, suspeitas, falta de segurança? Quando se confessavam a ele e falavam de paixão, seria nisso que queriam falar? — o leito duro, a mulher atarefada, e aquele véu de silêncio lançado sobre o passado?

"Dormirei depois que o senhor partir."

Os raios de luz se obliquavam por trás da floresta; a longa sombra das árvores atingia agora a porta. Ele estendeu-se sobre o leito, enquanto, invisível, a mulher se afanava num trabalho qualquer: ouviu raspar o chão de terra batida. Não podia dormir. Seu dever era então realmente fugir? Por várias vezes tentara evadir-se, mas de cada vez fora impedido. Agora, eles próprios exigiam a sua partida. Ninguém o deteria sob pretexto de uma mulher doente ou de um homem moribundo. A doença, agora, era ele próprio.

"Maria", chamou, "Maria, que está fazendo?"

"Escondi um pouco de bebida para o senhor."

Se eu deixo esta terra, pensava ele, encontrarei outros padres, confesso-me, arrependo-me e recebo a absolvição: a vida eterna recomeçará para mim, como se nada houvesse acontecido. Ensina a Igreja que o primeiro dever de um homem é salvar a sua alma. As noções elementares sobre o Céu e o Inferno lhe atravessaram o cérebro: a vida sem livros, sem contato com homens cultos despojara a sua memória de tudo quanto não fosse a imagem primitiva do mistério.

"Aqui está", disse a mulher, trazendo um vidro de farmácia cheio de aguardente.

Se os abandonasse, ficariam em segurança; estariam livres do seu exemplo, pois ele era o único padre de que as crianças poderiam lembrar-se, e era por ele que formariam as suas ideias sobre a fé. Mas era também por seu intermédio que recebiam a Deus, a Hóstia sobre a língua. Indo ele embora, seria como se naquela vasta extensão entre o mar e a montanha Deus houvesse deixado de existir. Seu dever não era ficar, ainda que eles fossem assassinados por sua causa? Ainda que o desprezassem? Ainda que ficassem corrompidos com o seu exemplo? A enormidade do problema fazia-o tremer; estava deitado e cobria os olhos com a mão; em nenhuma parte, em toda aquela rasa extensão de pântanos, se encontrava uma única criatura que o pudesse aconselhar. Levou a garrafa à boca.

"E Brígida... ela está... bem?", perguntou timidamente.

"O senhor acaba de vê-la."

"Não..." Não podia acreditar que não a tivesse reconhecido. Seria tratar muito levianamente o seu pecado mortal: não se pode fazer uma coisa daquelas e depois não reconhecer...

"Sim, ela estava lá fora." Maria foi até a porta e chamou: "Brígida! Brígida!" O padre voltou-se de lado para ver a pequena emergir da paisagem de terror e luxúria que se estendia lá fora — era a menina de ar malévolo que zombara dele.

"Vai falar com o padre", disse Maria. "Anda."

Fez um gesto para ocultar o frasco de bebida, mas não achando como tentou diminuí-lo entre os seus dedos, sempre a olhar para a criança sentindo o choque do amor humano.

"Ela sabe o catecismo", disse Maria, "mas não quer dizê-lo..."

A criança estava ali, parada, a considerá-lo com um olhar agudo e desdenhoso. Eles não tinham posto nenhum amor na sua concepção apenas o medo e o desespero e meia garrafa de aguardente o tinham levado a um ato que o horrorizava — e o resultado era aquele inquieto, envergonhado e todo-poderoso amor. "Por que", perguntou ele, "por que não quer dizer o seu catecismo?" Sem permitir que seus olhares se cruzassem, examinava-a disfarçadamente, enquanto sentia o coração palpitar em grandes batidas desiguais, como uma velha bomba, no frustrado desejo de salvá-la — de tudo.

"Por que devo dizer o catecismo?"

"O bom Deus o quer."

"Como é que o senhor sabe?"

Sentiu pesar sobre si uma imensa responsabilidade: isso se confunde com o amor. Todos os pais, pensou, devem sentir o mesmo; os homens comuns passam a vida assim, a bater em madeira, a rezar contra as dores, contra o medo... A isso escapamos facilmente, oferecendo o sacrifício de um insignificante movimento de corpo. É verdade que, durante anos, tivera a responsabilidade das almas, mas era muito diferente... muito mais leve. A gente pode fiar-se na indulgência de Deus, mas não na indulgência da varíola, da fome, dos homens... "Minha querida", disse ele, apertando fortemente os dedos em torno do frasco de bebida. Tinha-a batizado por ocasião de sua última visita: assemelhava-se a uma boneca de trapos, de cara enrugada e envelhecida, parecia pouco provável que vivesse... Só sentira um pesar; era-lhe difícil envergonhar-se num lugar onde ninguém o censurava. Era o único padre que a maioria deles jamais tinha visto, e, por ele, julgavam todo o clero. Até as mulheres.

"O senhor é o gringo?"
"Que gringo?"
"Tolinha!", disse a mulher. E explicou: "É que a policial andou à procura de um homem".

Pareceu-lhe esquisito saber que procuravam outro homem que não ele.

"Que fez esse homem?"
"É um ianque... Andou matando alguns lá pelo norte."
"E por que devia ele estar aqui?"
"Pensam que ele tentava alcançar Quintana Roo — as plantações de Chiceli." Era lá que iam dar muitos criminosos do México: trabalhavam nas plantações, ganhavam a vida e ninguém se metia com eles.

"O senhor não é o gringo?", insistiu a menina.
"Acha então que eu pareço um assassino?"
"Não sei."

Se ele deixasse a província, também a deixaria ali, abandonada. Disse humildemente para a mulher: "Eu não poderia ficar alguns dias aqui?".

"É muito perigoso, padre."

Surpreendeu nos olhos da menina um olhar que o assustou — era de novo como se uma mulher adulta habitasse aquele corpo de criança, formando os seus planos, cônscia de tudo. Era como se ele estivesse vendo o seu próprio pecado mortal a fitá-lo, sem contrição. Tentou achar um ponto de contato com a criança, e não com a mulher que havia nela. "Minha querida, me conte quais são os teus brinquedos..." A menina soltou um risinho de escárnio. Ele desviou rapidamente o rosto e ficou a olhar para o teto, onde se arrastava uma aranha. Lembrou-se de um provérbio: vinha das profundezas da sua própria infância, pois seu pai costumava citá-lo. "O melhor cheiro é o do pão, o melhor gosto o do sal, o melhor amor o das crianças." Fora uma infância feliz, a sua, exceto que tinha medo de muitas coisas e odiava a pobreza como um crime: acreditava que, quando fosse padre, seria rico e importante — era a isso que chamavam ter vocação. Pensou na incomensurável distância que um homem percorre — desde o primeiro brinquedo até aquele leito, onde jazia ele agarrado à sua garrafa de aguardente. E para Deus isso era apenas um momento. Aquele riso da menina e o primeiro pecado mortal estavam mais perto um do outro que duas batidas de pálpebras. Avançou a mão como se quisesse arrancar a filha à força — de quê? Mas sentia-se impotente; o homem ou mulher que estava destinado a completar a sua corrupção talvez ainda não tivesse nascido: como poderia protegê-la contra o inexistente?

Ela se pôs de um salto fora do seu alcance e mostrou-lhe a língua. "Diabinha!", gritou a mulher, e ergueu a mão para bater-lhe.

"Não", disse o padre, "não!" Ergueu-se penosamente e se sentou no leito. "Não permito..."

"Eu sou a mãe dela."

"Não temos o direito." Dirigiu-se de novo à menina: "Se eu ao menos tivesse um baralho, te ensinaria alguns truques. Poderia fazê-los diante de seus amiguinhos..." Nunca soubera falar às crianças, a não ser do púlpito. Ela fitou-o com insolência. "Não sabes enviar mensagens com umas batidinhas? Assim: longa, breve, longa...".

"Que diabo é isso, padre?!", exclamou a mulher.

"É um brinquedo de crianças que eu sei." Falou de novo com a menina: "Não tem amiguinhos?"

A menina pôs-se a rir de súbito, intencionalmente. Aquele corpo de sete anos era como o de uma anã: continha uma horrível maturidade.

"Fora daqui!", disse a mulher. "Depressa! Antes que eu te ensine a..."

A menina fez um último gesto impudente e malicioso e desapareceu — talvez para sempre, no que concernia ao padre. Não é sempre junto a um leito de morte, numa atmosfera de paz e de incenso, que a gente diz adeus a quem ama. "Eu me pergunto", disse ele, "o que *nós* poderíamos ensinar..." Pensou na sua própria morte e na vida da criança, que continuaria: talvez o inferno para ele fosse vê-la se aproximar gradualmente, aviltando-se de ano para ano, depois de lhe haver ele transmitido a sua fraqueza como uma tuberculose hereditária... Estendeu-se de novo no leito e voltou a cabeça para evitar a luz do poente; parecia adormecido, mas estava bem desperto. A mulher se ocupava em pequenos trabalhos e, à medida que o sol baixava, os mosquitos apareciam, fendendo o ar para atingir sua presa, num voo tão seguro como o das facas que os marinheiros arremessam.

"Devo pôr um mosquiteiro, padre?"

"Não, não vale a pena."

Tivera nos últimos dez anos mais acessos de febre do que os poderia contar. Já nem se preocupava com aquilo. O acesso vinha e ia, sem causar a mínima diferença; aquilo fazia parte da sua vida cotidiana.

Por último, a mulher deixou a cabana e ele a ouviu tagarelar lá fora. Estava surpreso e um pouco aliviado com a elasticidade do caráter de Maria. Uma só vez, sete anos atrás, durante cinco minutos, tinham sido amantes, se assim se pode falar em relações durante as quais ela nem ao menos o chamara pelo nome de batismo. Para ela, fora um acidente, uma arranhadura que cicatriza perfeitamente numa carne sadia: tinha até algum orgulho de ter sido mulher do padre. Só ele carregava uma ferida profunda, como se todo um mundo se houvesse extinguido.

Estava escuro: nenhum sinal ainda do amanhecer. Cerca de vinte e quatro pessoas achavam-se sentadas no chão de terra da cabana maior e ouviam-no pregar. Não podia distingui-las com nitidez; das velas colocadas sobre um caixote o fumo subia verticalmente; a porta estava fechada, não havia a mínima corrente de ar. De pé entre aquela gente e as velas, com as calças rotas e a camisa de peão em farrapos, ele lhes falava do Céu. Eles resmungavam e mexiam-se inquietamente; o padre sabia que estavam ansiosos por que a missa terminasse, tinham-no despertado bem cedo, pois corriam rumores de que a polícia não estava longe...

Ele dizia: "Um dos Padres da Igreja nos ensina que a alegria sempre depende da dor. O sofrimento faz parte da alegria. Quando temos fome, pensamos como o alimento nos parecerá bom afinal. Quando temos sede..." Parou de súbito; seus olhos procuraram devassar a sombra, à espera de um riso cruel, que não veio. Prosseguiu: "Nós nos privamos para melhor apreciar. Já ouviram falar nesses ricos do norte que comem coisas salgadas, a fim de aumentar a sede, antes de beber o que chamam um 'cocktail'? Antes do casamento, também, há o longo noivado..." Parou de novo. Sentia a sua própria indignidade. De uma vela, amolecida pelo terrível calor noturno, expandia-se um cheiro de cera quente; na sombra, os ouvintes agitavam-se sobre o chão duro. O cheiro dos corpos não lavados competia com o da cera. Ele bradou obstinadamente com voz autoritária: "Eis por que vos digo que o Céu está aqui: isto faz parte do Céu, como o sofrimento faz parte da alegria. Rezem", disse ele, "por sofrer mais ainda, e cada vez mais. Não cansem nunca de sofrer. A polícia que vos espia, os soldados que cobram impostos, o chefe que manda dar surras porque são muito pobres para pagar, e as bexigas e a febre e a fome... tudo isso faz parte do Céu e nos prepara para ele. Quem sabe se, sem todas essas misérias, o Céu não nos pareceria menos belo? O Céu não seria completo. E o Céu? Que é o Céu?" Frases literárias remontavam do que lhe parecia agora ser uma outra vida — a vida tranquila e estrita do seminário — palavras embrulhavam-se em seus lábios, nomes de pedras preciosas, a Jerusalém de Ouro... mas aquela gente nunca tinha visto ouro.

Continuou balbuciando um pouco: "O Céu é o lugar onde não há chefe, nem leis injustas, nem soldados, nem fome. No Céu, os seus filhos não morrem." A porta da cabana abriu-se e um homem entrou. Houve um murmúrio no canto aonde não chegava a luz das velas. "Lá não há de que ter medo, nem perigos. Não há Camisas Vermelhas. Ninguém envelhece. As colheitas não falham. Oh, é fácil enumerar todas as coisas que não haverá no Céu. O que há lá é Deus. Isso é mais difícil de definir. As nossas palavras são feitas para descrever o que conhecemos pelos sentidos. Dizemos 'luz' mas estamos apenas pensando no sol, dizemos 'amor'..." Não era fácil concentrar-se: a polícia não devia estar longe. Com certeza o homem trouxera notícias. "O amor... significava talvez uma criança..." A porta tornou a abrir-se: ele pôde distinguir lá fora um outro dia de ardósia cinzenta. Uma voz cochichou ansiosamente: "Padre".

"Que há?"

"A polícia. Está apenas a um quilômetro e meio. Vem pela floresta."

Estava habituado àquilo: a que as palavras não caíssem fundo, à terminação apressada, à expectativa de que o sofrimento se interpusesse entre ele e a sua fé. Continuou, obstinadamente: "Acima de tudo, lembrem-se disto: o Céu está aqui". Viriam a pé ou a cavalo? Se viessem a pé, dispunha ainda de vinte minutos para terminar a missa e esconder-se. "Aqui, neste momento, o seu medo e o meu medo são parte do Céu, onde deixará de haver medo para todo o sempre." Virou-lhes as costas e começou a dizer apressadamente o Credo. Houve um momento em que se aproximara do Cânon da Missa com verdadeiro terror físico — a primeira vez que, em pecado mortal, consumira o corpo e o sangue de Deus: mas depois a vida arranjara desculpas — dentro em pouco não lhe parecia coisa de grande importância que ele fosse ou não condenado, contanto que aqueles outros...

Beijou a superfície do caixote e virou-se para dar a bênção. À luz mortiça, apenas podia distinguir dois homens ajoelhados, com os braços abertos em cruz — ficariam naquela posição até que a cerimônia terminasse, mais uma mortificação arrancada à sua rude e penosa vida. Sentiu-se humilhado pelo sofrimento que os homens vulgares suportavam voluntariamente: a ele, o seu sofrimento era-lhe imposto. "Amei, ó Senhor, a beleza da tua casa..." As velas esfumavam e os fiéis ajoelhados agitavam-se — uma absurda felicidade subia de novo nele antes que voltasse a angústia: era como se lhe fosse permitido olhar de fora a população celestial. O Céu deve ser habitado justamente por fisionomias assim, assustadas, devotadas, cavadas pela fome. Durante uns segundos, sentiu uma imensa satisfação por lhes poder falar de sofrimento sem hipocrisia... é difícil ao padre bem tratado e alimentado louvar a pobreza. Começou a oração pelos vivos: a longa lista dos Apóstolos e dos Mártires soava como um rumor de passos — Cornelii, Cypriani, Laurentii, Chrysogoni — em breve a polícia alcançaria a clareira onde a sua mula havia cedido ao peso e onde ele lavara o rosto numa poça. As palavras latinas atropelavam-se-lhe na língua apressada: bem sentia a impaciência em sua volta. Começou a Consagração (desde muito que esgotara as hóstias, e por isso se servia agora de um pedaço de pão do forno de Maria); súbito, a impaciência desapareceu; com o tempo, tudo se tornara em rotina, exceto isto: "O qual na véspera da sua Paixão tomou o pão nas suas santas e veneráveis mãos..." Ainda que lá fora andassem pelo caminho da floresta, ali não havia movimento — *"Hoc est enim Corpus Meum."* Ouviu-os suspirar quando eles deixaram de reter a respiração: Deus estava ali em corpo pela primeira vez em seis anos. Quando ergueu a Hóstia, pôde imaginar as faces erguidas, como de cães famintos. Começou a Consagração do Vinho — numa xícara partida. Era mais uma renúncia — durante dois anos carregara consigo um cálice: uma vez poderia ter-lhe custado a vida, se o oficial de polícia que examinou a sua maleta não fosse católico. Era aliás possível que o próprio oficial houvesse pago com a vida, se a sua falta fosse descoberta. Quem sabe... Sabe lá Deus que mártires a gente faz de passagem... em Concepción ou outro lugar... ao passo que não se tem a graça necessária para morrer.

A Consagração se fez em silêncio: nada de campainha. Exausto, o padre ajoelhou-se perto do caixote, incapaz de rezar. Alguém abriu a porta; uma voz angustiada murmurou: "Eles estão aqui". Portanto, não tinham vindo a pé, pensou ele vagamente. Nalguma parte, no silêncio absoluto do dia nascente, um cavalo relinchou.

O padre ergueu-se. Maria achegou-se a ele.

"A toalha, padre, dê-me a toalha", disse ela. Ele apressou-se a colocar a hóstia na boca e beber o vinho: era preciso evitar a profanação; num instante a toalha foi retirada do caixote. Maria esmagou com a mão os pavios das velas, para que não expandissem mais cheiro... A peça já se esvaziara; apenas o dono da cabana permanecia perto da entrada para beijar a mão do padre. Pela abertura, via-se o mundo emergir lentamente da sombra, e na aldeia um galo cantou.

"Venha para a minha cabana, depressa", disse Maria.
"Sim, é melhor..." Ele não tinha nenhum plano estabelecido.
"É melhor que não me encontrem aqui."
"Eles cercaram a aldeia."
Seria, então, o fim? Perguntou a si mesmo. Oculto, à espreita, o medo não ia tardar a arremessar-se sobre ele; mas ainda não sentia medo. Acompanhou a mulher, que atravessava rapidamente a aldeia para alcançar a sua cabana. Pelo caminho, ele ia murmurando mecanicamente um ato de contrição. Perguntava-se em que momento o medo o dominaria: tivera medo quando o policial abrira a sua maleta, mas isso fazia anos. Tivera medo quando, oculto no depósito, em meio dos cachos de bananas, ouvia a menina conversar com o oficial — e isso, foi apenas há algumas semanas. E agora o medo estava próximo, uma vez mais. Nenhum sinal de polícia — nada mais que a manhã cinzenta, as galinhas e os perus que despertavam e baixavam, voejando pesadamente dos galhos onde se haviam empoleirado durante a noite. O galo cantou de novo. Se a polícia tomava tantas precauções é que sabia, sem a menor dúvida, que o padre estava ali. *Era* verdadeiramente o fim.

Maria puxou-o pela roupa. "Entre depressa. Meta-se na cama." Ela sem dúvida tinha uma ideia. As mulheres são de um engenho tremendo: sobre as ruínas dos planos que desabam, constroem imediatamente novos planos. Mas para quê? "Deixe-me cheirar o seu hálito... Ah! meu Deus, qualquer um pode notar... o cheiro do vinho... como se nós bebêssemos vinho!" Ela desapareceu no interior da cabana, pondo-se a fazer grande rebuliço no silêncio e na paz da manhã. De repente, a cem metros da aldeia, um oficial a cavalo saiu da floresta. No silêncio absoluto, ouviu-se ranger o seu coldre quando ele se voltou para fazer um sinal com a mão.

Os policiais surgiram, cercando a estreita clareira — deviam ter marchado muito depressa, pois só o oficial estava a cavalo.

Com os fuzis suspensos, de canos baixados, avançaram para o pequeno grupo de cabanas — demonstração de força exagerada e meio ridícula. Um homem arrastava a correia da perneira atrás de si: devia ter-se enredado nalgum galho da floresta. Enleou-se nela e caiu, com um grande ruído da coronha contra a cartucheira: o tenente olhou-o, depois voltou de novo o rosto colérico e amargo para o lado das cabanas silenciosas.

A mulher chamou o padre para dentro da cabana. "Morda isto. Depressa!", disse ela. Ele voltou as costas para os policiais que se aproximavam e entrou na penumbra pecado cômodo. A mulher tinha na mão uma pequena cebola crua. "Morda", disse ela. Ele mordeu e pôs-se a lacrimejar. "Está melhor agora?", perguntou ela. Ele ouvia o ruído surdo dos cascos do cavalo avançando cautelosamente entre as cabanas.

"É horrível", respondeu com um riso forçado.

"Dê-me a cebola." Ela a fez desaparecer não se sabia onde, em seu vestido: truque que todas as mulheres parecem conhecer. "Onde está a minha maleta?", ele perguntou.

"Não se preocupe com a sua maleta. Deite-se."

Mas, antes mesmo que ele pudesse mover-se, um cavalo bloqueou a abertura da porta: o padre e a mulher viram uma perna numa bota bordada de vermelho, acessórios de cobre que luziam, uma mão enluvada segurando o arção da sela. Maria pousou a mão no braço de seu companheiro — era o gesto mais carinhoso que ela jamais havia esboçado: a ternura era uma coisa interdita entre aquelas duas criaturas. Uma voz gritou: "Todos para fora!". O cavalo escarvou, e viu-se elevar uma pequena coluna de poeira. "Saiam daí, já disse!" Nalguma parte deram um tiro. O padre deixou a cabana.

O dia apontava verdadeiramente: leves flocos coloridos subiam no céu, um homem tinha o seu fuzil dirigido para o alto, com uma nuvenzinha de fumaça cinzenta ainda presa ao cano. Era assim que ia começar a agonia?

De todas as cabanas os aldeões emergiam com relutância — as crianças em primeiro lugar, cheias de curiosidade e sem apreensão. Os homens e mulheres tinham já o ar de pessoas a quem a autoridade condenou: a autoridade tem sempre razão. Ninguém olhou para o padre. Estavam todos esperando, de olhos pregados no chão. Só as crianças examinavam o cavalo, como se este fosse o objeto mais importante de toda a cena.

"Revistem as cabanas!", gritou o tenente. Os minutos passavam muito lentamente; até mesmo a fumaça do tiro de fuzil permaneceu suspensa no ar durante um tempo anormalmente longo. Alguns porcos saíram grunhindo de uma cabana, e um peru hostil chegou até o centro do círculo, estufando as penas poeirentas e sacudindo a longa membrana rósea que lhe pendia do bico. Um soldado aproximou-se do tenente e, esboçando uma continência, disse: "Estão todos aqui".

"Não encontrou nada de suspeito?"

"Não."

"Procure de novo."

O tempo parou novamente, como um relógio quebrado. O tenente tirou uma cigarreira, hesitou e colocou-a de novo no bolso. O policial voltou e disse: "Nada".

O tenente latiu: "Atenção! Todos. Escutem". O cordão de polícia fechou-se, trazendo os aldeões até o centro, num pequeno grupo compacto, diante do tenente. Só às crianças foi permitido circular livremente. O padre viu a sua própria filha de pé, ao lado do cavalo do tenente, com a cabeça ao nível da bota; ela estendeu a mão e tocou o couro. "Estou procurando dois homens", disse o tenente. "Um deles é um gringo, um ianque, um assassino. Bem vejo que ele não está aqui. Há uma recompensa de quinhentos pesos para quem fizer prendê-lo. Fiquem de olhos abertos." Fez uma pausa e olhou-os um após outro. O padre sentiu o seu olhar pousar em si e baixou os olhos, como os outros, para o chão.

"O outro", disse o tenente, "é um padre." Elevou a voz. "Vocês bem sabem o que isto significa: um traidor da República. Todos os que lhe dão asilo são também traidores." Sua imobilidade pareceu enfurecê-lo. "Vocês são uns imbecis", gritou, "se ainda acreditam no que lhes dizem os curas. O que eles querem é o dinheiro de vocês, nada mais. Que foi que Deus já fez por vocês? Vocês têm comida? Seus filhos têm comida? Em vez de lhes dar pão, eles lhes falam no Céu. Oh, tudo será uma maravilha quando vocês estiverem mortos, dizem eles. Pois eu lhes digo: tudo irá bem quando *eles* estiverem mortos. É preciso que me ajudem." A menina pousara a mão na sua bota. Ele olhou-a, do alto do cavalo, com um ar de sombrio afeto, e disse com convicção: "Esta criança tem mais valor que o Papa em Roma." Os policiais estavam apoiados sobre os fuzis: um deles bocejava. O peru voltou grugrulejando para as cabanas. "Se viram esse padre", prosseguiu o tenente, "falem. Há uma recompensa de setecentos pesos." Ninguém disse uma palavra.

O tenente voltou para eles a cabeça de seu cavalo. "Nós sabemos que ele está nesta região. Talvez vocês não saibam o que aconteceu a um homem de Concepción." Uma mulher começou a chorar. "Vamos. Venham aqui, um após outro, e digam-me os seus nomes. Não, as mulheres não, os homens."

Com ar aborrecido, eles desfilaram, enquanto o tenente os interrogava: "Como se chama? Qual é o seu ofício? Casado? Quem é a sua mulher? Ouviu falar nesse padre?" Não restava mais que um homem entre a cabeça do cavalo e o padre. Ele recitou um ato de contrição, silenciosamente, com o espírito noutra parte — "... meus pecados, porque eles sacrificaram meu Salvador... Mas sobretudo porque o ofenderam...". Viu-se sozinho diante do tenente. "Tomo agora a resolução de jamais ofender-Te..." Era uma formalidade a cumprir, pois a gente deve estar sempre preparado, assim como quem faz um testamento: talvez fosse igualmente inútil.

"Seu nome?"

Veio-lhe à memória o nome do homem de Concepción: "Montez."
"Nunca viu o padre?"
"Nunca."
"Qual é o seu ofício?"
"Tenho uma terrinha."
"É casado?"
"Sim."
"Onde está sua mulher?"
Maria exclamou bruscamente: "Sou eu! Por que faz todas essas perguntas? Acha que *ele* tem cara de padre?"
O tenente estava a examinar um objeto colocado sobre o arção da sela. Parecia uma velha fotografia. "Me mostre as suas mãos", disse ele.
O padre as estendeu: eram tão calosas como as de um lavrador. Bruscamente, o tenente inclinou-se e cheirou o hálito do homem. Fez-se entre os aldeões um silêncio completo, um silêncio perigoso, pois pareceu que transmitia uma desconfiança ao tenente... Ele olhou uma vez mais o rosto cavo, hirsuto, e depois a fotografia. "Bem", disse ele, "o seguinte!" Mas como o padre se afastasse: "Um momento...". Pousou a mão na cabeça de Brígida e puxou brandamente os seus cabelos negros e duros. "Olha para mim", disse ele. "Você conhece todo o mundo nesta aldeia, não é?"
"Sim", respondeu a menina.
"Então, quem é esse homem? Me diga o seu nome."
"Não sei." O tenente reteve a respiração: "Não sabe o nome dele? É um estranho aqui?"
Maria interpôs-se: "Pois se a pequena nem sabe o próprio nome! Pergunte-lhe quem é o pai dela".
"Me mostre o seu pai."
A menina ergueu os olhos para o tenente, depois pousou o olhar sabido no padre... "Arrependo-me de meus pecados e im-

ploro o perdão", repetia ele baixinho, com os dedos cruzados para conjurar a má sorte. "É ele", disse a menina. "Esse aí."

"Muito bem", disse o tenente. "O seguinte!"

O interrogatório prosseguiu enquanto o sol subia acima da floresta: nome? ofício? casado? O padre estava de pé, com as mãos juntas sobre o peito: uma vez mais a morte lhe concedia um adiamento. Foi acometido de uma imensa tentação de avançar para o tenente e proclamar: "Sou eu. Sou eu aquele a quem procura". Iriam fuzilá-lo imediatamente? Atraía-o uma ilusória promessa de paz. No mais alto do céu, um abutre montava guarda: de tal altura, aquela gente devia aparecer-lhe como dois grupos de animais carnívoros que de um momento para outro podiam travar combate; o pássaro, minúsculo ponto negro, esperava pacientemente que eles virassem carniça. A morte não é o fim do sofrimento — crer na paz é uma espécie de heresia.

O último aldeão respondera às perguntas.

"Ninguém quer então me auxiliar?", indagou o tenente.

Permaneceram silenciosos, perto do coreto desmantelado. "Sabem o que aconteceu em Concepción? Tomei um refém... e, quando descobri que o padre havia passado por lá, encostei o homem à primeira árvore. Eu soube da verdade porque há sempre alguém que muda de ideia — talvez algum homem de Concepción gostasse da mulher do refém e quisesse livrar-se dele. A mim não compete indagar o motivo. Só o que sei é que mais tarde encontramos vinho em Concepción... Talvez haja nesta aldeia alguém que cobice o campo de vocês, ou a sua vaca. É muito mais seguro falar desde já. Pois tenciono tomar refém aqui, também." Calou-se, depois continuou: "Nem mesmo precisam falar, se o padre está aqui, entre vocês. Olhem para ele, apenas. Ninguém saberá quem foi que o denunciou. Nem ele próprio ficará sabendo, se é que temem que ele os amaldiçoe. Vamos... é a última oportunidade".

O padre não ergueu os olhos do chão — não queria tornar a tarefa muito penosa para aquele que ia denunciá-lo.

"Bem", disse o tenente, "então vou escolher o meu homem. Foram vocês que o quiseram."

Do alto de sua montaria, ele os considerava; um dos policiais encostara o fuzil no coreto e arrumava a correia da perneira. Os aldeões conservavam os olhos teimosamente baixos: tinham todos medo de encontrar o seu olhar. De súbito ele explodiu: "Por que não têm confiança em mim? Não desejo a morte de nenhum de vocês. Para mim — não podem compreendê-lo? — vocês valem muito mais do que ele. Eu queria dar-lhes..." Fez um gesto que foi de todo inútil, pois ninguém o estava olhando. "Eu queria dar-lhes tudo!" Acrescentou, com voz surda: "Você! Você, aí! Eu vou levar você".

Uma mulher gritou: "É meu filho! É o Miguel! O senhor não pode levar o meu filho!".

"Qualquer um aqui é marido ou filho de alguém. Bem sei disso."

O padre se conservava em silêncio, de mãos unidas; apertou- as tão forte que suas juntas embranqueceram... Sentia o ódio crescer em torno de si, porque não era nem marido nem filho de ninguém. "Tenente...", disse ele.

"Que há?"

"Já estou ficando muito velho para trabalhar no campo. Leve-me."

Um bando de porcos irrompeu da esquina de uma cabana alheios a tudo. O soldado acabou de ajustar sua perneira e ergueu-se. Por cima da floresta, o sol vinha faiscar nas garrafas do balcão de gasosas.

"Escolhi um refém", disse o tenente. "Não ofereço alojamento e comida de graça a preguiçosos. Se não presta para nada no campo, não prestará para nada como refém." Ordenou:

"Atem as mãos do homem e tragam-no."

Num abrir e fechar de olhos, os policiais deixaram a aldeia — levaram dois ou três frangos, um peru e o homem chamado Miguel. "Fiz o que pude", disse em voz alta o padre. "A *vocês* é que competia entregar-me. Que esperavam de mim? Meu dever é evitar que me prendam."

"Está bem assim, padre", disse um dos homens, "mas é preciso ter cautela… Quando partir, trate de não deixar vinho por aqui… como em Concepción."

"De nada serve ficar, padre", disse outro. "Cedo ou tarde o apanharão. Agora não esquecerão mais a sua cara. Devia ir para o norte, nas montanhas, do outro lado da fronteira."

"É uma bela terra do outro lado da fronteira", disse uma mulher. "Têm ainda igrejas. Ninguém pode entrar nelas, está visto, mas lá estão. Até ouvi dizer que ainda há padres na cidade. Um de meus primos foi até Las Casas, atravessando as montanhas e assistiu à missa — numa casa, com um verdadeiro altar, e o padre todo paramentado como antigamente. Padre, o senhor lá seria feliz."

O padre acompanhou Maria até a cabana. A garrafa de bebida estava em cima da mesa; tocou-a — estava quase vazia. "A minha maleta, Maria? Onde está a minha maleta?"

"É muito perigoso, agora, viajar com aquilo", disse Maria.

"Mas então como poderei transportar o vinho?"

"Não há mais vinho."

"Que queres dizer?"

"Não quero que lhe aconteça uma desgraça, nem ao senhor nem a outros. Quebrei a garrafa. Mesmo que isso traga maldição…"

Ele falou com brandura e tristeza: "Não se deve ser supersticioso. Era apenas… vinho. Não há nada de sagrado no vinho. Somente é difícil encontrá-lo aqui. Por isso é que eu tinha sempre uma provisão em Concepción. Mas eles descobriram."

"E agora penso que vai partir... partir para sempre. O senhor não é mais útil a ninguém", disse ela com violência. "Será que não compreende, padre?"

"Sim, sim, compreendo. Mas não se trata nem do que vocês querem nem do que eu quero..."

Veemente a mulher o interrompeu: "Eu, eu sei coisas. Estive na escola. Não sou ignorante... como eles. Sei que é um mau padre. O que nós dois fizemos juntos — aposto que o senhor não parou naquilo. Ouvi dizer coisas, creia-me. Acha que o bom Deus vai querer que fique aqui para morrer — um padre bêbado como o senhor?" Ele permanecia pacientemente de pé diante dela, como ficara de pé diante do tenente, e ouvia-a falar. Não sabia que ela era capaz de ter todos aqueles pensamentos. "E supondo que o matem", disse ela, "o senhor será um mártir, não é verdade? Que espécie de mártir pensa que vai dar o senhor? Isso é mesmo de rir!"

Jamais lhe viera à cabeça que pudessem considerá-lo como um mártir. "É difícil", disse ele. "Muito difícil. Eu não desejaria que pudessem rir da Igreja..."

"Então vá refletir do outro lado da fronteira..."

"Mas..."

"Quando aconteceu aquilo que o senhor sabe", disse ela, "eu estava até orgulhosa. Pensei que os bons tempos iam voltar. Não é todo o mundo que pode ser amante de um padre. E a menina... pensei que o senhor ia fazer muito por ela. Até um ladrão faria o que o senhor tem feito..."

Ele deu uma resposta vaga: "Tem havido muito bons ladrões".

"Pelo amor de Deus, agarre essa bebida e vá embora."

"Havia uma coisa... na minha maleta... havia qualquer coisa..."

"Vá então procurá-la o senhor mesmo no monturo, se quiser. Eu é que lá não mexo."

"E a pequena?", disse ele. "Você é uma boa mulher, Maria. Quero dizer — procurará educá-la bem... como uma cristã."

"Ela nunca há de prestar para nada. O senhor mesmo viu."
"Na sua idade — ela não pode estar muito corrompida."
"É ruim, e só poderá piorar."
"A minha próxima missa vai ser celebrada em sua intenção."
Maria já nem sequer o ouvia. "É uma peste", disse ela. Ele sentia que a fé se extinguia pouco a pouco — em breve, a missa não teria, para ninguém, mais sentido do que a passagem de um gato preto pela estrada. Ele punha a vida de todos em perigo pelo equivalente do sal que se derrama, da madeira em que se bate. "A minha mula..."
"Estão a dar-lhe milho. É preciso ir para o norte", acrescentou. "Agora não há como ocultar-se no sul."
"Eu julgava que talvez em Carmen..."
"Está vigiada."
"Oh, está bem...", disse ele com tristeza. "Um dia, talvez... quando as coisas melhorarem..." Traçou uma cruz no ar e deu a bênção a Maria, mas de pé diante dele, ela se impacientava no seu desejo de vê-lo partir para sempre.
"Então, adeus, Maria."
"Adeus."
Atravessou a praça, de ombros encolhidos. Sentia que não havia naquela aldeia quem não o visse partir com satisfação — ele que só lhes trazia desgraça e que haviam preferido, sabe lá por que obscuras razões supersticiosas, não entregar à polícia; chegava a invejar o gringo desconhecido, a quem não hesitariam em armar uma cilada — esse, pelo menos, não sentiria pesar-lhe sobre os ombros nenhum fardo de gratidão.

Abaixo de um caminho, cuja terra estava marcada pelos cascos das mulas e acidentada de raízes de árvores, corria o rio — sessenta centímetros d'água quando muito, sobre um leito de latas vazias de conserva e de garrafas quebradas. Debaixo de um cartaz suspenso a uma árvore: "Proibido jogar lixo", estavam acumulados todos os detritos da aldeia que, pouco a pouco, desciam para o rio. Quando viessem as chuvas, ficaria tudo limpo. Pousou o pé no meio das latas velhas e dos legumes podres e estendeu a mão para a sua maleta. Suspirou: tinha sido uma mala de boa qualidade, mais uma relíquia de seu passado tranquilo... Em breve seria difícil lembrar-se de que a vida fora diferente. Alguém tinha arrancado a fechadura; passou a mão pelo forro de seda...

Os papéis estavam ali. Com pesar, deixou cair a maleta — toda uma mocidade importante, cercada de respeito, jazia entre as imundícies — aquela mala lhe fora dada pelos seus paroquianos de Concepción por ocasião do quinto aniversário de sua ordenação... Ouviu alguém mexer-se atrás de uma árvore. Desvencilhando os pés do monturo com os papéis ocultos na palma da mão, as moscas a zumbindo ao redor dos tornozelos, deu volta à árvore para ver quem o espionava... A menina estava sentada numa raiz, batendo com os calcanhares na casca da árvore. Conservava as pálpebras fortemente fechadas. "Minha querida, que é que tens?" Então os olhos abriram-se de súbito, avermelhados e raivosos, com uma expressão de absurda altanaria.

"É o senhor... o senhor...", disse ela.

"Eu?"

"Sim. É por causa do senhor."

Aproximou-se dela com infinitas precauções, como se se tratasse de um animal desconfiado. Sentia-se desfalecer de ternura. "Minha querida... por que eu...?"

Ela retorquiu furiosa: "Riem de mim".

"Por minha causa?"

"Todos os outros têm um pai... que trabalha."

"Eu também trabalho."

"O senhor é padre, não é?"

"Sou."

"Pedro diz que o senhor não é um homem. Que não vale nada com as mulheres. Não sei o que ele quer dizer."
"Creio que ele também não sabe."
"Oh, sabe, sim. Ele tem dez anos. E eu também quero saber. O senhor vai embora, não é?"
"Vou, sim."
Ele ficou de novo horrorizado com a sua maturidade quando ela esboçou um sorriso escolhido de toda uma longa e variada coleção. "Explique-me", pediu ela, aliciante. Ali sentada na raiz da árvore, junto do monte de lixo, dava a impressão de completo desamparo. Trazia já o mundo no coração, como um germe de podridão oculto na polpa de um fruto. Estava sem proteção — não tinha graça, nem encanto que a defendessem. Ele sentiu a alma convulsionada pela certeza da sua perda. E disse-lhe: "Minha querida, tem cuidado…".
"Com quê? Por que é que o senhor vai embora?"
Aproximou-se mais um pouco; pensou — um homem tem o direito de beijar a sua própria filha, mas esta afastou-se vivamente. "Não me toque!", gritou, com a sua voz adulta e um riso escarninho. Todas as crianças nasciam com certo conhecimento do amor, pensava ele; tomavam-no com o leite do seio materno; mas dependia dos pais e dos amigos a espécie de amor que conhecessem — amor de salvação ou de perdição. Até a luxúria era uma espécie de amor. Via-a presa à sua vida como mosca ao âmbar — a mão de Maria erguida para bater; Pedro e as conversas precoces no escuro da noite; a polícia batendo a floresta — por toda parte a violência. Ele rezou silenciosamente: "Meu Deus, dai-me uma morte qualquer, sem contrição, em pleno pecado… contanto que se salve esta criança".
Era um homem cuja missão se supunha ser a de salvar almas. Em outros tempos lhe parecera muito simples… pregar durante a bênção, organizar patronatos, tomar café com senhoras idosas por detrás de janelas gradeadas, benzer casas novas com um pouco de

incenso, usar luvas pretas... era tão fácil como economizar dinheiro: agora, era um mistério. Tinha consciência da sua desesperada incapacidade.

Ajoelhou e puxou-a para si, enquanto ela ria zombeteiramente e lutava por se libertar. "Gosto muito de você. Sou seu pai, te quero muito. Procure compreender isto." Segurou-a com força pelo pulso e de repente a menina ficou quieta, a olhar para ele. "Daria a minha vida, mas isso não é nada, a minha alma... minha filha, minha querida filha, procure compreender como você é... importante." Era essa a diferença, sempre o reconhecera, que havia entre a sua fé e a deles, a dos chefes políticos do povo, que só se importavam com a Província e a República e outras coisas assim. Aquela criança tinha mais importância que um continente inteiro. "Tem de ter muito cuidado, exatamente porque você é tão... tão necessária. Lá na capital, o presidente anda guardado por homens de fuzil. Mas você, minha filha, você tem em torno de si todos os anjos do Céu." Ela o fitava com seus olhos escuros e inconscientes; ele sentiu que tinha chegado tarde demais. "Adeus, minha querida", disse, beijando-a desajeitadamente. Sentia-se tolo, pretensioso, a caminho da velhice; e, mal a deixou e voltou para a praça, pareceu-lhe que, por detrás de seus ombros encolhidos, o mundo vil se aproximava da criança, para arruiná-la. A mula já estava selada junto ao balcão das gasosas. Um dos homens disse: "É melhor seguir para o norte, padre", e ficou a acenar com a mão. O melhor é não ter afeições humanas, ou antes, amar todas as almas como se ama a um filho. A paixão de proteger deve abarcar um mundo — mas ele a sentia dolorosamente presa àquele tronco de árvore como um animal amarrado. Virou a mula em direção ao sul.

Seguia precisamente no próprio rastro da polícia; desde que andasse devagar e não ultrapassasse algum retardatário, a rota parecia-lhe bastante segura. O que lhe faltava agora era vinho, e feito de uvas: sem isso o padre não teria mais nenhuma razão de ser; tanto faria escapar para o norte, atravessar as montanhas e pôr-se a salvo do outro lado, onde o pior lhe poderia acontecer era uma multa, seguida de alguns dias de prisão porque não teria dinheiro para pagá-la. Mas ainda não estava preparado para a capitulação suprema, cada uma de suas pequenas capitulações era seguida de um sofrimento suplementar. Estava agora movido da necessidade de resgatar a sua filha de qualquer maneira. Ficaria ainda mais um mês, um ano... Sacudido pelo andar da mula, tentava subornar a Deus, prometendo-lhe mostrar-se firme. De repente, o animal estacou: na estrada, uma pequena serpente verde ergueu-se com um movimento de mulher ofendida; depois, com um silvo, desapareceu na relva como se extingue a chama de um fósforo. A mula continuou a marcha.

Quando chegava perto de uma aldeia, desmontava e avançava a pé o mais próximo possível das habitações. Talvez os policiais ali tivessem parado... Em seguida, atravessava rapidamente a povoação, sem falar com ninguém, salvo para dizer *buenos días*, e, entrando de novo na floresta, recomeçava a seguir a pista do cavalo do tenente. Não tinha nenhuma intenção precisa; desejava apenas colocar a maior distância possível entre ele e a aldeia onde acabava de passar a noite. Na palma da mão, tinha ainda os papéis amassados em bola. Alguém lhe havia prendido à sela, ao lado do machete e do saquitel que continha a sua provisão de velas, um cacho de cerca de cinquenta bananas e, de tempos em tempos, ele comia uma — madura, escura, aguada, com gosto de sabão — e que lhe deixava no lábio superior como que a sombra de um bigode.

Depois de seis horas de marcha, chegou a La Candelaria, longa e estreita aldeia de telhados de zinco à margem de um dos afluentes do Grijalva. Seguia cautelosamente pela rua poeirenta.

Era no início da tarde: os abutres se achavam instalados em cima das casas, com a cabeça metida entre as penas, ao abrigo do sol, e alguns homens sesteavam nas suas redes, à sombra exígua projetada pelas casas. Entorpecida de calor, a mula avançava a passos lentos e pesados. O padre inclinava-se sobre o arção da sela.

Por si mesma, a mula parou junto de uma rede. Um homem estava deitado diagonalmente nela, com uma perna pendente para embalar-se e estabelecer continuamente uma leve corrente de ar.

"*Buenas tardes*", disse o padre. O homem abriu os olhos e fitou-o.

"A que distância estamos de Carmen?"

"Quinze quilômetros."

"Posso conseguir uma canoa para atravessar o rio?"

"Sim."

"Onde?"

O homem agitou molemente a mão como para dizer em qualquer parte, menos aqui. Só lhe restavam dois dentes, caninos amarelos que sobrepassavam os cantos da boca e que se assemelhavam às presas de animais pré-históricos que se encontram incrustados na argila.

"Que é que os policiais andaram fazendo por aqui?", perguntou o padre, enquanto uma nuvem de moscas se abatia sobre o pescoço da mula; espantou-as com a vara que trazia como rebenque e elas subiram em voo pesado, deixando um pequeno sulco de sangue no rude couro cinzento a que voltaram em seguida. A mula parecia não sentir nada, ali parada ao sol, de cabeça pendente.

"Procuravam alguém", respondeu o homem.

"Ouvi dizer", disse o padre, "que oferecem uma recompensa — por um gringo."

O homem se embalou na rede e disse: "Mais vale estar vivo e pobre do que rico e morto".

"Será que os alcançarei se me dirigir para Carmen?"

"Eles não vão para Carmen."

"Ah, não?"
"Estão a caminho da capital."
O padre seguiu adiante. Vinte metros além, parou de novo junto a um balcão de gasosa e perguntou ao empregado: "Posso arranjar um barco para atravessar o rio?".
"Não há barco."
"Não há barco?"
"Foi roubado."
"Dê-me um Sidral." Bebeu de um trago a composição química amarela e borbulhante: ficou ainda com mais sede. "Então como poderei passar o rio?", perguntou.
"Passar para quê?"
"Vou para Carmen. Como foi que a polícia passou?"
"A nado."
"Mula, mula!", disse o padre, instigando o animal. Passou pelo inevitável coreto e por uma estátua em estilo rococó de uma mulher de toga segurando uma coroa de flores; parte do pedestal se quebrara e jazia no meio da estrada; a mula o contornou. O padre olhou para trás: lá longe, na rua, o mestiço ainda se achava na rede mas com os dois pés no chão. Um desassossego bem seu conhecido obrigou-o a tocar a mula; "Mula! mula!", mas o animal, sem pressa, ia escorregando cautelosamente para a margem do rio.

Ali chegando, recusou-se a atravessar o rio; o padre aguçou a ponta da vara com os dentes e deu uma forte aguilhoada no flanco da mula. Ela entrou com relutância na água, que foi subindo, primeiro até os estribos, depois até os joelhos: a mula começou a nadar, escarrapachada, somente com os olhos e as ventas de fora, como um jacaré. Alguém gritou da margem.

Lá estava o mestiço a chamar, não muito alto: a sua voz era de pouco alcance. Parecia que tinha uma intenção secreta que só o padre deveria conhecer. Agitou o braço, fazendo-lhe sinal que voltasse, mas já a mula saía da água cambaleando e galgava a outra margem; o padre não deu atenção a seus chamados. A inquietação alojara-se em seu cérebro. Sem olhar para trás, tocou a mula através da penumbra verde de um maciço de bananeiras. Durante todos aqueles anos, tivera dois asilos onde podia sempre encontrar o repouso de um esconderijo seguro: um era Concepción, sua antiga paróquia, que doravante lhe estava interdita, e o outro, Carmen, onde ele nascera e onde estavam enterrados seus pais. Imaginara que teria talvez um terceiro local de refúgio, mas sabia agora que não mais voltaria lá... Virou a cabeça da mula na direção de Carmen, e de novo a floresta se fechou sobre os dois. Naquele andar, chegariam ao cair da noite, e era o que ele desejava. A mula, quando ele cessava de bater-lhe, avançava com uma lentidão extrema, de cabeça pendente; cheirava um pouco a sangue. O padre adormeceu, apoiado no arção da sela. Sonhava que uma meninazinha, rígida no seu vestido de musselina branca, recitava o catecismo — ao fundo, via um bispo no meio de um grupo de Filhas de Maria, velhas de faces lívidas e duras de devotas. O bispo murmurava: "Ótimo... Ótimo" e aplaudia: *clac, clac!* Um homem de jaquetão anunciou: "Ainda nos faltam quinhentos pesos para pagar o novo órgão. Temos intenção de organizar um concerto de gala e esperamos..." De súbito lembrou-se que não deveria absolutamente estar ali... aquela não era a sua paróquia... esperavam-no em Concepción para dirigir um retiro espiritual. O homem que se chamava Montez apareceu por trás da menina de branco e gesticulou para lembrar qualquer coisa ao padre... Acontecera um acidente a Montez, ele tinha na testa um ferimento onde o sangue se coagulara. Uma ameaça terrível pesava sobre a criança, o padre tinha certeza disso. Balbuciou: "Minha querida, minha querida" e despertou, ao andar cadenciado da mula e ao ruído de passos.

Voltou-se: era o mestiço que trotava atrás dele, escorrendo água: devia ter atravessado o rio a nado. Seus dois caninos avançavam sobre o lábio inferior e ele sorria com ar aliciante. "Que quer?", perguntou o padre asperamente.

"O senhor não havia me dito que ia para Carmen."

"Por que haveria de dizê-lo?"

"É que eu também tenho de ir até lá. Sempre é melhor viajar acompanhado." Trazia uma camisa, calças brancas e tênis, um dos quais estava furado e deixava passar o artelho — balofo e amarelo como qualquer coisa que vivesse debaixo da terra. Ele coçou embaixo do braço e alcançou o estribo do padre amistosamente. "Não ficou aborrecido, *señor*?"

"Por que me chama de *señor*?"

"Logo se vê que é uma pessoa de educação."

"A floresta é de todos", respondeu o padre.

"Conhece bem Carmen?", perguntou o homem.

"Não muito bem. Tenho lá alguns amigos."

"Vai a negócio, não é?"

O padre nada disse. Sentiu a mão do homem em seu pé, num toque leve e súplice. "Há uma *finca* a dez quilômetros da estrada", disse o homem. "Poderíamos passar lá a noite."

"Estou com pressa", retorquiu o padre.

"Mas de que serve chegar a Carmen a uma ou duas da madrugada? Podíamos dormir na *finca* e chegar lá antes do nascer do sol."

"Eu faço o que me convém."

"É claro, *señor*, naturalmente." O homem conservou-se em silêncio por um instante e depois acrescentou: "Não é prudente viajar de noite, se o senhor não está armado. Um homem como eu é caso diferente".

"Sou muito pobre", respondeu o padre. "Você bem pode ver que não tenho nada que possa tentar um ladrão."

"E depois, ainda há o gringo — dizem que é um homem perigoso, um verdadeiro pistoleiro. Ele chega e nos diz lá na língua dele: '*Stop*, mostre-me o caminho para... tal lugar'. A gente não compreende nada do que ele diz e, se por acaso se faz um gesto, pronto! — lá vem fogo. Mas talvez o senhor saiba falar americano, *señor*..."

"Claro que não. Como poderia saber? Sou um pobre homem. Mas não dou ouvidos a todas as histórias que me contam."

"Vem de muito longe?"

O padre pensou um momento: "De Concepción". Já fizera lá todo o mal que poderia fazer.

O homem pareceu momentaneamente satisfeito. Continuou a marchar ao lado da mula, com a mão pousada no estribo; de vez em quando cuspia baixando os olhos, o padre podia ver o dedão do pé avançar pelo chão como um enorme verme. Talvez o homem fosse inofensivo. As coisas é que se apresentavam de maneira a levantar suspeitas. O crepúsculo chegou, e quase em seguida ficou noite fechada. A mula diminuiu ainda mais o passo. Ruídos subiram em torno deles, como no teatro, onde, logo que o pano desce, começa o bruaá nos bastidores e corredores. Animais impossíveis de identificar — talvez jaguares — gritavam de entre as moitas, macacos saltavam nos ramos mais altos, e os mosquitos zumbiam por toda parte como máquinas de costura. "Caminhar dá sede", disse o homem. "O senhor não teria por acaso alguma bebida?"

"Não."

"Se quiser chegar em Carmen antes das três horas, tem de bater na mula... Quer que eu pegue a vara?"

"Não, deixe o pobre animal tomar tempo. Isso não me importa...", disse ele, meio adormecido.

"O senhor fala como um padre."

O outro despertou rapidamente, mas, sob as altas e negras árvores, não podia distinguir a fisionomia do mestiço. "Ora, não diga tolices!", replicou.

"Sou um bom cristão", disse o homem, tocando no pé do padre.

"Ah, quem me dera poder dizer o mesmo..."

"O senhor deveria ser capaz de reconhecer as pessoas que merecem a sua confiança." E cuspiu com ar de camaradagem.

"Nada tenho a confiar", disse o padre. "A não ser estas calças, já no fio, e esta mula, que não presta, como você bem pode ver por si mesmo."

Marcharam em silêncio durante algum tempo; depois, como se acabasse de refletir na última frase de seu companheiro, o mestiço continuou: "A mula não seria tão má se o senhor a tratasse bem. Eu entendo muito de mulas. Logo se vê que ela está que não aguenta mais".

O padre baixou o olhar para a cabeça cinzenta e estúpida que balançava. "Acha?"

"Quantos quilômetros fez ontem?"

"Uns sessenta."

"Até as mulas têm necessidade de repouso."

O padre retirou os pés nus dos fundos estribos de couro e deslizou para o chão. A mula estirou o passo, mas não tardou a tomar uma andadura mais lenta que antes. Os pequenos ramos e raízes que juncavam aquele caminho de floresta feriam os pés do padre; ao cabo de um minuto, estavam sangrando. O mestiço exclamou: "Como o senhor tem os pés sensíveis! Deveria usar sapatos".

O outro afirmou mais uma vez obstinadamente: "Sou pobre".

"O senhor assim nunca chegará a Carmen. Vamos, seja razoável. Se não quer afastar-se da estrada para pousar na *finca*, eu sei de uma cabana a menos de três quilômetros daqui. Poderemos dormir algumas horas lá e chegar em Carmen ainda ao raiar do dia." Ouviu-se um ruído na relva à beira do caminho — o padre pensou nas cobras e nos seus pés nus expostos. Os mosquitos lhes cercavam os pulsos: pareciam pequenas seringas cheias de veneno, prontas para uma injeção na veia. Às vezes um vaga-lume aproximava o seu foco aceso da cara do mestiço, alumiando-a de passagem. Este disse, em tom de acusação: "O senhor não tem confiança em mim. Só porque sou um homem que gosta de prestar serviço aos estranhos, só porque procuro agir como um cristão, o senhor desconfia de mim". Dava a impressão de que queria fingir-se zangado. "Se eu tencionasse roubá-lo", continuou, "já o poderia ter feito, não é? O senhor é um velho..."

"Não tanto assim...", respondeu o padre com brandura. Sua consciência começara mecanicamente a trabalhar: era como essas máquinas automáticas que funcionam com qualquer moeda, até mesmo com o disco sem valor do trapaceiro. As palavras orgulhoso, lúbrico, invejoso, covarde, ingrato — todas elas acionavam as molas adequadas — ele era tudo isso. "Perdi horas", dizia o mestiço, "servindo-lhe de guia e não quero que me pague nada porque sou um bom cristão. Durante esse tempo eu provavelmente estaria ganhando dinheiro em casa... e isso não quer dizer nada..."

"Parece que você disse que tinha um negócio em Carmen...", observou o padre sem zangar-se.

"Quando foi que eu disse isso?" Era verdade — o padre não se lembrava... talvez estivesse sendo também injusto... "Por que eu iria dizer a você uma coisa que não é verdade?", continuou o mestiço, "eu sacrifico um dia inteiro para lhe prestar um favor, e, quando o seu guia está cansado, o senhor nem se importa..."

"Eu não tinha necessidade de guia", disse o padre suavemente.

"Diz isso porque o caminho é fácil, mas se não fosse eu, há muito que teria se perdido. O senhor mesmo disse que não conhecia bem Carmen, foi por isso que eu vim."

"Mas naturalmente", disse o padre, "se você está cansado, repousaremos." Tinha vergonha de ser tão desconfiado, mas isso estava nele como um abscesso que só um bisturi poderia extirpar.

Meia hora depois chegaram à cabana, construída de barro e ramos. Fora erguida, numa clareira diminuta, por um pequeno lavrador que a floresta devia ter expulsado, irresistível força natural que ele não pudera combater com a sua machete e as suas débeis fogueiras. No chão enegrecido ainda se viam sinais dos esforços que fizera para limpar o mato a fim de conseguir alguma colheita escassa e inadequada. "Vou tratar da mula", disse o mestiço. "Vá deitar-se e descanse."

"Mas você é que está cansado."

"Cansado, eu? Por que diz isso? Eu nunca me canso."

De coração confrangido, o padre tirou a sacola da sela, empurrou a porta e entrou na escuridão total. Riscou um fósforo — não havia móveis; nada mais que uma espécie de estrado de terra batida, formando leito, com uma esteira de palha tão rota que não se haviam dado ao trabalho de carregá-la. Acendeu uma vela e prendeu-a no estrado com a própria cera. Em seguida sentou-se e esperou: o mestiço estava demorando muito. Na mão fechada, apertava ainda os papéis que retirara da valise; é preciso que um homem fique ligado a alguma relíquia sentimental para conservar alguma razão de viver. O argumento do perigo só se aplica aos que vivem em segurança. Interrogou a si mesmo se o mestiço não teria roubado a sua mula, e ao mesmo tempo censurava-se por essa inevitável suspeita. Então, a porta se abriu e o homem entrou — com os seus dois caninos amarelos e as unhas a coçar a axila. Sentou-se no chão, com as costas apoiadas à porta e disse: "Durma. O senhor está cansado. Eu o acordarei quando tivermos de partir".

"Eu não tenho sono."

"Apague a vela. Assim dormirá melhor."

"Não gosto do escuro", disse o padre. Ele estava com medo.

"Não vai dizer uma oração, padre, antes de dormirmos?"

"Por que me chama assim?", disse o padre secamente procurando distinguir o chão escuro onde o mestiço estava sentado contra a porta.

"Oh, adivinhei, naturalmente. Mas não deve ter medo de mim. Sou um bom cristão. Não seria difícil descobrir, não acha?", insistiu o mestiço. "Bastava que eu dissesse: Padre, quero confessar-me. O senhor não poderia recusar-se e deixar um homem em estado de pecado mortal."

O padre não respondeu, à espera do pedido: a mão que segurava os papéis tremiam nervosamente. "Oh! não tenha medo de mim", prosseguiu o mestiço, pesando as palavras, "não tem nada a recear, que não o trairei. Sou cristão. Tinha pensado simplesmente que uma prece... nos faria bem."

"Não é preciso ser padre para saber rezar." Ele começou: "*Pater noster qui es in coelis...*" enquanto os mosquitos se abatiam zumbindo sobre a chama da vela. Estava resolvido a não dormir — o mestiço tinha algum plano. Até sua consciência deixou de acusá-lo de falta de caridade. Ele bem o sabia. Estava em presença de Judas.

Encostou a cabeça à parede e fechou os olhos. Lembrou-se da Semana Santa de outros tempos, quando se enforcava no campanário um Judas de palha e os meninos faziam algazarra com latas e matracas, enquanto ele balançava sobre a porta. Velhos membros da Irmandade tinham por vezes oposto objeções: era blasfêmia, diziam, transformar em tal fantoche o denunciante de Nosso Senhor; mas ele nada dissera e deixara continuar a tradição. Parecia-lhe uma boa coisa que o maior dos traidores se tornasse objeto de riso. De outro modo, seria muito fácil idealizá-lo, fazendo dele o homem que lutou com Deus — um Prometeu, a nobre vítima de um combate sem esperança.

"Está acordado?", sussurrou uma voz perto da porta. O padre teve um brusco risinho, como se aquele homem também fosse algum ridículo espantalho, com pernas cheias de estopa, cara pintada e velho chapéu de palha, que iria agora ser queimado na praça, enquanto o público fazia discursos políticos e explodiam os fogos de artifício.

"Não pode dormir?"

"Eu estava sonhando", murmurou o padre. Abriu os olhos e viu que o homem junto à porta estava tremendo, com os dois caninos a subir e descer sobre o lábio inferior. "Você está doente?"

"Um pouco de febre", disse o homem. "Tem algum remédio aí?"

"Não."

Sacudiam-no arrepios, que faziam-no estalar a porta onde apoiava as costas. "Foi a água do rio...", disse ele. Arrastou-se mais para diante no solo e fechou os olhos. Mosquitos de asas queimadas subiam para o leito de terra. Não devo dormir, pensou o padre, seria perigoso... Tenho de vigiá-lo. Abriu a mão e alisou o papel amarrotado. Distinguiam-se linhas escritas a lápis, meio apagadas, palavras isoladas, princípios e fins de frases, algarismos... Agora que não tinha mais valise, era a única prova que ainda possuía de que sua vida fora outrora diferente: carregava consigo aquele papel como um amuleto, pois, se a vida já fora assim, por que não poderia sê-lo de novo? Ao calor úmido daquela planície baixa e pantanosa, a chama da vela subia numa língua fumosa e agitada... O padre aproximou o papel da luz e leu as palavras: Sociedade do Tabernáculo, Irmandade do Santíssimo Sacramento, Filhas de Maria, mas, erguendo a cabeça e perscrutando o outro lado da choça escura, viu que os olhos amarelos e febrentos do mestiço o estavam espreitando. O Cristo não teria surpreendido Judas adormecido no jardim! Judas é capaz de vigiar durante mais de uma hora.

"Que papel é esse... padre?", perguntou, num tom aliciante, com as costas a tremer.

"Não me chame de 'padre'. É uma lista de sementes que tenho de comprar em Carmen."

"Sabe escrever?"

"Sei ler."

Pôs-se a estudar novamente o papel, e um pequeno gracejo, levemente blasfematório, lhe caiu sob os olhos — era uma frase, apenas legível, que falava de "uma única substância". Alusão que tinha ele feito à sua obesidade e ao lauto jantar que acabara de comer: os paroquianos não tinham apreciado o seu humor.

FORA DURANTE UM BANQUETE realizado em Concepción para celebrar o décimo aniversário de sua ordenação. Estava ele no lugar de honra, ao lado de — quem diabo estaria à sua direita? O banquete constava de doze serviços, de modo que fizera alusão aos doze apóstolos, o que tampouco acharam de muito bom gosto. Era então muito jovem e sentia-se docemente demoníaco no meio daqueles paroquianos de Concepción, piedosos, maduros e respeitáveis, que ostentavam as fitas e insígnias de suas respectivas associações. Bebera um pouco mais do que o devido: naquela época ainda não estava habituado ao álcool. De súbito lembrou-se do seu vizinho de mesa: era Montez, pai do homem que acabava de ser fuzilado.

Montez falara longamente. Havia lido um relatório sobre as atividades da Irmandade do Altar durante o ano precedente — tiveram um superávit de vinte e dois pesos. Ele, padre, o havia anotado para ulterior deliberação. Ali estava escrito: Irmande. Altec 22. Montez estava muito desejoso de organizar uma ramificação da Sociedade de São Vicente de Paula e uma dama se queixara porque vendiam maus livros em Concepción, eram trazidos da capital, a lombo de mula, e o seu filho encontrara um intitulado *Casamento ou luxúria*. O padre declarara no seu discurso que escreveria ao governador sobre esse assunto.

No momento exato em que pronunciava essas palavras, o fotógrafo da aldeia fizera explodir o magnésio, de sorte que ele recordava a sua face de então como se fosse um estranho que olha de fora, atraído pelo rumor, alguma alegre reunião de desconhecidos que festejam, e entre os quais observa, com inveja, e talvez um pouco divertido, um padre jovem e gordo, de pé, com a mão rechonchuda estendida num gesto cheio de segurança, enquanto a sua língua saboreia a palavra "governador". Em torno dele, as bocas se abriram como bocas de peixes no meio de faces lívidas, das quais o magnésio havia apagado, com os traços, toda individualidade.

Aquele instante de supremacia lhe restituíra subitamente a seriedade devida, e ele abandonara os gracejos, com grande alívio de todos. "Esse superávit de vinte e dois pesos nas contas da Irmandade do Altar — embora seja para Concepción uma verdadeira revolução — não é a única coisa de que nós temos de felicitar no ano transcorrido. As Filhas de Maria contam com mais nove membros e, no último outono, a Irmandade do Santíssimo Sacramento trouxe um desusado brilho ao nosso retiro anual. Mas guardemo-nos de adormecer sobre os louros. Tenho projetos que, receio, vão parecer um pouco subversivos. Sei que já me tendes por um homem exageradamente ambicioso — pois bem, quero que Concepción possua uma escola mais bela —, o que significa também, naturalmente, um presbitério maior e mais belo. Somos uma paróquia importante, cujo padre tem uma posição a sustentar. Não penso em mim, penso na Igreja. E, embora seja preciso um grande número de anos, mesmo numa cidade da importância de Concepción, para angariar o necessário a tais melhoramentos, não nos deteremos aí." Enquanto falava, via desenrolar-se à sua frente uma vida inteira de tranquilidade — sim, ele *era* ambicioso. Não via por que não haveria de encontrar-se um dia na capital da província, adido à catedral, tendo deixado a um outro padre o cuidado de pagar as suas dívidas em Concepción. Um padre zeloso, como é sabido, sempre contrai dívidas. Continuou, agitando a mão gorducha e expressiva: "É verdade que graves perigos ameaçam no México a nossa querida Igreja. Na nossa província somos notavelmente favorecidos. Mas, no norte, muitas vidas já se têm perdido, e é preciso que estejamos prontos", ele bebia um gole de vinho a fim de umedecer a boca ressequida, "prontos para enfrentar o pior. Vigiai e orai. O diabo, como um leão furioso..." As Filhas de Maria, em êxtase, contemplavam-no boquiabertas, com as fitas azul-pálido colocadas obliquamente sobre as escuras blusas dominicais.

Falou longamente, entregue à volúpia de escutar a sua própria voz: tinha desiludido Montez a respeito da Sociedade de São Vicente de Paula — é bom não deixar demasiada iniciativa aos leigos —, depois contara uma história arrebatadora da morte de uma criança: era uma menina de onze anos que morria de tuberculose e testemunhava uma fé robusta. Ela perguntou quem era aquele que estava parado ao pé de seu leito e responderam-lhe: "É o padre Fulano". "Não, não", disse ela, "o padre Fulano eu conheço. Quero dizer aquele que tem uma coroa de ouro". Um membro da Irmandade do Santíssimo Sacramento havia chorado, todo o mundo sentia-se muito feliz. Era uma história verdadeira, embora não pudesse lembrar quem lha havia contado. Talvez a tivesse lido em qualquer parte. Alguém encheu o seu copo. Ele respirou profundamente e disse: "Meus filhos...".

... E, COMO O mestiço se remexesse gemendo junto à porta, o padre abriu os olhos, e a vida antiga descolou-se como um rótulo: ali jazia ele, com as suas calças rotas de peão, naquela escura choça sem arejamento, e com a cabeça posta a prêmio. O mundo inteiro estava mudado — não havia mais igrejas em parte alguma, nem padres, exceto o padre José, esse renegado, na capital. Enquanto escutava a pesada respiração do mestiço, perguntava-se por que motivo não seguira o mesmo caminho do padre José e não se dobrava às leis. Eu era demasiado ambicioso, pensou, essa é que é a verdade. Talvez o padre José seja mesmo melhor do que eu. Tinha bastante humildade para aceitar todas as zombarias; ainda nos melhores tempos, jamais se julgara digno do sacerdócio. Uma conferência reunira certa vez o clero paroquiano na capital — era nos tempos do antigo governo — e lembrava-se ainda como o padre José se metia atrás de todos, no fundo da sala de sessões, encolhido no último lugar, e jamais abria a boca. Não era por excesso do escrúpulo, como acontecia com alguns padres mais intelectuais; era apenas por estar sempre cheio de um sentimento avassalante de Deus... Na Elevação da Hóstia, a gente via as suas mãos tremerem — não era como S. Tomé, não precisava pôr as mãos nas chagas para crer; para ele, as chagas sangravam de novo em cada altar. Certo dia o padre José lhe dissera, numa expansão de intimidade: "De cada vez... tenho tanto medo". Era filho de um peão.

Mas o seu caso pessoal era diferente — ele tinha ambição. Não era um intelectual, tampouco como o padre José, mas seu pai fora vendeiro e ele sabia o valor de um superávit de vinte e dois pesos e como lidar com hipotecas. Não se contentaria em ficar toda a vida à frente de uma paróquia de medíocre importância. Suas ambições lhe apareciam agora sob um aspecto um tanto ridículo e ele soltou um breve risinho de estranheza na direção da vela. O mestiço abriu os olhos: "Ainda não dormiu?"

"Durma você", retrucou o padre, limpando o suor do rosto com a manga.

"Estou com tanto frio."

"É a febre. Quer a minha camisa? Não é grande coisa, mas se puder aquecê-lo."

"Não, não. Não quero aceitar nada de sua parte. O senhor não tem confiança em mim."

Claro: se tivesse a humildade do padre José, estaria agora morando com Maria na capital e recebendo pensão do governo. Mas era só por orgulho, por um orgulho diabólico, que estava agora ali deitado e oferecia a sua camisa ao homem que se preparava para traí-lo. Até mesmo nas suas tentativas de fuga pusera pouco empenho, exatamente por causa desse mesmo orgulho — o pecado que havia promovido a queda dos anjos. Quando acabara por ser o único padre ainda existente na província, tanto maior se tornou o seu orgulho: julgava-se um campeador, levando Deus a toda a parte, com risco da própria vida: um dia receberia a recompensa. Ele rezou, na penumbra: "Ó meu Deus, perdoai-me! Sou um homem cheio de orgulho, de luxúria e de gula. Amei em demasia a autoridade. Esses, sim, é que são os mártires: os que me protegem arriscando as próprias vidas. — Merecem um mártir que cuide deles e não um louco como eu, que ama o que não deve. Talvez seja melhor que eu fuja — se eu lhes contasse o que aqui se passa, poderiam enviar um homem virtuoso, abrasado de amor...". Como de costume, seu exame de consciência se reduziu ao problema prático — que devo fazer?

Do outro lado, junto à porta, o mestiço dormia um sono inquieto.

Possuía na verdade muito pouco para alimentar o seu orgulho: rezara apenas quatro missas naquele ano e ouvira uma centena de confissões. Pensou que o seminarista mais inexperto poderia ter feito o mesmo... ou talvez mais. Levantou-se com cautela e atravessou a cabana na ponta dos pés. Tinha de chegar a Carmen e de lá partir depressa, antes que aquele homem... Ali estava ele de boca aberta, mostrando as gengivas pálidas, duras e desdentadas; gemia e agitava-se no sono; afinal ficou quieto.

Havia agora nele um ar de abandono total, como se por fim houvesse desistido da luta e ali jazesse, vítima de alguma força misteriosa... Bastava passar por cima das pernas do homem e empurrar a porta, que abria para fora.

Ele passou uma perna por cima do corpo, uma mão lhe segurou o tornozelo. O mestiço olhava-o fixamente, de baixo. "Aonde vai?"

"Vou aliviar-me."

A mão não lhe largava o tornozelo. "Por que não se alivia aqui mesmo?", perguntou o homem, gemendo. "Nada o impede, meu *padre*, pois o senhor é um *padre*, não é verdade?"

"Sim, tenho uma filha, se é isso o que você quer dizer..."

"Sabe muito bem o que quero dizer. O senhor é entendido nas coisas de Deus..." A mão ardente não o largava. "Talvez o tenha aí — num bolso. O senhor o transporta consigo, não é, para o caso de encontrar algum doente... Bem, eu estou doente. Por que não me concede Deus? Ou pensa que Ele se recusaria a tratar comigo... se soubesse?"

"Você está é com febre..."

Mas o homem não queria calar-se. O padre lembrou-se de uma fonte de petróleo que tinham descoberto um dia perto de Concepción — o solo não era suficientemente rico para justificar trabalhos ulteriores, mas, durante quarenta e oito horas, um jato negro, surgindo do solo estéril e pantanoso, jorrara para o céu, à razão de duzentos mil litros por hora, para escoar-se em seguida e infiltrar-se na terra: assim é no homem o sentimento religioso, que se lança bruscamente para o céu, numa coluna negra de fumo e de escórias, e depois se perde para sempre. "Quer que eu lhe diga o que foi que fiz? É seu ofício escutar-me. Tirei dinheiro de mulheres, em troca de... o senhor sabe de quê, e dei esse dinheiro a meninos..."

"Não quero ouvi-lo."

"É o seu ofício."

"Você está enganado."

"Ah, não estou. A mim o senhor não me engana. Escute. Sustentei meninos — bem sabe o que quero dizer. E comi carne às sextas-feiras." Uma horrível mescla de trivial, de obsceno e de grotesco escorria dentre as duas presas amarelas, e a mão que apertava o tornozelo do padre não cessava de tremer de febre. "Menti. Não jejuo na Quaresma não sei há quantos anos. Aconteceu-me ter tido duas mulheres ao mesmo tempo... Vou contar-lhe como foi que fiz..." O mestiço julgava-se extraordinário, mas afinal não era mais que um elemento típico naquele mundo que ele não sabia descrever — um mundo de traição, de violência e de luxúria, dentro do qual a sua vergonha era uma coisa insignificante. Quantas vezes não ouvira o padre a mesma confissão — tão limitado é o homem que nem ao menos tem habilidade para inventar um novo vício: a mesma coisa sabem os animais. E era por um mundo assim que Cristo havia morrido; quanto mais maldade se vê tanto maior é a glória que circunda essa morte. É muito fácil morrer pelo que é bom ou belo, pela pátria, pelos filhos ou pela civilização... só mesmo um Deus poderia morrer pelos covardes e os corruptos. "Por que me conta isso tudo?", perguntou o padre.

O homem calara-se, exausto; começava a transpirar; sua mão largou o tornozelo do padre. Este abriu a porta e saiu — a escuridão era completa. Como encontrar a mula? Ficou à escuta. Um animal uivou, não muito longe. O padre estava com medo. Atrás dele, na cabana, a vela ardia — e havia um estranho ruído: o mestiço estava soluçando. De novo lhe veio a lembrança do terreno petrolífero, com suas pequenas poças negras e as bolhas que se formavam vagarosamente, rebentavam e tornavam a reconstruir-se.

O padre acendeu um fósforo e marchou direto adiante — um, dois, três passos, e esbarrou contra uma árvore. Um fósforo no meio daquelas trevas imensas não alumiava mais que um vaga-lume. "Mula, mula!", chamou baixinho, receoso de que o mestiço o ouvisse; por outro lado era pouco provável que o estúpido animal atendesse. Ele a detestava, aquela mula, com a sua cabeça oscilante de mandarim decrépito, a boca sôfrega sempre a mastigar, o cheiro a sangue e a excremento. Riscou outro fósforo e continuou seu caminho para, depois de alguns segundos, ir dar de encontro a outra árvore. Na cabana, prosseguiam os soluços de dor. Era preciso chegar a Carmen, era preciso fugir, antes que aquele homem encontrasse meios de se comunicar com a polícia. Recomeçou, dividindo metodicamente a clareira: um, dois, três, quatro... uma árvore. Alguma coisa se moveu sob o seu pé e ele pensou nos escorpiões. Um, dois, três... e de súbito o relincho grotesco da mula saiu da escuridão; estava com fome, ou talvez farejasse a passagem de outro animal.

Estava amarrada alguns metros atrás da choça — ele perdeu de vista o clarão da vela. Sua provisão de fósforos ia diminuindo, mas, depois de duas novas tentativas, encontrou a mula. O mestiço a livrara da sela, que havia escondido: inútil perder tempo em procurá-la. O padre montou no lombo do animal, mas logo viu que era impossível fazê-lo avançar sem lhe ter passado ao menos um pedaço de corda ao pescoço. Tentou torcer-lhe as orelhas: não eram mais sensíveis que dois trincos de porta. Ficara plantada no seu lugar, como uma estátua equestre. Aproximou um fósforo aceso do flanco da mula, que lançou bruscamente para o ar as patas traseiras. O padre deixou cair o fósforo: então o animal imobilizou-se de novo, com a sua teimosa cabeça pendente e as grandes ancas antediluvianas. Uma voz disse, acusadoramente: "Vai deixar-me aqui, morrendo?".

"Bobagem!", retrucou o padre. "Tenho pressa. Você estará bom de manhã, mas eu não posso esperar."

Alguma coisa se agitou no escuro, depois uma mão segurou-lhe o pé nu. "Não me deixe sozinho", disse a voz. "Suplico-lhe... como cristão."

"Aqui não há nada que lhe possa fazer mal."

"Que sabe o senhor? Enquanto o gringo andar por aqui..."

"Nada sei desse gringo. Não encontrei ninguém que o tivesse visto. Por outro lado, ele não passa de um homem, como você ou eu."

"Não quero ficar sozinho. Tenho um pressentimento..."

"Está bem", disse o padre, resignado, "vá buscar a sela."

Logo que foi selada a mula, tornaram a partir; o mestiço ia seguro ao estribo. Marchavam em silêncio — às vezes o mestiço tropeçava. Começaram a aparecer as primeiras e enganosas claridades acinzentadas da aurora. Uma pequenina brasa de satisfação cruel acendeu-se no coração do padre: Judas ia a seu lado, enfermo, vacilante, amedrontado com a escuridão. Era só bater na mula para abandoná-lo em meio da floresta. Aguilhoou a mula com a ponta da vara, forçando-a a um trote preguiçoso, e sentiu logo o braço do mestiço que puxava o estribo, procurando impedi-la de avançar. Ouviu um gemido, julgou compreender "Nossa Senhora!" e a mula diminuiu o passo. O padre orou silenciosamente: "Que Deus me perdoe". Cristo havia morrido também por aquele homem. Como poderia ele próprio julgar-se, no seu orgulho, na sua covardia, na sua luxúria, mais digno dessa morte do que o mestiço? Aquele homem tinha intenção de traí-lo por dinheiro de que tinha necessidade. Mas ele, padre, traíra o seu Deus por qualquer coisa que não tinha sido nem mesmo um verdadeiro prazer carnal. "Sente-se mal?", perguntou ele. Nada de resposta. Apeou e disse ao mestiço: "Monte na mula. Eu vou caminhar um pouco".

"Sinto-me muito bem assim", respondeu o outro, em tom rancoroso.

"É melhor montar."

"Está muito orgulhoso de si, não é?", disse o homem. "Socorrer o seu inimigo. Muito cristão, isso..."

"Quer dizer então que você é meu inimigo?"

"É o que o senhor imagina. Pensa que ando atrás dos setecentos pesos — a recompensa. Julga que um homem tão pobre como eu não se pode dar ao luxo de nada dizer à polícia..."

"Você está é com febre..."

"Tem razão, não há dúvida", disse o outro em voz de queixosa ironia.

"O melhor é montar." O homem quase caiu, o padre teve de ajudá-lo com o ombro a montar no animal, onde ele ficou miseravelmente pendido, com a boca quase à altura da do padre, exalando um hálito insuportável. "Quem é pobre não pode escolher, padre. Se eu fosse rico, apenas um pouco rico, seria bom."

De repente o padre, sem saber por quê, pensou nas Filhas de Maria a comer pastéis. Deu uma risadinha e disse: "Duvido". Se aquilo era a bondade...

"Que foi que disse, padre? Não tem confiança em mim", continuou, em voz engrolada, "porque sou pobre e, como sou pobre..." Arquejante e trêmulo, pendeu sobre o arção da sela. O padre amparou-o com um braço, e assim retomaram lentamente o caminho em direção a Carmen. Era, aliás, inútil; agora não podia ficar lá; seria até imprudente entrar na aldeia, pois se viessem a descobrir tal coisa algum dos habitantes perderia a vida — fariam um refém. Muito longe, um galo cantou: o nevoeiro subia do solo esponjoso até a altura dos joelhos do padre, e ele pensou no relâmpago do magnésio que iluminava a sala nua entre as mesas armadas sobre cavaletes. A que horas cantam os galos? Uma das coisas mais estranhas naquele mundo novo era que não havia mais relógios — podia-se passar um ano inteiro sem ouvir um único dar horas. Tinham desaparecido com as igrejas, ficando apenas, como únicas medidas do tempo, as lentas auroras acinzentadas e as noites súbitas.

Pouco a pouco o mestiço surgiu da sombra, abatido sobre o arção da sela, com os caninos amarelos ultrapassando a boca aberta; na verdade, pensou o padre, aquele homem merecia a recompensa — setecentos pesos não eram grande coisa mas provavelmente lhe bastariam para viver um ano inteiro naquela aldeia poeirenta e miserável. Riu de novo; nunca pudera levar muito a sério as computações da sorte, e era até muito possível que um ano sem ansiedade pudesse salvar a alma daquele homem. Bastava que uma situação qualquer se invertesse para logo aparecerem dessas pequenas e absurdas contradições. Ele próprio já se entregara ao desespero e eis que daí emergira uma alma humana e amor, não de muito boa qualidade, mas ainda amor. "É o destino...", disse subitamente o mestiço. "Uma vez uma cartomante me disse que eu teria uma recompensa..."

Segurando solidamente o mestiço em cima da sela, o padre seguia avante, com os pés em sangue, mas em breve ficariam calejados. Uma estranha serenidade caía sobre a floresta, subia do chão, vinha com a névoa. A noite fora cheia de ruídos, mas agora tudo estava outra vez tranquilo. Era como um armistício, quando os canhões silenciam de ambos os lados: podia-se imaginar o mundo inteiro a escutar o que nunca lhe fora possível ouvir até então — a paz.

Uma voz ergueu-se: "O senhor é o padre, não é verdade?".

"Sim." Era como se eles houvessem saído das suas opostas trincheiras, encontrando-se no meio da terra de ninguém, entre as cercas de arame farpado, para confraternizar. Lembrou-se de histórias que ouvira contar da guerra — de como os soldados nos últimos anos do conflito, obedecendo a um impulso, haviam por vezes se encontrado entre as linhas.

"Sim", disse ele de novo, e a mula continuou no seu passo arrastado. Nos velhos tempos, quando ensinava crianças, acontecia-lhe às vezes que algum indiozinho de olhos de amêndoa indagasse "Com que se parece Deus?" e ele respondia sem dificuldade, servindo-se de comparações com o pai e a mãe, ou, mais ambiciosamente, incluía até o irmão e a irmã, tentando dar uma ideia de todos os amores e de todos os parentescos, combinados numa paixão imensa e, ainda assim, pessoal... Mas no centro da sua própria fé havia sempre o mistério convincente — de que somos feitos à imagem e semelhança de Deus — Deus era o pai, mas era também o policial, o criminoso, o padre, o maníaco e o juiz. Algo semelhante a Deus agitava-se na forca, ou tomava atitudes extravagantes diante das balas, num pátio de prisão, ou contorcia-se como um camelo, no ato sexual. Por detrás das grades do confessionário, ouvira as sujas e complicadas artimanhas inventadas pela imagem de Deus; essa mesma imagem de Deus, com os seus dois agudos dentes amarelos, balouçava agora, aos solavancos da mula; e a imagem de Deus praticara com Maria entre os ratos, na choça, o seu desesperado ato de rebelião. Deve ser reconfortante para um soldado saber que de ambos os lados as atrocidades são as mesmas: ninguém está jamais sozinho. "Sente-se melhor agora?", perguntou. "Com menos frio? Com menos febre?" E, levado por um dever fraternal, apertou com a mão o ombro da imagem de Deus.

O homem não respondeu: o espinhaço da mula fazia-o escorregar de um lado para outro.

"Não são mais que dez quilômetros", disse o padre, para lhe dar coragem. Era preciso tomar uma decisão. Não havia cidade ou aldeia em toda a província cuja lembrança estivesse tão nítida em sua memória como a de Carmen: o longo aclive, coberto de relva, subindo do rio ao cemitério onde estavam enterrados seus pais e que cobria uma minúscula colina de seis metros de altura. O muro estava agora em ruínas, algumas cruzes tinham sido quebradas por fanáticos, um anjo tinha perdido uma das asas de granito, e as poucas pedras tumulares ainda intactas inclinavam-se em ângulo agudo dentre as ervas crescidas. Uma imagem da Mãe de Deus, sem orelhas e sem braços, erguia-se, como uma deusa pagã, sobre o túmulo de um rico madeireiro esquecido. Estranho esse furor destrutivo, pois está visto que nunca se pode destruir tudo. Se Deus se assemelhasse a um sapo, seria fácil suprimir todos os sapos do mundo, mas, como Deus é semelhante a nós, de nada serve destruir imagens de pedra: seria preciso que nos suicidássemos todos em meio das tumbas.

"Já se sente agora bastante forte para manter-se em sela?", perguntou o padre, retirando a mão. O caminho fazia uma forquilha: de um lado, continuava para Carmen, do outro, para oeste. "Você estará lá daqui a duas horas", disse o padre. E fustigou a anca da mula. Imóvel, ficou a ver a mula seguindo em direção a Carmen, com o delator caído sobre o arção da sela.

"Aonde vai?", perguntou o mestiço, tentando endireitar-se.

"Você vai servir de testemunha de que não estive em Carmen. Mas, se falar em mim, lhe darão de comer."

"Mas... mas..." O mestiço tentou virar a cabeça da mula, para obrigá-la a dar meia-volta, mas não teve forças para isso: o animal continuou tranquilamente o seu caminho. O padre gritava: "Não se esqueça. Eu não estive em Carmen". Mas para onde ir agora? Estava convencido de que havia apenas um local em toda a província onde não havia perigo de que um inocente fosse levado como refém, mas não podia aparecer lá com aquelas roupas... O mestiço, agarrado ao arção, revirava implorativamente os olhos amarelos: "O senhor não vai abandonar-me aqui... sozinho." Não era somente o mestiço que ele deixava atrás de si, naquela pequena estrada florestal; a mula, balançando a cabeça estúpida, erguia-se de perfil, como uma barreira entre ele e a aldeia em que havia nascido. Sentia-se como um homem sem passaporte, a quem nunca permitem desembarcar.

O mestiço recriminava-o: "E ainda se diz cristão". Tinha conseguido endireitar-se na sela. Ele se pôs a vociferar toda uma ladainha incoerente de palavras obscenas que pouco a pouco se perdiam na floresta como o eco enfraquecido de marteladas. Afinal murmurou: "Se algum dia nos encontrarmos, o senhor não poderá queixar-se de *mim*..." Tinha aliás todas as razões possíveis para estar aborrecido: acabava de perder setecentos pesos. Berrou desesperadamente: "Eu nunca me esqueço de uma cara!".

CAPÍTULO 2

Moças e rapazes faziam e refaziam a volta da praça, na pesada noite prenhe de eletricidade: os homens de um lado, as mulheres do outro, sem jamais se dirigirem a palavra. Para o norte, relâmpagos estriavam o céu. Parecia uma cerimônia religiosa, cuja significação ritual se havia perdido, mas para a qual todos usavam ainda as suas melhores roupas. Às vezes, um grupo de mulheres mais idosas se ajuntava à procissão, rindo-se e agitando-se mais que as outras, como se tivessem conservado a lembrança do que era a cerimônia antes que se houvessem extraviado todos os textos. Da escada da Tesouraria, um homem, de revólver à cinta, vigiava a praça, e um soldadinho mirrado achava-se sentado à porta da prisão, com um fuzil entre os joelhos; as sombras das palmeiras apontavam para eles como um feixe de sabres. Uma janela de dentista achava-se iluminada e via-se brilhar a cadeira giratória, os estofos vermelhos, o minúsculo móvel de gavetas, semelhante a um brinquedo, cheio de instrumentos. Por detrás das janelas guarnecidas de telas metálicas, nas casas particulares, as avós se embalavam nas cadeiras de balanço, entre os retratos de família — nada que fazer, nada que dizer, roupas demasiadas, um pouco de suor. Aquela era a capital de uma província.

O homem de roupa de brim esgarçado olhava, observava tudo, de um banco. Passou um pelotão de policiais que regressavam ao quartel: não tinham cadência regular e carregavam os fuzis de forma atrapalhada. A praça era iluminada por lampiões de três focos colocados em cada esquina e unidos no ar por abomináveis fios elétricos. Um mendigo ia de banco em banco, sem sucesso. Sentou-se junto ao homem da roupa de brim e começou uma longa história. Sua atitude era ao mesmo tempo confidencial e ameaçadora. De todos os lados, as ruas desciam para o rio, o porto e a planície pantanosa. Dizia que tinha uma mulher e muitos filhos e que, nas últimas semanas, não tinham tido quase nada que comer; parou de falar para apalpar o tecido da roupa de seu vizinho. "Quanto lhe custou?", perguntou ele.

"Tão pouco que você ficaria espantado."

De súbito, enquanto num relógio batia a pancada das nove e meia, todas as luzes se apagaram. "É o que basta para mergulhar um homem no desespero", disse o mendigo. Olhava à direita e à esquerda a procissão dos passeantes que desciam a colina. O homem de brim ergueu-se, o outro fez o mesmo e, sobre os calcanhares, atravessaram a praça. "Alguns pesos", disse ele, "não lhe fariam falta..."

"Ah! se você soubesse que falta me fariam..."

Tais palavras irritaram o mendigo. "Um homem como eu", disse ele, "sente às vezes que seria capaz de tudo por alguns pesos." Agora que todas as luzes estavam apagadas, os dois homens se achavam isolados na escuridão espessa. "O senhor havia de censurar-me por isso?"

"Não, não, seria a última coisa que eu pensaria fazer." Mas tudo quanto ele dizia só servia para exacerbar a cólera do mendigo. "Algumas vezes", prosseguiu este, "penso que seria capaz de matar..."

"Isso, naturalmente, seria muito censurável."

"Acha, então, censurável que, se eu agarrasse um tipo pela goela...?"

"É claro que um homem que morre de fome tem o direito de salvar a sua vida."

O mendigo, furioso, via que o outro discorria como se estivesse simplesmente a discutir uma questão acadêmica. "No meu caso está visto", prosseguiu o homem de brim, "não valeria a pena que alguém assassinasse. Só possuo no mundo exatamente quinze pesos e setenta e cinco centavos. E aqui, como você está me vendo, faz quarenta e oito horas que não como."

"Santa Mãe de Deus!", exclamou o mendigo. "O senhor é duro como a pedra. Não tem coração?"

O homem de brim soltou um risinho súbito. O outro lhe disse: "É mentira sua. Como é que não comeu, se tem quinze pesos?".

"Você compreende... é que eu quero gastá-los em bebida."

"Que espécie de bebida?"

"A que um forasteiro não sabe onde conseguir num lugar como este."

"Aguardente...?"

"Sim — e vinho."

O mendigo aproximou-se, tão perto que sua perna roçou a do outro; pousou a mão em sua manga. Parecia que eram grandes amigos, talvez irmãos, em conversa íntima no escuro. Até mesmo as luzes que haviam iluminado o interior das casas estavam agora apagadas; e os táxis que durante o dia todo tinham esperado por fregueses que, segundo as aparências, não mais apareceriam, começavam a dispersar-se; um último lampião piscou e apagou-se além do quartel de polícia. O mendigo propôs: "Homem, hoje é o nosso dia. Quanto me pagaria por...?".

"Por alguma bebida?"

"Por uma apresentação a alguém que poderia conseguir-lhe um pouco de aguardente — da verdadeira aguardente de Vera Cruz."

"Com uma garganta como a minha", explicou o homem de brim, "do que preciso mesmo é de vinho."

"Pulque ou mescal — ele tem de tudo."

"Mas é vinho?"

"Vinho de marmelo."

"Eu daria tudo o que possuo", declarou o outro com ênfase e exatidão, "exceto os centavos, naturalmente, por algum verdadeiro vinho de uva." Ao pé da colina, junto ao rio, rufavam tambores, e ouvia-se um rumor de marcha mais ou menos regular. Soldados, ou policiais, recolhiam-se ao quartel.

"Quanto?", repetiu o mendigo, impaciente.

"Pois bem, eu lhe daria os quinze pesos e você pagaria pelo vinho o que bem lhe parecer."

"Venha comigo."

Começaram a descer a colina. Na esquina da farmácia, onde uma das ruas subia até a caserna e a outra descia na direção do hotel, do porto e dos armazéns da United Banana Company, o homem de brim parou. Os policiais subiam a encosta, com os fuzis em bandoleira. "Espere um momento." Com eles marchava um mestiço cujos dois caninos ultrapassavam o lábio. O homem de brim, oculto na sombra, viu-o passar: em dado momento o mestiço virou a cabeça e seus olhares se encontraram. Os policiais desfilaram, até o último, e chegaram à praça. "Vamos depressa."

"Eles não se preocupam conosco", disse o mendigo. "Procuram caça mais grossa."

"Que fazia aquele homem no meio deles, a seu ver?"

"Quem sabe? Talvez seja um refém."

"Se fosse um refém, iria de mãos atadas, não é?"

"Como vou saber?" Ele mostrava a independência atrevida que se encontra nos países onde é admitido que um pobre deve mendigar. "Quer aguardente, sim ou não?"

"Quero vinho."

"Não posso garantir que ele tenha isto ou aquilo. Tem de se contentar com o que houver."

Tomou o caminho que se dirigia para o rio, dizendo: "Nem ao menos sei se ele está na cidade hoje". Os cascudos surgiam em nuvens e cobriam os pavimentos; estalavam debaixo dos pés como cogumelos secos, e um cheiro acre de vegetação subia do rio. O busto branco de um general alvejava num pequeno jardim público de pavimento escaldante e poeirento, e um motor elétrico palpitava no térreo do único hotel. Uma larga escada de madeira, fervilhante de cascudos, conduzia ao primeiro andar. "Fiz o que pude", disse o mendigo. "Mais não se pode fazer."

No primeiro andar, um homem de calças pretas de cerimônia e colete branco justo ao corpo saía de um dos quartos do hotel com uma toalha ao ombro. Tinha uma aristocrática barbicha grisalha e, além dos suspensórios, usava cinta. Nalguma parte um cano gorgolejava; os cascudos vinham chocar-se violentamente contra um globo elétrico. O mendigo parlamentava gravemente; enquanto isto, a luz apagou-se, para depois voltar, mais fraca e trêmula. O patamar da escada estava atulhado de cadeiras de vime, e num grande quadro negro viam-se escritos a giz os nomes dos hóspedes. Apenas três para vinte quartos.

O mendigo voltou para junto de seu companheiro. "O tal senhor saiu", disse ele. "Quer esperá-lo?"

"Tenho tempo de sobra."

Entraram num grande quarto desnudo, de chão ladrilhado. O pequeno leito de ferro tinha o aspecto de um objeto que alguém houvesse ali esquecido ao partir. Sentaram-se os dois no leito e ficaram à espera, enquanto os cascudos entravam pelos buracos da rede metálica da janela. "É um homem muito importante", disse o mendigo. "É o primo do governador. Pode arranjar-lhe tudo, a qualquer hora. Mas está visto que é preciso ser-lhe apresentado por alguém em quem ele tenha confiança."

"E ele tem confiança em você?"

"Trabalhei para ele uma vez", disse o mendigo com singeleza. "Ele tem de confiar em mim."

"E o governador está a par de tudo isso?"

"Naturalmente que não. Ele é um homem severo."
De vez em quando os canos de água sorviam ruidosamente.
"E por que há de ter ele confiança em mim?"
"Oh, é fácil reconhecer quando um homem bebe. O senhor virá buscar mais. Ele vende boa mercadoria. Entregue-me os quinze pesos; é melhor assim." Contou-os e recontou-os cuidadosamente. "Vou conseguir uma garrafa da melhor aguardente de Vera Cruz. Vai ver." A luz apagou-se e ficaram no escuro. O leito gemeu quando um deles se deslocou um pouco.
"Não quero aguardente", disse uma voz. "Pelo menos — não muito."
"Que quer então?"
"Eu já lhe disse: vinho."
"Vinho é caro."
"Não importa. Vinho ou nada."
"Vinho de marmelo?"
"Não, não. Vinho francês."
"Às vezes ele tem vinho da Califórnia."
"Também serve."
Lá embaixo o motor recomeçou a roncar, e a luz voltou, muito fraca. A porta abriu-se, e o gerente do hotel fez um sinal ao mendigo; entabularam uma longa conversação. O homem de brim recostou-se à parede: seu queixo estava recortado nos lugares onde se havia barbeado muito às pressas: seu rosto cavo, de ar doentio, dava a impressão de que o homem já fora gordo e roliço, mas que havia emagrecido. Tinha a aparência de um homem de negócios arruinado pela crise.

O mendigo reapareceu. "O tal senhor está muito ocupado", disse ele, "mas não demora. O gerente mandou um garoto procurá-lo."

"Onde está ele?"

"Não pode ser interrompido. Está jogando bilhar com o Chefe de Polícia."

O homem retornou ao leito, esmagando dois cascudos com os pés descalços. E comentou:

"Este é um bom hotel. Onde é que você fica? Você é de fora, não é?"

"Estou só de passagem."

"Este cavalheiro é muito influente. O senhor faria bem em oferecer-lhe um copo. Afinal de contas, não tem a intenção de carregar tudo, não é? Tanto faz beber aqui como em qualquer outra parte."

"Eu queria guardar um pouco para levar para casa."

"Dá no mesmo. Eu sempre digo que em toda parte onde há um copo e uma cadeira, a gente está em casa."

"Mesmo assim..." A luz apagou-se novamente. Iluminado pelos relâmpagos, o horizonte se inflava como uma cortina. O som do trovão, de muito longe, atravessava a rede da janela, como o barulho que se ouve do outro extremo da cidade, quando a tourada do inimigo está no auge.

"Qual é o seu ofício?", perguntou o mendigo em tom confidencial.

"Oh, eu vou me defendendo aqui e ali — como posso."

Calaram-se, ao ouvir passos que subiam a escada de madeira. A porta abriu-se, mas nada puderam ver. Uma voz praguejou resignadamente e indagou: "Quem está aí?". Depois acenderam um fósforo que, antes de extinguir-se, alumiou um largo queixo azulado. O motor agitou-se e a luz reapareceu. "Ah! é você...", disse o desconhecido com enfado.

"Sou eu."

Era um homenzinho de rosto balofo e muito grande, com uma roupa cinzenta e apertada. Um revólver lhe intumescia o colete. "Não lhe arranjei nada", disse ele. "Nada."

O mendigo atravessou o quarto e começou a falar com insistência e em voz muito baixa; uma vez tocou de leve com o pé no sapato engraxado do outro. O homenzinho suspirava, enchia as bochechas e vigiava atentamente o leito, como que receoso de que o fossem roubar. Disse asperamente ao homem de brim: "Então deseja aguardente de Vera Cruz? Isso é contra a lei".

"Aguardente não. Não quero aguardente."

"E cerveja, não é suficientemente bom para você?"

Avançou bulhenta e autoritariamente até o meio do quarto, com os sapatos a ranger: era primo do governador. "Eu podia mandar prendê-lo", ameaçou.

O homem de brim anuiu, *pro forma*. "É claro, senhor."

"Pensa que não tenho mais nada a fazer que matar a sede do primeiro pé-rachado que resolva...?"

"Eu jamais teria vindo incomodá-lo se este homem..."

O primo do governador cuspiu nos ladrilhos.

"Mas, se Vossa Excelência prefere que eu me retire..."

"Eu não sou mau", atalhou o outro. "Sempre procuro ajudar o próximo... quando isso está em meu poder e não prejudica ninguém. O senhor compreende, tenho uma posição. Recebo estas bebidas legalmente."

"É claro."

"Devo pedir por elas o que me custam."

"É claro."

"Senão ficaria arruinado." Encaminhou-se para o leito, cautelosamente, como se os sapatos lhe apertassem, e ergueu as cobertas. "O senhor não é muito conversador?", perguntou por cima do ombro.

"Sei guardar um segredo."

"Não me importa que fale, contanto que seja com as devidas pessoas." No colchão havia uma grande fenda: ele puxou para fora um punhado de palha e mergulhou novamente a mão. O homem de brim olhava pela janela, com fingida indiferença, para o jardim público, para as margens lamacentas e para os mastros dos veleiros, por trás dos quais fuzilavam os relâmpagos; o rumor da trovoada aproximava-se.

"Aqui está", disse o primo do governador. "Só posso ceder-lhe isto. É de boa qualidade."

"Não era bem aguardente que eu queria."

"Tem de se contentar com o que há."

"Então prefiro que me devolva os meus quinze pesos."

"*Quinze* pesos!", exclamou vivamente o primo do governador. O mendigo pôs-se então a explicar com volubilidade que o cavalheiro queria comprar um pouco de vinho além da aguardente. De pé, junto ao leito, começaram a discutir calorosamente os preços, mas em voz baixa. "É muito difícil conseguir vinho", disse o primo do governador. "Só posso ceder duas garrafas de aguardente."

"Uma de aguardente e uma de…"

"É a melhor aguardente de Vera Cruz."

"Mas eu sou um bebedor de vinho… O senhor não imagina a vontade que tenho de beber vinho…"

"O vinho me custa muito dinheiro. Não poderia pagar mais alguma coisa?"

"Só me restam no mundo setenta e cinco centavos."

"Eu poderia ceder uma garrafa de tequila."

"Não, não."

"Então ponha mais cinquenta centavos… Será uma garrafa grande." Pôs-se a remexer no colchão, retirando palha. O mendigo piscou para o homem de brim e fez o gesto de quem arranca uma rolha e enche um copo.

"Aqui está", disse o primo do governador. "É pegar ou largar."

"Oh, eu fico com ela."

O primo do governador perdeu de súbito o seu ar de rabugento. Esfregou as mãos e disse: "Está uma noite abafada. Parece que as chuvas vão chegar cedo este ano."

"Talvez Vossa Excelência queira dar-me a honra de aceitar um copo de aguardente para brindarmos o nosso negócio."

"Bem, bem ... talvez..." O mendigo abriu a porta e pediu copos com ar solícito.

"Faz tempo", disse o primo do governador, "faz muito tempo que não bebo um copo de vinho. Talvez fosse mais próprio para um brinde."

"Naturalmente", disse o homem de brim. "Seja como Vossa Excelência quiser." Viu, com expressão de dolorosa angústia, o mendigo desarrolhar a garrafa. "Desculpe-me", disse ele. "Mas creio que vou beber aguardente." Fez com esforço um mísero sorriso, vendo o nível do vinho baixar na garrafa.

Brindaram, sentados os três à borda do leito — o mendigo bebia aguardente. "Tenho orgulho deste vinho", disse o primo do governador. "É um bom vinho. O melhor da Califórnia." O mendigo piscou e fez um gesto, e o homem de brim disse: "Mais um pouco, Excelência — ou posso recomendar-lhe esta aguardente?"

"É uma ótima aguardente — mas prefiro um segundo copo de vinho." Tornaram a encher os copos. "Quero levar um pouco de vinho para minha mãe", disse o homem de brim. "A velha gosta muito de vinho."

"Ela tem toda a razão", disse o primo do governador, esvaziando o copo. "Então o senhor tem uma mãe?"

"Pois todos não temos uma?"

"O senhor tem muita sorte. A minha está morta." Estendeu a mão como maquinalmente para a garrafa e apanhou-a. "Às vezes", prosseguiu, "sinto falta dela. Eu a chamava: 'minha amiguinha'." E inclinou a garrafa: "Dá licença?"

"Naturalmente, Excelência, naturalmente", respondeu o outro, desesperado, empinando um longo trago de aguardente. "Eu também ainda tenho mãe", informou o mendigo.

"E nós com isso?", disse asperamente o primo do governador. Inclinou-se para trás, fazendo ranger a cama. "Muitas vezes tenho pensado", disse ele, "que uma mãe faz mais por nós do que um pai. A influência dela é toda de paz, de ternura, de caridade... No aniversário da morte de minha mãe, sempre vou visitar seu túmulo levar flores."

O homem de brim abafou polidamente um bocejo e disse: "Ah! se eu pudesse fazer o mesmo..."

"Mas o senhor não tinha dito que a sua mãe ainda vivia?"

"Eu pensava que o senhor estivesse falando na senhora sua avó."

"Impossível. Não me lembro de minha avó."

"Nem eu."

"Pois eu me lembro", disse o mendigo.

"Você fala demais", ralhou o primo do governador.

"Talvez eu pudesse mandar enrolar esse vinho... No interesse de Vossa Excelência, não devo ser visto..."

"Calma, calma. Não há pressa. O senhor é bem-vindo aqui. Tudo quanto se acha nesta sala está à sua disposição. Quer vinho?"

"Creio que aguardente..."

"Então, com sua licença..." Inclinou a garrafa; um pouco de vinho espalhou-se nas cobertas. "De que estávamos falando?"

"Em nossas avós."

"Não, não creio que fosse nisso. Nem me lembro da minha. Minha lembrança mais remota..."

Abriu-se a porta. O gerente avisou: "O Chefe de Polícia vem subindo a escada".

"Ótimo! Mande-o entrar."

"Mando mesmo?"

"Como não! É um excelente sujeito." Virou-se para os outros: "Mas no bilhar não se pode confiar nele."

Um homem alto e forte, de camiseta, calças brancas e de coldre à cinta apareceu no limiar.

"Entre, entre", disse o primo do governador. "Como vai a sua dor de dente? Nós estávamos falando de nossas avós." Disse asperamente ao mendigo: "Dá lugar ao *jefe*!".

O chefe ficara à porta e observava-os um tanto embaraçado. "Bem... bem...", disse ele.

"Estávamos fazendo uma festinha, íntima. Não quer tomar parte? Seria uma honra para nós."

O rosto do chefe iluminou-se subitamente à vista do vinho. "Com prazer. Um pouco de cerveja nunca fez mal a ninguém."

"Isto mesmo. Serve um copo de cerveja ao chefe." O mendigo encheu de vinho o seu próprio copo e o estendeu ao chefe. Este tomou assento no leito e esvaziou o copo; depois agarrou a garrafa. "Boa cerveja", disse ele. "Muito boa. É só esta garrafa que vocês têm?"

O homem de brim olhava-o, petrificado de angústia.

"Infelizmente é a única."

"*Salud!*"

"Mas afinal, de que estávamos falando?", disse o primo do governador.

"Da sua mais antiga recordação", disse o mendigo.

"Quanto a mim, a minha lembrança mais antiga...", começou o chefe. "Mas esse cavalheiro não bebe?"

"Tomarei um pouco de aguardente."

"*Salud!*"

"*Salud!*"

"A primeira coisa de que me lembro com alguma nitidez é a minha primeira comunhão. Ah, que emoção! Cercado de meus pais..."

"Quantos eram eles?"

"Dois, naturalmente."

"Então não poderiam cercar o senhor! Para isso seriam precisos no mínimo quatro... Ha! Ha!"

"*Salud!*"

"*Salud!*"

"Mas, como eu ia dizendo, a vida tem dessas ironias: coube--me depois o penoso dever de estar presente quando fuzilaram o padre que me deu a primeira comunhão... era um velho. Confesso-o sem vergonha, chorei. O meu único consolo é pensar que ele deve ter se tornado um santo e que reza por nós. Não é todo o mundo que pode ter as orações de um santo."

"O meio é estranho..."

"Ah! mas a vida inteira é um mistério."

"*Salud!*"

O homem de brim propôs: "Um copo de aguardente, chefe?"

"Resta tão pouco vinho que seria melhor..."

"É que eu tinha muita vontade de levar um pouco para a minha mãe."

"Oh! mas tão pouquinho... Seria até uma ofensa para ela. Só resta a borra." Esvaziou completamente a garrafa, emborcando-a sobre o copo. "Se é que se pode dizer que a cerveja tem borra." Depois, imobilizou-se, com a garrafa ainda de cabeça para baixo, e exclamou: "Mas como... está chorando?!". Todos os três olhavam para o homem de brim, boquiabertos. "A aguardente sempre me produz esse efeito. Desculpem-me, senhores. Embriago-me com muita facilidade, e então vejo..."

"Vê o quê?"

"Oh, não sei... toda a esperança do mundo extinguir-se e desaparecer."

"Homem, o senhor é um poeta."

"Um poeta", disse o mendigo, "é a alma da sua pátria."

Um relâmpago estendeu uma cortina branca diante da janela e o trovão explodiu de súbito acima das suas cabeças. A única lâmpada do teto tremulou e apagou-se. "Eis uma má notícia para os meus homens", disse o chefe, esmagando com um pé, um cascudo que se aproximara demais.

"Que má notícia?"

"As chuvas que chegam tão cedo. Pois eles estão procurando..."

"O gringo?"

"Não, esse não interessa muito, mas o governador descobriu que restava ainda um padre, e vocês bem sabem quais são os seus sentimentos a esse respeito. Por mim, eu deixaria em paz o pobre diabo. Ele acabaria morrendo de fome, de febre, ou rendendo-se. Atualmente, não pode fazer nem bem, nem mal. A gente nem mesmo percebeu de que ele existia até estes últimos meses."

"Vai ser preciso agir depressa."

"Oh, ele não pode escapar-nos. A não ser que atravesse a fronteira. Temos conosco um homem que o conhece. Falou-lhe, passou toda uma noite com ele. Oh, falemos de outra coisa... Triste vida a do policial!"

"Onde pensa que ele está?"

"Se eu lhes dissesse, não acreditariam."

"Por quê?"

"Ele está aqui — nesta cidade, quero dizer. Cheguei a isso por dedução. Vejamos, desde que começamos a tomar reféns nas aldeias, ele não pode estar noutra parte a não ser aqui... A gente das aldeias não quer mais saber dele, escorraça-o. Assim, esse homem de que lhes falei, nós acabamos de soltá-lo, como um cão — qualquer dia ele encontrará a sua pista — e então..."

O homem de brim indagou: "Viram-se obrigados a fuzilar muitos reféns?".

"Ainda não. Três ou quatro talvez. Bem, agora sim é que são as últimas gotas de cerveja. *Salud!*" Pousou o copo com pesar. "Poderia experimentar agora um pouco da sua — digamos: do seu Sidral?"

"Oh, pois não!"

"Eu já não o encontrei? Não sei por que o seu rosto..."

"Não creio que tenha tido a honra."

"Mais outro mistério", disse o chefe, estirando a gorda perna e afastando brandamente o mendigo para os pés da cama, "mais outro mistério é imaginar a gente que já viu certas pessoas, certos lugares. Teria sido em sonhos, ou numa vida anterior? Um dia ouvi um médico dizer que era uma simples questão de focalização da vista. Mas era um ianque. Um materialista."

"Lembro-me que uma vez...", começou o primo do governador. O raio tombava sobre o porto e o trovão reboava acima deles no telhado: era a atmosfera de uma província inteira — fora, a tempestade, e, no interior, a conversa que continuava. Palavras tais como "mistério", ou "alma", ou "fonte de vida" voltavam incessantemente. Estavam sentados na cama e tagarelavam porque não tinham nada que fazer, nada em que acreditar, nem aonde ir.

"Bem, tenho de ir andando", disse o homem de brim.

"Aonde vai?"

"Oh, ver uns amigos...", respondeu com ar vago, abrangendo com um amplo gesto de mão todo um mundo de amizades imaginárias.

"Leve a sua aguardente", disse o primo do governador. "Afinal de contas, o senhor pagou", reconheceu ele.

"Obrigado, Excelência." Apanhou a garrafa, onde apenas restavam uns três dedos de aguardente. Naturalmente, a garrafa de vinho estava completamente vazia.

"Esconda-a, antes de tudo trate de escondê-la", disse o primo do governador.

"Oh, isso nem se fala, Excelência. Eu terei cautela."

"O senhor não precisa tratá-lo por Excelência", disse o *jefe*, soltando uma gargalhada. Depois empurrou o mendigo com o pé, fazendo-o tombar do leito para o chão.

"Não, não, é que..." Saiu cautelosamente, enxugando traços de lágrimas sob os olhos vermelhos e inflamados; do vestíbulo, ouviu a conversação que se reanimava — "mistério", "alma" — interminavelmente, para não levar a coisa alguma.

OS CASCUDOS HAVIAM DESAPARECIDO. Decerto a chuva os varrera; tombava verticalmente, com uma espécie de intensidade calculada, como se enterrasse pregos numa tampa de ataúde. Mas nem por isso o ar estava menos pesado: o suor e a chuva ensopavam ao mesmo tempo as vestes. Durante alguns segundos, o padre manteve-se à porta do hotel, enquanto o motor palpitava às suas costas, depois correu alguns metros, até outra entrada de casa, onde se abrigou hesitante, com os olhos fixos, para além do busto do general, nos veleiros atracados ao porto e numa velha lancha cuja chaminé era um cano de lata. Não sabia aonde ir: não contava com aquela chuva... julgara que poderia continuar a andar daqui para ali, a dormir nos bancos de praça ou à beira do rio.

Dois soldados, em direção ao cais, desciam a rua, discutindo violentamente. Recebiam a chuva sem proteger-se, como se não a sentissem, como se tudo andasse de tal modo mal que a chuva não tinha a mínima importância... O padre empurrou a portinhola de madeira contra a qual se refugiara — a de uma cantina que só lhe chegava aos joelhos — e entrou, para escapar da chuva: pilhas de garrafas de água mineral, uma mesa de bilhar, as argolas para marcar os pontos, três ou quatro homens — um deles colocara sobre o balcão a sua cartucheira. O padre avançou muito depressa e bateu no cotovelo de um homem que se preparava para dar uma tacada. O homem voltou-se, furioso: "Mãe de Deus!". Era um Camisa Vermelha. Não havia segurança em parte alguma, um momento sequer?

O padre desculpou-se humildemente, recuando de esguelha para a porta, mas, ainda desta vez, agiu com demasiada precipitação: seu bolso bateu contra a parede e ouviu-se o tinido da garrafa. Três ou quatro rostos se voltaram para ele com uma expressão divertida e maliciosa: era um forasteiro, a coisa ia ser muito engraçada. "Que tem no bolso?", perguntou o Camisa Vermelha. Era um rapaz de menos de vinte anos, de boca pretensiosa e sardônica e dentes de ouro.

"Limonada", respondeu o padre.

"Por que diabo carrega limonada no bolso?"
"Eu a tomo de noite — com meu quinino."
O Camisa Vermelha aproximou-se com ar arrogante e tocou com o taco de bilhar no bolso do padre. "Limonada, hem?"
"Sim, limonada."
"Pois bem, vamos dar uma olhada nesta limonada." Voltou-se orgulhosamente para os outros: "Eu descubro um infrator a vinte passos." Meteu a mão no bolso do padre e descobriu a garrafa de aguardente. "Então, o que é que eu lhes dizia?!" O padre lançou-se contra a portinhola e saiu em disparada sob a chuva. Uma voz gritou: "Agarrem-no!". Divertiam-se como loucos.

Ele subiu a rua até a praça, dobrou à esquerda, depois à direita. Era uma sorte que as ruas estivessem às escuras e a lua velada. Contanto que se conservasse longe das janelas iluminadas, era quase invisível — ouvia os jovens que se interpelavam. Não tinham abandonado a perseguição: era mais divertido que o bilhar. Soou um apito. A polícia se juntara a eles.

Era a cidade em que tivera a ambição de ver-se instalado num cargo importante, depois de ter deixado em Concepción o gênero de dívidas que um padre deve deixar. Enquanto fazia ziguezagues para despistar seus perseguidores, pensou na catedral, em Montez e num cônego que conhecera outrora. Algo de profundamente sepultado, o desejo de escapar, lhe mostrou momentaneamente a situação sob um aspecto terrível e burlesco — riu, tomou fôlego, e riu de novo. Ouvia-os apitar e lançar apelos na noite, e a chuva desabava; tombava ricocheteando sobre o inútil pavimento cimentado do que tinha sido a catedral (fazia muito calor para jogar *pelota* — alguns balanços de ferro se erguiam na extremidade, como forcas). Deu volta e chegou ao pé da colina: tinha uma ideia.

Os clamores aproximaram-se, depois ouviu subir da margem um novo grupo de homens que conduziam a caçada com método: adivinhava, pelo seu passo cadenciado, a gente da polícia, os sabujos oficiais. Achava-se entre as duas matilhas: a dos amadores e a dos profissionais. Mas ele conhecia a porta: empurrou-a, passou rapidamente para o pátio e fechou-a atrás de si.

Parou no escuro, arquejante, a escutar na rua os passos que se aproximavam sob a chuva. Depois sentiu que, por uma janela, alguém o estava vigiando: um rosto pequeno e encarquilhado, como essas cabeças preservadas que os turistas compram. O padre aproximou-se da grade e perguntou: "O padre José?"

"Por ali." Por detrás do ombro da primeira pessoa, apareceu, debilmente iluminado por uma vela, um segundo rosto, depois um terceiro: os rostos brotavam como cogumelos. Sentia aqueles olhos pousados fixamente em si, enquanto atravessava o pátio, chapinhando nas poças, e batia depois a uma porta.

Só depois de alguns segundos foi que reconheceu o padre José, com um lampião, enfiado numa absurda camisola que o vento enfunava. A última vez que o tinha visto fora numa conferência em que ele se achava sentado na última fila e roía as unhas de nervosismo, no receio de que o notassem. Era inútil: nenhum dos membros do clero que se achavam então na catedral o conhecia sequer de nome. Era curioso pensar que hoje tinha o padre José adquirido uma espécie de celebridade superior à deles. "José", disse ele, baixinho, piscando na escuridão vergastada de chuva.

"Quem é o senhor?"

"Não me reconhece? Ah! sim, os anos passaram... não se lembra da conferência na catedral?"

"Oh, meu Deus!", exclamou o padre José.

"Andam no meu encalço. Pensei que por uma noite, uma noite apenas, talvez pudesse..."

"Retire-se", disse o padre José, "retire-se."

"Eles não sabem quem sou eu. Tomam-me por um contrabandista. Mas se me levam ao posto policial ficarão sabendo."

"Não fale tão alto. Minha mulher..."

"Leve-me para algum cantinho, só isso..." O medo voltava. Talvez houvesse cessado o efeito da aguardente (naquele clima tropical era impossível ficar bêbado por muito tempo: o álcool evaporava das axilas ou corria gota a gota da fronte), ou talvez fosse apenas o retorno cíclico do desejo de viver, de viver não importa que vida.

Iluminada pela lâmpada, a face do padre José tinha uma expressão de ódio.

"Por que veio me procurar?", perguntou. "Que foi que o fez acreditar... Se não partir imediatamente, chamo a polícia. Bem sabe que homem sou eu."

"Sei que é um bom homem, José, sempre soube..."

"Se não for embora, eu grito."

Tentou descobrir nas suas recordações um motivo para aquele ódio. Vozes se erguiam na rua, discussões, batidas em portas... Estariam revistando as casas? "José", disse ele, "se alguma vez o ofendi, perdoe-me... Eu era vaidoso, arrogante, cheio de presunção... um mau padre. Sempre soube no fundo do coração que você valia mais que eu."

"Retire-se", gritou José com voz estridente, "retire-se. Não quero mártires em minha casa. Não pertenço mais a vocês. Deixe-me em paz. Estou muito bem como sou." Tentou acumular todo o seu veneno num escarro que lançou à face do padre, mas o homem era muito fraco, e a cusparada tombou sem efeito entre ambos. "Vá embora e morra de uma vez. É só o que lhe resta a fazer." E fechou-lhe a porta na cara. No mesmo instante abriu-se o portão do pátio, e a polícia entrou. Por trás de uma janela, divisou o padre José, que espiava furtivamente, viu em seguida um enorme vulto de camisola envolvê-lo, arrastá-lo para longe dali, escamoteá-lo como um Anjo da Guarda resolvido a subtraí-lo às desastrosas querelas dos homens. "É ele", disse uma voz. Era o jovem Camisa Vermelha. O padre abriu a mão e deixou cair ao pé da parede do padre José uma bolinha de papel: era como o abandono final de um passado inteiro.

Sabia que aquilo era o princípio do fim — depois de todos aqueles anos. Pôs-se a recitar baixinho um ato de contrição, enquanto lhe retiravam do bolso a garrafa de aguardente, mas não conseguia concentrar a atenção. Ilusão do arrependimento no leito de morte — a penitência é fruto de um treinamento, de uma disciplina prolongada, o medo não basta. Tentava sentir-se envergonhado ao pensamento de sua filha, mas só conseguia experimentar a respeito dela uma espécie de frustrado amor... Que se tornaria ela? E aquele pecado, há tanto tempo o cometera que havia perdido, como uma pintura primitiva, a sua fealdade original, substituída agora por uma espécie de graça. O Camisa Vermelha quebrou a garrafa nas lajes, e o cheiro do álcool subiu até eles — não muito forte pois na verdade não restava muito.

Depois levaram-no. Agora que o tinham apanhado tratavam-no cordialmente e caçoavam com ele a propósito da sua tentativa de fuga — todos, exceto o Camisa Vermelha, a quem havia impedido de marcar um tento no bilhar. Não podia achar resposta para os gracejos dos outros: o cuidado de sua conservação lhe obsedava o espírito. A que momento iriam descobrir quem de fato era? Quando encontrasse o mestiço, ou o tenente que já o interrogara? Em grupo cerrado, subiram a colina até a praça. Uma coronha de fuzil bateu o solo diante do posto policial. Entraram; um pequeno lampião fumegava contra a parede caiada e bastante suja; no pátio balançavam redes enrolando corpos adormecidos, como aquelas em que se mete a criação de penas. "Pode sentar", disse um dos homens, empurrando-o sem violência para um banco. Agora, tudo parecia irrevogável: a sentinela ia e vinha lá fora diante da porta e, do pátio, onde pendiam as redes, subia o ruído incessante do sono.

Alguém lhe havia falado: ele abriu desalentadamente a boca. "O quê?" Parecia haver uma discussão entre a polícia e o Camisa

Vermelha sobre a necessidade de perturbar o sossego de alguém. "Mas é o dever dele", repetia incessantemente o Camisa Vermelha: seus dentes da frente lembravam os de um coelho. "Comunicarei ao governador", disse ele.

"Vai declarar-se culpado, não é?", perguntou um policial.

"Sim", respondeu o padre.

"Então, pronto. Que mais quer? É uma multa de cinco pesos. Para que incomodar mais alguém?"

"E quem embolsará os cinco pesos?"

"Isso não é da sua conta."

"Ninguém", disse o padre de súbito.

"Ninguém?"

"Eu só tenho vinte e cinco centavos."

Abriu-se a porta de uma peça interna e entrou o tenente: "Que diabo de barulho é esse?". Molemente, a contragosto, os soldados se perfilaram.

"Prendi um homem que carregava aguardente", disse o Camisa Vermelha.

O padre conservava os olhos fixos no chão... "porque foi crucificado... crucificado... crucificado". As palavras convencionais paralisavam irremissivelmente o seu esforço de arrependimento. Ele não sentia outra emoção a não ser o medo.

"E então", disse o tenente, "que tem a ver com isso? Nós os prendemos às dúzias."

"Devemos metê-lo nas grades?", perguntou um dos homens.

O tenente lançou um olhar ao vulto servil, curvado sobre o banco. "Levante-se." O padre levantou-se. Chegou o momento, pensou ele, chegou o momento... e ergueu os olhos. O tenente havia desviado os seus e vigiava pela porta aberta a sentinela, que ia e vinha, arrastando os pés. Sua face morena e magra tinha um ar de ansiedade e cansaço...

"Ele não tem dinheiro", disse um dos policiais.

"Meu Deus!", exclamou o tenente. "Será que conseguirei um dia fazer com que vocês compreendam...?" Deu dois passos em direção à sentinela, depois voltou-se: "Passem revista. Se ele não tiver dinheiro, metam-no numa cela. Ponham-no a fazer a faxina". Saiu e, erguendo subitamente a mão aberta, deu um tapa na sentinela. "Estás dormindo?", gritou. "Marche como se fosses capaz de brio... de brio", repetiu ele, e o pequeno lampião de acetileno continuava a enfumaçar o muro caiado, o cheiro de urina subia do pátio e os homens dormiam, presos nas malhas de suas redes.

"Devemos registrar o nome dele?", perguntou o sargento.

"Claro", respondeu o tenente, sem olhá-lo. Dirigiu-se em passo rápido e nervoso até o pátio, onde se manteve exposto à chuva, que escorria sobre o seu elegante uniforme, enquanto ele olhava em redor de si. Tinha o ar de um homem corroído por algum cuidado, como se sofresse o domínio de uma paixão secreta que lhe houvesse perturbado a rotina da vida. Voltou. Nunca podia ficar no mesmo lugar.

O sargento empurrou o padre para o cômodo interno: da parede descascada pendia um vistoso calendário comercial, onde uma mestiça, em roupa de banho, anunciava uma gasosa qualquer. Alguém escrevera a lápis, em letra clara e colegial, a afirmação ousada e fácil de que o homem nada tinha a perder, senão os seus grilhões.

"Nome?", inquiriu o sargento. Sem a menor hesitação ele respondeu: "Montez".

"De onde vem?"

Citou uma aldeia ao acaso: estava absorto na contemplação do seu próprio retrato. Via-se sentado no meio das saias brancas das neocomungantes. Tinham traçado a lápis em torno do seu rosto um círculo que o isolava do grupo. Havia um segundo retrato naquela parede: o do gringo natural de San Antonio, Texas, procurado por crime de morte e assalto a banco.

"Suponho", disse o sargento com circunspeção, "que você comprou essa aguardente de um desconhecido..."

"Sim."

"E que você seria incapaz de identificar?"

"Exatamente."

"É sempre assim", declarou o sargento em tom aprovativo. Era evidente que não queria complicações. Pegou amistosamente o padre pelo braço e o fez atravessar o pátio: carregava uma enorme chave semelhante às que, nos autos e contos de fadas, figuram como símbolos. Alguns homens moveram-se nas redes: um maxilar hirsuto pendia de lado, como qualquer coisa que tivesse ficado por vender no balcão de um açougueiro; uma grande orelha rasgada; uma coxa nua, coberta de pelos negros. O padre perguntava a si próprio quando apareceria a cara do mestiço, radiante de alegria ao reconhecê-lo.

O sargento abriu com a sua chave uma pequena porta de grades e deu um pontapé em qualquer coisa que obstruía a entrada. "São uns bons sujeitos, uns bons sujeitos", disse ele, abrindo caminho a pataços. Um cheiro horrível enchia o ar e, na escuridão opaca, alguém chorava.

O padre hesitou à entrada, tentando distinguir formas: a escuridão parecia feita de massas móveis agitadas. "Tenho a garganta seca", disse ele. "Não poderia me dar um pouco de água?" O fedor lhe subiu às narinas: sentiu ânsia de vômito.

"Nada até amanhã de manhã; você já bebeu bastante por hoje", disse o sargento, e pousando com doçura a sua mão enorme nas costas do padre, empurrou-o para dentro; depois bateu a porta. O padre deu alguns passos, pisando num braço, numa mão, e, cheio de horror, protestou com voz débil: "Não há lugar. Não vejo nada. Quem é essa gente?" Lá fora entre as redes, o sargento soltou uma gargalhada. "*Hombre, hombre*", disse ele, "será a primeira vez que você é preso?"

CAPÍTULO 3

"Não tem um cigarro?", disse uma voz perto de seu pé. Ele recuou bruscamente, e pisou num braço. Uma voz reclamou, imperiosa: "Água, depressa!". Como se imaginasse que poderia tirar o que quer que fosse do recém-chegado, apanhando-o de improviso.

"Não tem um cigarro?"

"Não", respondeu com voz débil, "não tenho absolutamente nada" e pareceu-lhe sentir a animosidade subir como um fumo em redor de si. Recomeçou a avançar. "Cuidado com o balde", disse alguém. Era dali que vinha o cheiro nauseabundo. Manteve-se imóvel, esperando que seus olhos se acostumassem às trevas. Lá fora, a chuva parecia querer parar: caía espaçadamente e a trovoada afastava-se. Podia-se contar até quarenta entre o relâmpago e o trovão. Quarenta milhas, dizia a crença popular. A meio caminho do mar, a meio caminho das montanhas. Tateou em torno com o pé, procurando algum espaço para sentar-se mas não parecia haver nenhum lugar. De cada vez que fuzilava um relâmpago, ele avistava as redes ao longo do pátio.

"Não tem qualquer coisa para comer?", disse uma voz, e, como ele não respondesse: "Não tem alguma coisa para comer?".

"Não."

"Não tem dinheiro?", perguntou outra voz.

"Não."

De súbito, a uns dois metros, ouviu um pequeno grito, um grito de mulher. Uma voz fatigada protestou: "Não podem ficar quietos?". No meio de movimentos furtivos, gemidos abafados continuaram nas trevas. O padre compreendeu com horror que o gozo carnal se efetuava até mesmo naquela escuridão apinhada de gente. Avançou de novo o pé e tentou, passo a passo, esgueirando-se, afastar-se da porta gradeada. Por detrás das vozes humanas ouvia-se um ruído incessante: era como uma pequena máquina, uma correia elétrica posta a ritmo regular. Mais forte que as respirações humanas, enchia todos os silêncios que se faziam. Eram os mosquitos.

O padre havia se afastado uns três ou quatro passos das grades, e seus olhos começaram a discernir cabeças — talvez o céu houvesse clareado; as cabeças pareciam abóboras penduradas em redor. "Quem é você?", indagou uma voz. Tomado de pânico, precipitou-se para a frente, sem responder; viu-se detido pela parede do fundo, sua mão tocou a pedra úmida... A cela não tinha certamente mais de três a quatro metros de fundo. Descobriu que havia ali apenas lugar suficiente para sentar-se, sob a condição de encolher as pernas. Um velho tombou sobre o seu ombro: viu que era um velho pela leveza de pluma de seus ossos e o ritmo desigual da sua respiração. Era uma criatura muito perto do nascimento ou muito perto da morte — e como conceber que uma criança pudesse ter ido parar ali? O velho perguntou de súbito: "É você, Catarina?". E sua respiração exalou-se num suspiro paciente e longo, como se já houvesse esperado muito tempo e se preparasse sem revolta para esperar mais tempo ainda.

"Não", disse o padre, "não, não é Catarina." Quando falou todos os outros se calaram subitamente, como se o que dizia tivesse muita importância. Depois recomeçaram os murmúrios e

movimentos. Mas o som de sua própria voz, o sentimento de ter se comunicado com um outro ser o apaziguaram.
"Claro que não", disse o velho. "Na verdade eu não o tomei por ela. Ela não virá."
"É sua mulher?"
"Que está dizendo? Eu não tenho mulher."
"E Catarina?"
"É minha filha." Todo mundo pôs-se a escutar, com exceção do casal invisível, exclusivamente ocupado no prazer.
"Quem sabe se não a deixam entrar?"
"Ela nem mesmo o tentará", declarou num tom de absoluta convicção a velha voz sem esperança. As pernas do padre, recolhidas sob o seu corpo, começaram a incomodá-lo. "Se ela o estima...", disse ele. Além da confusão de vultos apinhados, a mulher lançou um novo grito, o grito supremo, em que se mesclam o protesto, o abandono, o prazer.
"Tudo é culpa dos padres", disse o velho.
"Dos padres?"
"Sim, dos padres."
"Mas por que dos padres?"
"Porque foram eles."
Perto de seus joelhos, uma voz explicou: "Esse velho está caduco. Para que fazer-lhe perguntas? 'É você, Catarina?' Olhe, eu na verdade, não acredito nessa história. É apenas uma pergunta. Mas *eu*", continuou a voz, "eu tenho de que me queixar. Um homem deve defender a sua honra, não acha?".
"Eu nada entendo de questões de honra."
"Eu estava na cantina e o homem de que lhe falo aproximou-se de mim e disse: 'A sua mãe é uma puta'. Bem, eu nada podia fazer, porque ele tinha um revólver. Só me restava esperar, ele bebeu muita cerveja — eu sabia que ele havia de beber muito — e, quando ele saiu cambaleando, eu o segui. Eu tinha uma garrafa;

quebrei-a contra um muro. Compreende? Eu não tinha revólver. A família dele está bem com o chefe. Senão eu não estaria aqui."

"É uma coisa terrível matar um homem."

"Você fala como um padre."

"Foram os padres que fizeram, você sabe", disse o velho.

"Que ele quer dizer?"

"Que importa o que quer dizer um velho desses? Eu queria contar-lhe outra coisa..."

"Tiraram-lhe a filha", disse uma voz de mulher.

"Por quê?"

"Era uma bastarda. Fizeram muito bem."

Ao ouvir a palavra "bastarda", seu coração batera dolorosamente: como quando um homem apaixonado ouve alguém pronunciar o nome de uma flor que é ao mesmo tempo o nome de sua mulher. "Bastarda!", essa palavra o enchia de uma mísera felicidade, tornando mais próxima a sua própria filha. Via-a apoiada ao tronco da árvore, junto do monturo, exposta a todos os perigos. Repetiu: "Bastarda?", como se repetisse o nome de sua filha, com uma ternura oculta sob um véu de indiferença.

"Disseram que ele era um pai indigno, incapaz de educá-la, mas, quando os padres tiveram de fugir, a menina voltou para junto dele. Para onde havia de ir?" Dir-se-ia que a história terminaria bem, mas a mulher acrescentou: "Naturalmente, ela o detestava. Os padres lhe haviam dado educação." Podia-se imaginar, ouvindo a mulher, a sua boca de lábios delgados de burguesa bem-educada: que estaria ela fazendo num lugar daqueles?

"Por que é que ele está preso?"

"Tinha um crucifixo."

O fedor que vinha do balde piorava cada vez mais; a noite cercava-os como um muro através do qual não penetrava um sopro de ar, e ele ouvia alguém urinar ruidosamente, o jato a bater contra a lata do balde. "Eles não tinham o direito", disse o padre.

"Fizeram o que deviam, naturalmente. Era um pecado mortal."

"Não tinham o direito de fazê-la odiar o próprio pai."

"Eles sabiam o que era preciso fazer."

"São maus padres, os que fizeram uma coisa dessas. O pecado pertencia ao passado. O dever era ensiná-la... a amar."

"O senhor não sabe o que é dever, os padres é que sabem."

Depois de hesitar alguns instantes, ele disse à mulher, pronunciando distintamente as palavras: "Eu sou padre".

Parecia que era mesmo o fim: não havia mais necessidade de esperar. Ao fim de dez anos, a caça afinal terminava. Ele estava cercado de silêncio. Aquele lugar se parecia muito com o mundo: regurgitante de luxúria e de crime, e de amor insatisfeito; seu fedor subia até o céu; mas o padre tinha consciência de que afinal de contas ali se podia encontrar a paz quando se tinha plena certeza de que o fim estava próximo.

"Um padre?", disse afinal a mulher.

"Sim."

"E *eles*, sabem?"

"Ainda não."

Sentiu que uma mão lhe puxava a manga. "O senhor não deveria ter dito", murmurou uma voz. "O senhor bem sabe, padre, que há toda espécie de gente aqui: assassinos..."

A voz que lhe contara o crime protestou: "Que necessidade tem de me ofender? Não é por ter matado um homem que eu..." Elevaram-se murmúrios de todos os lados. A voz, tornando-se amarga, prosseguiu: "Não sou forçosamente um delator porque, se um homem diz: 'Sua mãe é uma puta'."

"Ninguém terá necessidade de denunciar-me", disse o padre. "É inútil cometer tal pecado. Quando amanhecer, eles me descobrirão por si mesmos."

"Vão fuzilá-lo, padre", disse a mulher.

"Sim."

"Não tem medo?"

"Sim, claro que tenho medo."

Uma nova voz se fez ouvir. Vinha do canto de onde haviam partido os gemidos de gozo. "Um homem não tem medo de uma coisa dessas", dizia ela, em tom rude e teimoso.

"Não tem?", disse o padre.

"Um pouco de sofrimento... Que quer? Isso deve acontecer um dia ou outro."

"E no entanto", disse o padre, "e no entanto eu *tenho* medo."

"Uma dor de dentes é pior."

"Nem todo o mundo pode ter coragem."

"Vocês todos são os mesmos, vocês os crentes: a religião só faz covardes", disse a voz com desprezo.

"Sim. Decerto tem razão. Veja, eu sou um mau padre e um mau homem. Morrer em estado de pecado mortal", soltou um risinho constrangido, "isso dá que pensar."

"Está vendo? É exatamente o que acabo de dizer. Acreditar em Deus o faz covarde."

A voz tinha um tom triunfante, como se acabasse de provar qualquer coisa.

"E que conclui daí?", perguntou o padre.

"Que mais vale não acreditar em Deus e ter coragem."

"Sim... compreendo. E. naturalmente, se se pudesse acreditar que nem o governador nem o chefe de polícia existem, se pudéssemos acreditar que esta prisão não é absolutamente uma prisão, mas um jardim... como teríamos coragem!"

"Está dizendo asneiras."

"Mas, quando tivermos descoberto que esta prisão é uma prisão e que o governador existe de verdade, então pouco importará que tenhamos sido corajosos durante algumas horas."

"Ninguém iria pensar que esta prisão não é uma prisão."

"Acha? Por que não? Bem vejo que não ouve o que dizem os políticos." As pernas o incomodavam muito. Tinha cãibras na sola dos pés e não podia fazer nenhuma massagem nos músculos para distendê-los. Não era ainda meia-noite: intermináveis horas noturnas estendiam-se à sua frente.

"Quando se pensa", disse a mulher, "que temos um mártir entre nós..."

O padre não pôde deixar de rir. "Não creio que os mártires sejam como eu...", disse ele. Depois ficou subitamente sério, ao recordar as palavras de Maria. "Não se deve tornar a religião ridícula." "Os mártires", disse ele, "são antes de tudo uns santos homens. Não se deve pensar que basta morrer... não. Eu repito: acho-me em estado de pecado mortal. Fiz coisas de que não lhes posso falar, coisas que só poderia murmurar no confessionário."

Escutavam-no todos atentamente, como se ele lhes estivesse pregando um sermão, no púlpito. Perguntou a si mesmo onde o esperava, durante aquele tempo, o inevitável Judas, mas não tinha, como na cabana, a sensação da presença próxima do traidor. Foi tomado de uma ternura imensa e irracional pelos ocupantes daquela prisão. Recordou uma frase: "Deus amou de tal maneira o mundo...". "Meus filhos", disse ele, "não creiam jamais que os santos mártires se pareçam comigo. Sou um padre bêbado. Aqui estou, esta noite, porque encontraram uma garrafa de aguardente em meu bolso." Tentou desvencilhar os pés. A cãibra passara, mas as pernas permaneciam completamente entorpecidas, insensíveis. Bem, que ficassem onde estavam: ele não teria ocasião de servir-se delas por muito tempo.

O velho resmungava, e os pensamentos do padre voltaram para Brígida. O conhecimento do mundo estava nela como a mancha mais escura no meio de uma radiografia; ele tinha no coração um desejo desesperado, ansioso, de salvá-la, mas conhecia o veredicto do cirurgião: o mal era incurável.

A voz de mulher dizia: "Beber um pouco, padre, não é tão grande falta...". O padre interrogou-se a si próprio por que aquela mulher estava ali... Deviam ter encontrado alguma imagem na casa dela. Tinha, quando falava, a entonação incisiva e irritante das devotas. Como aquelas mulheres eram estúpidas com as suas imagens santas... Por que não as queimavam? Não se tem necessidade de imagens... "Oh! eu não sou simplesmente um bêbado..." Sempre se preocupara com o destino das devotas: como os políticos, alimentava-se de ilusões; tinha grande receio por elas. Chegavam muitas vezes à morte num estado de invencível satisfação própria, destituídas da mínima caridade. Era um dever, se possível, libertá-las das suas noções sentimentais a respeito do que é o bem... "Eu tenho uma filha", disse ele com voz dura.

Que digna mulher! Sua voz falava no escuro: não compreendia muito claramente o que ela estava dizendo, salvo que se tratava do bom ladrão. "Minha filha", disse o padre, "o ladrão arrependeu-se. Eu não." Reviu a menina entrando na cabana, com o sol por trás, os seus olhos negros, maliciosos, que sabiam tudo, fixos nele. "Eu não sei como arrepender-me", disse o padre. E era verdade, tinha perdido a faculdade de tal coisa. Era incapaz de convencer a si mesmo de que desejaria que o pecado jamais tivesse sido uma realidade, pois o pecado lhe aparecia agora destituído da sua importância e ele amava o seu fruto. Teria necessidade de um confessor para trabalhar longamente o seu espírito ao longo dos sinistros corredores que levam ao horror, ao tormento e ao desespero.

A mulher conservava-se em silêncio; o padre perguntou a si mesmo se afinal de contas não tinha sido muito duro para com ela. Se ela fortalecesse a sua fé acreditando que ele era um mártir... Mas afastou tal ideia: afinal de contas, fizera voto de verdade. Deslocou-se uns centímetros sobre as coxas e perguntou: "A que horas amanhece?".

"Às quatro... cinco horas...", replicou o homem. "Como poderíamos saber exatamente, padre? Não temos relógios."

"Faz muito tempo que está aqui?"

"Três semanas."

"Ficam encerrados todo o dia?"

"Oh, não. Fazem-nos sair para fazer a faxina."

É então, pensou ele. Que vão descobrir quem sou eu... talvez até mais cedo, pois, daqui até lá, um desses prisioneiros certamente irá trair-me. Uma longa sequência de pensamentos lhe atravessou o espírito para terminar, ao fim de alguns minutos, por esta declaração em voz alta: "Minha cabeça foi posta a prêmio. Quinhentos, seiscentos pesos... já não sei bem quanto é". Depois conservou-se em silêncio. Não podia induzir os outros a denunciá-lo — seria induzi-los a pecar — mas, ao mesmo tempo, se houvesse um delator entre eles, não havia motivo para privar o pobre diabo da sua recompensa. Cometer um pecado tão feio, um crime até, e não receber retribuição neste mundo... — pensou o padre com simplicidade: não seria justo.

"Ninguém aqui", disse uma voz, "desejaria receber o prêmio do sangue."

Sentiu-se de novo tomado de uma grande ternura. Não passava de um criminoso no meio de um bando de criminosos... Experimentava um sentimento de fraternidade que jamais havia conhecido outrora, quando os fiéis vinham piamente beijar a sua mão enluvada.

A devota incapaz de dominar seus nervos, gritou-lhe de súbito: "É um absurdo dizer-lhes isso, padre. Não sabe que há aqui toda espécie de celerados, ladrões, assassinos..."

"E então, por que você está aqui?", indagou uma voz.

"Porque eu tinha bons livros em casa", declarou ela, com insuportável petulância. Nada havia dito o padre que pudesse ter abatido aquele orgulho. "A gente os encontra sempre", disse ele, "tanto aqui como em qualquer lugar."

"Bons livros?"

"Não, não", respondeu ele a rir, "ladrões, assassinos... Oh, minha filha, se você tivesse um pouco de experiência, descobriria que ainda ignora o pior." O velho parecia haver mergulhado num sono inquieto: sua cabeça apoiava-se de viés no ombro do padre, e ele pôs-se a resmungar; bem sabia Deus que jamais fora cômodo mover-se naquela cela, mas a dificuldade aumentava à medida que a noite avançava e os membros se iam entorpecendo. Agora, eis que não mais podia mover o ombro, por pouco que fosse, sem despertar o velho e impor-lhe uma nova noite de sofrimento. Vamos, pensou ele, meus semelhantes causaram as suas desgraças: é apenas justo que me imponha esse leve incômodo... Apoiou-se, silencioso e rígido, contra a parede úmida, acocorado sobre os pés dormentes, petrificados como os dos leprosos. Os mosquitos zumbiam sem tréguas. Inútil defender-se agitando as mãos: eles enchiam toda a peça, à maneira de um elemento. Além do velho, um homem adormecera nalgum canto, e seus roncos produziam uma estranha nota de satisfação, como se ele estivesse a fazer uma pequena sesta, depois de haver bem comido e bem bebido. O padre tentou calcular as horas: quanto tempo havia transcorrido desde o seu encontro com o mendigo na praça? Não devia ser muito mais de meia-noite: ainda restavam horas e horas para permanecer ali.

Era o fim evidentemente. Mas ainda assim, era preciso esperar o que quer que fosse, estar preparado, mesmo para evadir-se. Se Deus resolvera fazê-lo escapar, podia arrebatá-lo até diante dos olhos do próprio pelotão de fuzilamento. Mas pode-se contar com a Sua misericórdia. Se Deus lhe recusasse a Sua paz, só haveria de ser por uma razão: que ele ainda pudesse servir para salvar uma alma, a sua ou qualquer outra. Mas que bem seria ele capaz de fazer agora? Acuavam-no como um fugitivo; não se atrevia a adentrar uma aldeia, de medo que outro homem pagasse com a vida a sua visita — e esse outro homem podia estar em estado de pecado mortal e não ter tempo de arrepender-se. Como saber quantas almas se perderiam talvez por causa da sua teimosia, do seu orgulho, da sua recusa em admitir a derrota? Nem sequer podia rezar missa, não tinha mais vinho. Seu vinho servira até a última gota para refrescar a goela seca do chefe de polícia. Tudo aquilo era terrivelmente complicado. Tinha medo da morte, teria mais ainda quando amanhecesse; mas a morte começava a atraí-lo, porque simplificaria tudo.

A devota lhe falava cochichando; devia ter-se esgueirado até ali. "Padre, quero me confessar. Consente em me ouvir?"

"Aqui? Completamente impossível, minha filha; onde estaria o segredo?"

"Há tanto tempo..."

"Diga um ato de contrição pelos seus pecados, é preciso ter confiança em Deus, minha filha, na Sua indulgência..."

"A mim seria indiferente sofrer..."

"Pois já não se acha aqui?"

"Oh, não é nada. Antes do amanhecer, minha irmã terá conseguido dinheiro para pagar minha multa."

No escuro, contra o muro oposto, o jogo voluptuoso havia recomeçado; a gente não podia enganar-se: os movimentos, o arquejar, depois o grito. A devota, furiosa, disse em voz alta: "Por que não os fazem parar, esses sórdidos, esses animais...".

"Nesse estado de espírito, de nada serve dizer um ato de contrição."

"Mas é tão feio..."

"Não creio. É perigoso. Porque, de súbito, nos apercebemos da beleza que têm nossos pecados."

"Beleza?", disse ela, enojada. "Aqui, nesta prisão no meio de toda essa gente."

"Beleza, sim. Os santos falam na beleza do sofrimento. Mas nós dois não somos santos. Para nós, o sofrimento é apenas feio; é o mau cheiro, a gente amontoada, a dor física. *Aquilo* ali no canto, é belo...

para eles. É preciso grande ciência para ver com o olhar de um santo. Os santos têm o gosto muito sutil em matéria de beleza; podem permitir-se considerar com desprezo a ignorância e a grosseria de uns coitados como aqueles. Mas nós, nós não temos esse direito."

"É um pecado mortal."

"Que sabemos nós? É possível. Mas eu, compreende? Eu sou um mau padre. Sei por experiência, quanta beleza Satã arrastou consigo na sua queda. Ninguém jamais disse que os anjos caídos fossem feios. Oh, não, eram tão belos, leves, radiosos e..."

O grito se ergueu de novo, traduzindo um prazer insuportável. "Mande-os parar", disse a mulher. "É um escândalo." O padre sentiu que dedos se agarravam em seus joelhos, crispados. "Somos todos igualmente prisioneiros", disse ele. "Neste momento, tenho vontade de beber, desejo-o mais do que tudo, mais do que desejo a Deus. Isso também é um pecado."

"Vejo agora", disse a mulher, "que o senhor é um mau padre. Não queria acreditar antes, mas agora acredito. O senhor demonstra simpatia por aqueles porcos. Se o seu bispo o ouvisse falar..."

"Ah! o meu bispo está longe daqui..." Evocou o velho que, naquele momento, na capital vivia numa daquelas feias casas religiosas, cheias de imagens e de estatuetas santas, e que oficiava aos domingos no altar da catedral.

"Quando sair daqui vou escrever ao bispo", disse a mulher.

Ele não pôde deixar de rir: a mulher não se dava conta de que as coisas haviam mudado. "Se ele receber a sua carta, ficará muito espantado de saber que ainda estou vivo." Mas logo voltou à seriedade. Era mais difícil sentir compaixão por aquela mulher do que pelo mestiço que, na semana passada, o havia seguido como um cão floresta adentro. No entanto, o caso da mulher era, sem dúvida, mais grave. O mestiço tinha todas as escusas: pobreza, temor, humilhações sem conta. "Procure não me odiar", disse-lhe ele, "reze por mim."

"Quanto mais depressa o senhor morrer, melhor será."

Ele não a distinguia no escuro, mas podia encontrar em suas velhas recordações grande número de rostos com os quais aquela voz combinaria muito bem. Quando se pode imaginar com minúcia o rosto de um homem ou de uma mulher, a gente começa inevitavelmente a sentir piedade... uma qualidade da imagem de Deus... Se se examinam as pequenas rugas do canto dos olhos, a forma da boca, a implantação dos cabelos, é impossível odiar. O ódio não é nada mais que uma derrota da imaginação. Sentiu-se de novo possuído de um grande sentimento de responsabilidade para com aquela mulher devota. "O senhor é o padre José", continuou ela, "é gente assim que faz cair no ridículo a verdadeira religião." Afinal de contas, tinha ela tantas escusas quanto o mestiço. Imaginava a sala em que ela passava os dias, sentada numa cadeira de balanço, no meio dos retratos de família, sem nunca ver ninguém. "É casada?", perguntou ele.

"Por que quer saber?"

"E nunca sentiu vocação religiosa?"

"Não me acreditaram", disse ela com amargura.

Pobre mulher, pensou ele, não tem nada, nada absolutamente. Se ao menos pudesse encontrar a palavra que convém... Desanimado, apoiou-se contra o muro, movendo-se com precaução para não despertar o velho. Mas as palavras que convém nunca lhe vinham ao espírito. Decididamente perdera todo o contato com gente da espécie daquela mulher. Outrora saberia o que dizer-lhe; sem sentir a mínima piedade, teria encontrado dois ou três lugares-comuns que recitaria distraidamente. Agora, sentia-se inútil: era um criminoso, e só deveria falar aos criminosos. Mais uma vez fizera mal tentando destruir a vaidosa segurança daquela mulher. Melhor seria deixá-la acreditar que ele era um mártir.

Seus olhos cerraram-se, e, imediatamente, começou a sonhar. Perseguiam-no: ele estava diante da porta de uma casa e batia para que lhe abrissem; ninguém respondia... Havia uma palavra, uma senha, que poderia salvá-lo, mas que ele tinha esquecido. Tentou toda uma série, ao acaso, desesperadamente: queijo, filho, Califórnia, Excelência, leite, Vera Cruz. Seus pés estavam entorpecidos. Ajoelhou-se no portal. Então soube por que queria entrar na casa; não o perseguiam absolutamente, ele estava enganado. Sua filha moribunda, esvaindo-se em sangue, estava estendida a seu lado, e era a casa de um médico. Bateu violentamente com o punho na porta e gritou: "Mesmo que eu não possa me lembrar da senha, o senhor não tem coração?". A criança, à morte, olhava-o com os seus olhos cheios de sabedoria adulta, segura de si. "Oh, que animal!", disse ela, e ele despertou chorando. Não podia ter dormido mais de alguns segundos, pois a mulher ainda falava na sua vocação, que as freiras se haviam recusado a reconhecer. "Isso a fez sofrer, não é?", disse ele. "Sem dúvida valia mais sofrer dessa maneira do que entrar para o convento e ser lá feliz." Mal havia falado, pensou: que observação estúpida! Que será que significa isto? Por que não posso achar para lhe dizer uma coisa de que ela não se esqueça?

Não tornou a adormecer: regateava novamente com Deus. Desta vez, se se livrasse da prisão, fugiria mesmo. Iria para o norte e atravessaria a fronteira. Tão improvável era a sua libertação que isso só poderia ser um indício de que fazia mais mal com o seu exemplo do que bem com as confissões que ouvia. O velho moveu-se um pouco contra o seu ombro. A noite estava como que instalada em torno deles. As trevas eram sempre da mesma espessura e não havia relógio em parte alguma... nada para indicar que o tempo passava. A única pontuação, na noite, era o ruído que faziam os homens urinando.

DE SÚBITO, PERCEBEU QUE via um rosto, depois mais outro: começara a esquecer que uma aurora nova ia erguer-se, tal como nos esquecemos de que algum dia havemos de morrer. O sentimento do tempo que passa e da vida que vai findando nos vem subitamente por meio de um silvo no ar, de um freio que range. Todas as vozes que o tinham cercado se tornaram faces — não teve surpresas. O confessionário nos ensina a conhecer a forma de uma voz, o lábio mole, o queixo débil, e a falsa candura dos olhos que nas fitam em face. Viu, a alguns passos, a devota que dormia um sono agitado, com os delgados lábios abertos, mostrando grandes dentes, em forma de pedras tumulares, o velho, e o sujeito do canto, com a sua amante de vestes desfeitas, dormindo atravessada sobre os seus joelhos. Agora que enfim era dia, o padre era o único que não estava dormindo, exceto um indiozinho acocorado junto à porta e cujo rosto conservava uma expressão de alegria e interesse como se jamais se houvesse encontrado em tão amável companhia. Do outro lado do pátio, a pintura do muro oposto tornava-se visível. O padre sentiu que devia fazer suas despedidas ao mundo: não conseguiu pôr nisso o coração. Sua corrupção lhe parecia menos evidente que a sua morte. Uma bala, pensou, deve quase inevitavelmente atingir o peito: não pode deixar de haver no pelotão de fuzilamento um homem que saiba visar. A vida se extinguiria em "menos de um segundo" (conforme a expressão usual), mas aquela longa noite lhe fizera compreender que o tempo depende dos relógios e das mudanças de luz: não havia relógio e a luz recusava-se a mudar. Na realidade, ninguém sabe quanto tempo pode durar um segundo de sofrimento. Pode durar o tempo de um purgatório ou toda a eternidade. Sem motivo aparente, lembrou-se de um homem a quem outrora dera a absolvição; aquele homem morria de um câncer; os parentes que lhe assistiam tiveram de envolver o rosto em toalhas, tal era o cheiro de suas entranhas apodrecidas. Não era um santo. Nada na vida tem a fealdade da morte.

Do pátio, uma voz chamou: "Montez!". O padre permaneceu sentado sobre os seus pés mortos, pensando automaticamente:

Esta roupa não durará muito tempo. O tecido estava sujo, manchara-se de excrementos, ao contato do solo da prisão e de seus companheiros de cativeiro; comprara-a, não sem riscos, numa loja à margem do rio, fingindo ser um pequeno lavrador com pretensões a parecer de classe mais elevada. Depois lembrou-se que não teria mais necessidade dela por muito tempo — a ideia lhe veio com um estranho choque, como quando se fecha a porta da casa pela última vez. A voz repetiu com impaciência: "Montez!".

Lembrou-se que, nas atuais circunstâncias, era assim que se chamava. Seu olhar desviou-se da roupa imunda para pousar na porta da cela, de que o sargento abria os ferrolhos. "Vamos, Montez!". Ele deixou suavemente tombar a cabeça do velho contra o muro úmido, e tentou levantar-se, mas seus pés dobravam-se como se fossem de massa. "Quer dormir toda a noite?" O sargento resmungava: devia estar contrariado com qualquer coisa. Não estava tão amigável como na véspera à noite. Deu um pontapé no homem adormecido e bateu na porta da cela. "Vocês aí! Acordem. Saiam para o pátio." Apenas o indiozinho obedeceu e esgueirou-se furtivamente para fora, com a sua expressão de felicidade inexplicável. O sargento berrou: "Récua de porcos! Querem talvez que os lavem? Vamos, Montez!" A vida voltava pouco a pouco a seus pés doloridos. Conseguiu alcançar a porta.

Preguiçosamente, o pátio despertava. Formavam fila para lavar o rosto na única torneira; um homem de colete e calções estava sentado no chão, com um fuzil entre as mãos. "Venham lavar-se no pátio", berrou o sargento para os prisioneiros. Mas, quando o padre deu um passo à frente, ele o deteve, gritando: "Não, você não, Montez".

"Eu não?"

"Não, temos outros planos para você."

O padre ficou esperando, imóvel, enquanto seus companheiros de cela saíam um após outro. Passaram por ele em fila indiana:

ele olhava para os seus pés e não para os seus rostos; de pé contra a porta, representava para eles a tentação. Ninguém disse palavra; os pés de uma mulher passaram, arrastando os seus sapatos gastos de saltos baixos. Sentiu-se abalado pelo sentimento da sua inutilidade. Sem erguer os olhos, murmurou: "Reze por mim".

"Que é que você está dizendo, Montez?"

Não pôde inventar uma mentira: aqueles dois anos haviam esgotado todo o seu estoque de imposturas.

"Que é que você acaba de dizer?"

Os sapatos gastos se haviam imobilizado. A voz da mulher ergueu-se: "Ele estava esmolando". E acrescentou impiedosamente: "Bem que podia ter mais um pouco de miolo. Não tenho nada para lhe dar". E continuou a marcha, arrastando os pés chatos através do pátio.

"Dormiu bem, Montez?", perguntou o sargento, para fazer um gracejo.

"Não muito bem."

"Era de prever. Isso lhe ensinará a não gostar muito da pinga, hein?"

"Sim, é verdade." Perguntou a si mesmo, se aquelas preliminares iriam durar muito tempo.

"Pois bem, já que você gastou todo o dinheiro em bebida, vai ser preciso trabalhar um pouco para pagar o alojamento desta noite. Retire os baldes da cela e tenha o cuidado de não derramar nada. Isto aqui já fede bastante."

"Aonde devo levá-los?"

O sargento mostrou-lhe a porta dos *excusados*, além da bica de água. "Quando terminar, venha dizer-me." Depois continuou a berrar ordens no pátio.

O padre inclinou-se e ergueu o balde, que estava cheio e muito pesado; seu peso o curvou em dois e, enquanto atravessava o pátio, o suor lhe escorria até nos olhos. Enxugou-os, e depois que recuperou a visão, descobriu, na fila da água, caras conhecidas: as dos reféns. Ali estava Miguel, a quem ele vira ser carregado; lembrou-se dos gritos da mãe, da fadiga e da cólera do tenente, aos primeiros raios do sol. Os reféns avistaram-no no mesmo instante: ele pousou em terra o pesado balde e olhou-os. Fingir não reconhecê-los seria como pedir-lhes que continuassem a sofrer a fim de que ele fosse poupado. Miguel fora espancado: tinha debaixo do olho uma ferida aberta em torno da qual as moscas zumbiam como zumbem em torno dos flancos escorchados de uma mula. Em seguida, a fila de homens avançou; de olhos baixos, os reféns passaram e foram substituídos por estranhos. Silenciosamente, o padre orou: "Ó meu Deus, mandai-lhes alguém que seja mais digno do seu sofrimento". Sentia que havia uma atroz irrisão no fato de que eles se sacrificassem por um padre bêbado, pai de uma bastarda. O soldado de calções continuava sentado, com o fuzil entre as pernas, e limpava as unhas, arrancando as películas com os dentes. O padre, um tanto estranhamente, sentiu-se abandonado porque os reféns não pareciam tê-lo reconhecido.

Os *excusados* não eram mais que umas fossas com duas tábuas atravessadas, sobre as quais um homem se podia firmar. O padre ali esvaziou o balde e voltou para as celas, do outro lado do pátio. Havia seis: retirou os baldes, um após outro. *Plac, plac*, seu vaivém através do pátio recomeçou. Enfim chegou à última cela; não estava vazia; um homem se achava sentado no chão, encostado ao muro; o sol nascente lhe acariciava os pés. As moscas zumbiam em torno de uma poça de vômitos. O padre estava inclinado sobre o balde quando o homem abriu os olhos e fitou-o: tinha dois caninos salientes...

O padre fez um movimento brusco, derramando no solo parte do conteúdo do balde. "Alto lá", disse o mestiço com sua voz resmungona, tão familiar, "nada disso aqui! Eu não sou um prisioneiro", explicou ele altivamente, "sou um convidado." O padre fez um gesto para desculpar-se (tinha medo de falar) e recuou mais um pouco. "Espere", ordenou o mestiço. "Venha cá."

Obstinadamente, o padre permaneceu junto da porta, com as costas viradas, ou quase.

"Venha cá", repetiu o mestiço. "Você é prisioneiro, não? Pois eu cá sou convidado do governador. Quer que eu grite para chamar um polícia? Então faça o que eu lhe digo: venha cá."

Parecia mesmo que Deus tinha afinal tomado uma decisão. O padre avançou, com o balde na mão, e foi colocar-se bem junto do pé chato e nu; o mestiço, oculto na sombra do muro, ergueu os olhos para ele e perguntou-lhe com uma voz ao mesmo tempo arrogante e ansiosa: "Que está fazendo aqui?".

"Estou fazendo a faxina."

"Você bem sabe o que eu quero dizer."

"Fui preso porque tinha comigo uma garrafa de aguardente", respondeu o padre, procurando engrossar a voz.

"Bem que o reconheço", disse o mestiço. "Não podia acreditar em meus olhos, mas, quando você falou..."

"Não creio que..."

"Essa voz de padre", disse o mestiço, com ar de nojo. Era como um cão que, instintivamente, se eriça diante de um cão de outra raça. Seu grosso artelho agitava-se hostilmente. O padre pousou o balde no chão. Disse, para ganhar tempo, sem esperança: "Você está bêbado".

"Cerveja, cerveja", disse o mestiço. "Nada mais. Tinham-me prometido mundos e fundos, mas a gente não pode fiar-se neles. Como se eu não soubesse que o chefe tem uma provisão de aguardente fechada à chave..."

"Tenho de ir despejar o balde."

"Se você se mover, eu grito. Tenho tantas coisas na cabeça", gemeu amargamente o mestiço. O padre esperou: não podia fazer de outro modo, estava à mercê daquele homem — frase absurda, pois os seus olhos queimados de febre jamais tinham sabido o que era mercê. Em todo o caso, ele lhe poupava a humilhação de suplicar.

"Saiba você", explicava cuidadosamente o mestiço, "acho-me bem aqui." Estirava voluptuosamente os dedos amarelos do pé ao lado das matérias vomitadas. "Boa alimentação, cerveja, companhia, e esse teto que não deixa passar água. Não me diga o que acontecerá depois, eu sei: eles me escorraçarão a pontapés como um cão, como um cão." Sua voz se tornava estridente à força de indignação. "Por que é que prenderam você aqui? Isso é o que eu queria saber. Não me está cheirando bem. A minha oportunidade era encontrar você, não é? Quem ganhará o prêmio se eles já o apanharam? O chefe, isso não me espantaria... a menos que não seja aquele sujo do sargento." Refletiu, com um ar muito infeliz: "A gente não pode confiar em ninguém hoje em dia".

"E há também um Camisa Vermelha", disse o padre.

"Um Camisa Vermelha?"

"Sim, o homem que me prendeu."

"Mãe de Deus!", exclamou o mestiço. "E estão todos nas boas graças do governador." Ergueu para o padre os olhos súplices. "O senhor é um homem muito instruído", disse ele "aconselhe-me."

"Seria um assassinato", disse o padre, "um pecado mortal."

"Não quero falar disso. Trata-se da recompensa. Veja, enquanto eles não *souberem* nada, posso ficar aqui, à vontade. Algumas semanas de férias não fazem mal a ninguém. E o senhor não pode safar-se para muito longe, afinal de contas. Seria melhor, não acha? Que eu o apanhasse fora desta prisão, na cidade, em qualquer parte. Assim, ninguém mais pretenderia ter o direito..." Acrescentou raivosamente: "Quando se é pobre, é preciso calcular tudo".

"Penso", disse o padre, "que, mesmo aqui, lhe dariam *alguma coisa...*"

"Alguma coisa...", disse o mestiço, endireitando-se, "e por que eu não teria tudo?"

"Que se passa aqui?", indagou o sargento, que acabava de surgir na porta, em pleno sol, e olhava para dentro da cela.

"Ele queria", respondeu lentamente o padre, "ele queria obrigar-me a limpar o que vomitou. Respondi que o senhor não me havia dado ordem..."

"Oh, é um convidado", respondeu o sargento. "É preciso tratá-lo bem. Faça o que ele diz."

O mestiço abriu um sorriso obsequioso. "E que me diz de uma garrafa de cerveja, sargento?"

"Mais tarde", disse o sargento. "Antes de tudo, deves dar uma volta pela cidade."

O padre apanhou o balde e, deixando-os a discutir, atravessou o pátio. Parecia-lhe que tinha um revólver apontado às costas; entrou nos *excusados* e despejou o balde. Em seguida, voltou, em pleno sol — o revólver estava agora dirigido para o seu peito. Os dois homens estavam de pé e conversavam na porta da cela. O padre atravessou o pátio: eles o olharam. O sargento disse ao mestiço: "Se é verdade que está com um ataque de fígado e não enxerga bem esta manhã, então limpe o que vomitou. Se não é capaz de fazer o *seu* trabalho...". Por trás das costas do sargento, o mestiço piscou-lhe com um ar velhaco e tranquilizador. Agora que o temor imediato passara, ele não sentia mais que pesar. Era a sentença de Deus. Devia continuar a viver, a tomar decisões, iniciativas, a fazer planos de campanha...

Foi-lhe preciso ainda meia hora para acabar de limpar a prisão, lançando um balde de água ao solo de cada cela; viu a devota desaparecer— sob a grande porta abobadada, onde sua irmã a esperava com o montante da multa: estavam ambas enroladas em xales negros, como coisas compradas no mercado, coisas duras e secas, e de segunda mão. Depois, fez novo relatório ao sargento, que inspecionou as celas, criticou seu trabalho, deu-lhe ordem de irrigar mais abundantemente o solo e, subitamente enfarado de toda aquela história, disse-lhe que podia ir procurar o chefe, para lhe pedir licença de retirar-se. O padre esperou, pois, mais uma hora, no banco colocado diante da porta do chefe, a olhar para a sentinela que se arrastava preguiçosamente de um lado para outro sob o sol ardente.

Quando afinal o policial o introduziu, não era o chefe que estava sentado atrás da mesa, mas o tenente. O padre ficou esperando, de pé, não longe de seu próprio retrato pregado à parede. Não lançou senão um rápido e inquieto olhar ao velho recorte de jornal e pensou com alívio: isso não se parece mais comigo. Que personagem insuportável não devia ele ter sido — e no entanto vivia então numa inocência relativa. Ali estava mais outro mistério: parecia-lhe às vezes que os pecados veniais — a impaciência, as pequenas mentiras, a vaidade, os minutos perdidos — afastam mais irremissivelmente de nós a graça do que os mais graves pecados. Na sua inocência de então, não havia lugar para o amor; agora sua corrupção lhe ensinara...

"E então", perguntou o tenente, "ele já limpou as celas?" Ele não erguera os olhos dos seus papéis. E continuou: "Diga ao sargento que preciso de vinte e quatro homens, com fuzis bem limpos dentro de dois minutos". Olhou distraidamente para o padre e perguntou: "E o senhor, o que é que está esperando?".

"A permissão de partir, Excelência."

"Eu não sou Excelência. Habitue-se a dar às coisas o nome adequado. Já esteve em prisão?" Falava com voz cortante.

"Nunca."

"Chama-se Montez. Aparentemente tenho encontrado muita gente com esse nome, nestes últimos tempos. Parentes seus?" Pôs-se a olhá-lo atentamente, como se uma memória despertasse.

"Um primo meu acaba de ser fuzilado em Concepción", apressou-se em explicar o padre.

"A culpa não é minha."

"Eu queria dizer apenas que nos parecíamos muito. Nossos pais eram gêmeos. Nascidos com meia hora de intervalo. Tive a impressão de que Vossa Excelência pensava…"

"Pelo que me lembro, ele era muito diferente. Alto, magro, estreito de ombros…"

"Talvez não fosse senão um ar de família…"

"Afinal, eu só o vi uma vez." Parecia que o tenente tinha um peso na consciência. Seu rosto estava pensativo e suas mãos muito morenas de índio folheavam nervosamente os papéis. "Aonde vai agora?", perguntou.

"Deus o sabe."

"Vocês são todos os mesmos! Não aprenderão nunca a verdade: que Deus não sabe absolutamente nada." Um pedacinho de vida, semelhante a um grão de fuligem, deslizou pela página à sua frente; esborrachou-o com o dedo e continuou: "Você não tinha dinheiro para a multa?" e observou outro grão de fuligem saindo dentre as folhas, à procura de refúgio: com um calor daqueles não havia perigo de que a vida se extinguisse.

"Não, não tinha."

"Como vai viver?"

"Talvez consiga algum trabalho…"

"Está muito velho para trabalhar." Meteu subitamente a mão no bolso e tirou uma moeda de cinco pesos. "Aqui está", disse ele. "Retire-se, e que eu não mais veja a sua cara. Não se esqueça disso."

O padre fechou a moeda na mão — a espórtula de uma missa. E disse, atônito: "O senhor é um bom homem".

CAPÍTULO 4

ERA AINDA MUITO CEDO quando atravessou o rio e chegou escorrendo água à outra margem. Não esperava encontrar ninguém àquela hora da manhã. O bangalô, o celeiro coberto de zinco, o pau da bandeira: tinha ideia de que todos os ingleses arriavam o seu pavilhão ao pôr do sol, cantando "God Save the King". Dobrou cautelosamente a esquina do celeiro. Achava-se naquela obscuridade em que já uma vez estivera oculto: há quantas semanas? Não fazia a menor ideia. Lembrava-se apenas de que a estação das chuvas ainda estava longe: agora se haviam desencadeado. Mais uma semana, e só um avião conseguiria atravessar as montanhas.

Tateou com o pé: estava com tanta fome que até mesmo algumas bananas seriam melhores que coisa nenhuma — fazia dois dias que não punha alimento na boca — mas ali não havia nada, absolutamente nada. Com certeza devia ter chegado num dia em que a colheita acabava de ser embarcada. Ficou um momento no vão da porta, tentando lembrar-se do que a menina lhe dissera — o código Morse, a janela... Do outro lado do pátio branco de poeira, a tela metálica rebrilhava. Aquilo lhe fez lembrar um guarda-comida vazio. Pôs-se ansiosamente à escuta: não havia um só ruído em parte alguma: o dia ainda não começara com aquele primeiro e preguiçoso arrastar de sapato no chão, com as unhas de um cão arranhando o solo num espreguiçamento, com uma batida de nó de dedos numa porta. Não havia nada, absolutamente nada. Que horas seriam? Há quanto tempo era dia? Impossível sabê-lo. Supondo que, afinal de contas não era muito cedo, seriam umas seis... sete horas... Compreendeu, então, o quanto significava para si aquela criança... Ela era a única pessoa no mundo que podia socorrê-lo sem arriscar-se. A não ser que atravessasse as montanhas naqueles próximos dias, estava apanhado; mais valeria então entregar-se à polícia; como poderia viver durante as chuvas sem ninguém que se animasse a dar-lhe comida ou abrigo? Teria sido melhor, mais rápido, se o tivessem reconhecido na chefatura uma semana antes. Nisto ouviu um ruído; era como uma esperança que timidamente renascia... um arranhar, um uivo... era aquilo que se chamava alvorada: o rumor da vida. Ficou esperando, famintamente, na porta do celeiro, o retorno dessa vida.

E a vida chegou sob a forma de uma vira-lata que se arrastava através do pátio, uma feia criatura de orelhas pendentes, arrastando uma perna ferida ou quebrada, a ganir. Avançava lentamente; as costelas expostas, como se fosse um espécime de História Natural. Era evidente que passara dias sem comer: tinha sido abandonada.

Ao contrário dele, a cadela conservava uma espécie de esperança. A esperança é um instinto que só o raciocínio humano pode matar. Um animal jamais conhece o desespero. Vendo-a se aproximar lastimosamente, teve a convicção de que aquela cena vinha se repetindo por dias seguidos, semanas talvez; estava ele assistindo a uma das manifestações rotineiras do raiar do dia, como seria o canto dos pássaros em regiões mais felizes. A cadela arrastou-se até a porta da varanda e começou a arranhá-la, estendendo-se no chão de maneira estranha, com o focinho colado a uma fenda: parecia estar aspirando o ar inútil das peças vazias; depois começou a ganir impacientemente e, em dado momento, seu rabo agitou-se, como se ela tivesse ouvido alguma coisa mover-se lá dentro.

O padre não pôde suportar aquilo: sabia agora o que significava. Bem podia ir verificá-lo com os seus próprios olhos. Saiu para o pátio, e o animal voltou-se desajeitadamente, num arremedo de cão de guarda, e começou a ladrar-lhe. Não era nenhum dos que ela queria; queria as coisas a que estava habituada; queria a volta do mundo que havia conhecido.

O padre espiou por uma janela — talvez fosse aquele o quarto da menina. Tudo fora removido dali, exceto as coisas inúteis ou quebradas. Havia uma cesta de papéis rasgados e uma cadeirinha que tinha perdido uma perna. Na parede caiada viu um grande prego, onde talvez tivesse estado dependurado um espelho ou algum quadro. Havia ainda uma calçadeira quebrada.

A cadela arrastava-se rosnando ao longo da varanda: o instinto é como o sentimento do dever — facilmente se confunde com a fidelidade. Simplesmente caminhando ao sol ele conseguiu evitar o animal, que não pôde voltar-se suficientemente depressa para segui-lo. Uma velha pele de jacaré mal curtida pendia do muro. Empurrou a porta e esta abriu-se; ninguém se dera ao trabalho de a fechar. Sentiu resfolegar atrás de si e voltou-se: a cadela se achava à porta, mas, agora que ele estava instalado na casa, não lhe dava mais atenção. Ali estava, como novo senhor, e afinal havia toda espécie de cheiros para ocupar seu cérebro canino. Arrastou-se pelo assoalho, fazendo ouvir um ruído de goela úmida.

O padre abriu uma porta à esquerda — talvez a do quarto de dormir. A um canto, um monte de frascos velhos de farmácia, alguns dos quais continham ainda um dedo de líquido vivamente colorido. Havia remédios para dor de dentes, para dor de estômago, remédio para ser tomado antes e depois das refeições. Quem teria estado tão doente assim para necessitar de tantos remédios? Havia um pente partido e uma bola de cabelos, uns cabelos que tinham sido muito loiros e agora estavam brancos de poeira. Pensou com alívio: São da sua mãe, só podem ser da mãe dela.

Examinou outro quarto que dava, através da rede metálica da janela, para o rio vagaroso e deserto. Era a sala de estar, pois: ali tinham deixado uma mesa de jogo, de dobrar, que havia custado uns poucos xelins e não valia a pena levar para onde quer que tivessem ido. A mãe estaria à morte?, indagou consigo. Talvez se houvessem desembaraçado da colheita a fim de instalar-se na cidade, onde havia um hospital. Deixou aquela peça e entrou em outra, a que tinha visto do lado de fora, o quarto da menina. Despejou o conteúdo da cesta de papéis com uma triste curiosidade. Tinha a impressão de que estava arrumando coisas depois da morte de alguém, para decidir o que seria demasiado doloroso conservar.

Leu: "A causa imediata da Guerra da Independência da América foi o chamado Chá de Boston". Parecia um fragmento de alguma composição, cuidadosamente escrita em letra graúda e firme. "Mas a verdadeira questão", a palavra fora mal ortografada, riscada e escrita de novo, "era decidir se seria justo cobrar impostos de pessoas que não tinham representação no Parlamento." Aquilo agora devia ser rascunho: havia tantas emendas... Pegou ao acaso outro pedaço de papel: tratava de Whigs e Tories — palavras que ele não compreendia. Do telhado para o pátio esvoaçou qualquer coisa como um espanador: era um abutre. Continuou a ler: "Se cinco homens levam três dias para ceifar um prado de quatro acres e cinquenta ares,* quanto ceifariam dois homens em um dia?" Havia uma linha traçada a régua abaixo da questão, e depois começavam os cálculos: desesperada confusão de algarismos que não chegavam a resultado algum. O papel amarrotado e jogado fora evocava um rompante de irritação. Parecia que estava a vê-la, decidida a descartar-se do problema, a face incisiva e bem modelada, entre as duas tranças compridas. Lembrou-se da prontidão

---

* Aproximadamente vinte e um mil metros quadrados. (N. E.)

com que ela jurara inimizade eterna a quem quer que lhe fizesse mal... e lembrou-se da sua própria filha querendo tentá-lo junto ao monturo.

Fechou cuidadosamente a porta atrás de si, como se quisesse evitar que alguém fugisse. Ouviu a cadela rosnar e foi encontrá-la na cozinha, deitada sobre um osso, em atitude feroz. O rosto de um índio aparecia do outro lado da rede metálica da janela, como alguma coisa que houvessem dependurado para secar — alguma coisa escura, seca, repelente. Fixava no osso um olhar de cobiça. Ergueu-o quando o padre atravessou a cozinha, e desapareceu como se nunca ali tivesse estado, deixando a casa na mesma impressão de abandono. O padre, também, olhava para o osso.

Tinha ainda bastante carne: uma pequena nuvem de moscas pairava acima dele, a poucas polegadas do focinho da cadela, que, depois que o índio se fora, não tirava os olhos do padre. Eram todos rivais. O padre avançou uns passos e bateu duas vezes com o pé: "Rua!", gritou ele, agitando as mãos, "rua!", mas a cadela permanecia imóvel, a rosnar, escarrapachada sobre o seu osso, com toda a resistência que lhe restava no corpo débil, concentrada nos olhos amarelos. Era como um ódio num leito de morte. O padre aproximou-se cautelosamente: não se habituara ainda à ideia de que o animal não estava em condições de saltar — a gente sempre associa a ideia de cão à de movimento — mas aquela criatura, como qualquer aleijado humano, podia apenas pensar. Podia-se ver os pensamentos — de fome, de esperança, de ódio — sucederem-se em suas pupilas.

O padre estendeu a mão para o osso, e as moscas revoaram, zumbindo; o animal ficou silencioso, à espreita. "Vem, vem", disse o padre, adulador; fez pequenos gestos aliciantes no ar, enquanto o animal o olhava fixamente. Então o padre voltou-se, afastando-se como se tivesse abandonado a ideia do osso; murmurava consigo uma frase da missa, esforçando-se por parecer distraído. Depois voltou-se rápido. Não dera resultado: a cadela observava-o, girando o pescoço para lhe acompanhar os engenhosos movimentos. Por um momento enfureceu-se: uma cadela, vira-lata, com a espinha partida, a roubar-lhe o único alimento. Pôs-se a praguejar contra o animal: expressões populares apanhadas junto aos coretos de música; noutras circunstâncias, haveria de ficar surpreendido que lhe viessem à boca tão prontamente. Depois riu de súbito: o que era a dignidade humana... disputar um osso a uma cadela! Ante aquele riso, o animal, apreensivo, baixou as orelhas, cujas pontas ficaram a fremir. Mas ele não sentiu piedade — a vida do animal não tinha importância em face da de uma criatura humana; olhou em volta procurando alguma coisa para lhe atirar, mas tinham levado tudo da cozinha, menos o osso, talvez deixado de propósito para a cadela; imaginava muito bem a menina a lembrar-se de uma coisa dessas, antes de partir com a mãe doente e o pai obtuso; tinha a impressão de que era sempre ela quem tinha de pensar. Não achou nada melhor, para o seu intento, que uma rede de arame quebrada, que servira para secar legumes.

 Avançou de novo para a cadela e bateu-lhe levemente no focinho. Ela tentou morder o arame com os velhos dentes quebrados e não se moveu. Tornou a bater-lhe com mais força, e ela abocanhou o arame de tal forma que ele teve de lho arrancar. Bateu então repetidas vezes antes de verificar que só com um grande esforço ela se poderia mexer; não podia esquivar-se às pancadas, mas também não queria largar o osso. Tinha de sofrer. Os olhos amarelos, assustados, maus, luziam, fixos nele, entre as pancadas.

 Mudou então de método: serviu-se da rede como de uma espécie de focinheira para lhe prender os dentes, enquanto se inclinava e apanhava o osso. Ela segurou-o ainda com uma das patas, depois largou-o; o padre baixou a rede, deu um salto para trás — o animal tentou inutilmente segui-lo e depois deixou-se tombar no chão. O padre havia vencido: tinha o seu osso. A cadela nem ao menos tentava mais rosnar.

O padre arrancou uns pedaços da carne crua com os dentes e começou a mastigar: jamais alimento algum lhe parecera tão saboroso e, agora que estava feliz, começou a sentir um pouco de piedade. Vou comer até tal ponto, pensou, e ela que fique com o resto. Fez mentalmente uma marca no osso e arrancou um segundo bocado.

O engulho que havia sentido durante horas começou a desvanecer-se, dando lugar a uma honesta sensação de fome; enquanto ele comia, a cadela o observava. Finda a luta, ela não parecia ter levado a coisa a mal: seu rabo começou a bater o chão, esperançosamente, interrogativamente. O padre alcançou o ponto marcado, mas parecia-lhe que a fome anterior fora imaginária: fome era aquilo que ele sentia agora: as necessidades de um homem eram superiores às de um cão: deixar-lhe-ia aquele pedaço de carne, aquela carnezinha da junta... Mas, chegado o momento, comeu-a também — afinal de contas, o cachorro tinha dentes: que roesse o osso. Deixou-o cair junto ao focinho do animal e saiu da cozinha.

Deu mais uma volta pelas peças vazias. Uma calçadeira partida, frascos de remédios, uma composição sobre a Guerra da Independência — nada disso explicava por que haviam partido. Foi até a varanda e, através de uma fenda das pranchas, viu um livro caído no chão, entre os toscos pilares de tijolo que erguiam a casa fora do alcance das formigas. Fazia meses que não punha a vista em cima de um livro. Apodrecendo ali entre os pilares, era quase uma promessa de felicidade futura — a vida em casas particulares, com aparelhos receptores, prateleiras cheias, camas prontas e mesas postas. Ajoelhou e puxou-o. E de repente apercebeu-se de que, finda a longa luta, atravessadas as montanhas e a fronteira ele poderia, depois de tudo, gozar ainda da vida.

Era um livro inglês — mas, de seus anos passados num seminário americano, retivera o suficiente de inglês para o ler, embora com alguma dificuldade. E, mesmo que não pudesse compreender uma única palavra, sempre seria um livro... Intitulava-se *Jewels Five Words Long: A Treasury of English Verse*, e na página de rosto estava colado um diploma impresso "Concedido a...", depois o nome de Coral Fellows preenchido a tinta, "por seu aproveitamento em Composição Inglesa, Terceira Série". Havia um obscuro brasão, em que se distinguia um grifo, uma folha de carvalho, uma divisa latina: *Virtus Laudata Crescit*, e mais a assinatura, a sinete, de Henry Beckley, B.A., diretor da Private Tutorials, Ltd.

O padre sentou-se nos degraus da varanda. Silêncio por toda parte — nenhuma vida em torno do abandonado Entreposto de Bananas, a não ser o abutre, que ainda não havia perdido toda a esperança. O índio podia nem ter sequer existido. Depois de uma refeição, pensou o padre, com um sorriso melancólico, uma pequena leitura — e abriu o livro ao acaso. Coral... era esse o nome da menina: pensou nas lojas de Vera Cruz, cheias de corais, o duro e frágil adereço que se julgava inexplicavelmente tão apropriado para dar de presente às meninas depois da primeira comunhão. E leu:

> *De muito longe vim, das remotas paragens*
> *Onde as garças fazem pouso.*
> *E correndo e fulgindo entre as bastas folhagens.*
> *Vim agora arrulhar no vale nemoroso.*

Era um poema bastante obscuro, cheio de palavras que lhe pareciam esperanto. É isto a poesia inglesa, pensou. Tão esquisita. As poucas poesias que ele conhecia tratavam principalmente de agonias, remorsos esperanças. Aqueles versos terminavam com uma nota filosófica: "Os homens vêm, os homens vão; eu continuo para sempre". A banalidade e a mentira do "para sempre" causaram-lhe má impressão; um poema assim não devia andar nas mãos de uma criança. Sujo e solitário, o abutre atravessava o pátio, andando; de vez em quando alçava pesadamente o voo, para ir pousar pouco mais além. O padre continuou a leitura:

> Volta, volta, gritou, transido pela dor
> Que aos mais fortes humilha,
> Volta que eu perdoarei teu bárbaro senhor... Minha filha, ó minha filha!

Isto se lhe afigurou mais impressionante, embora o poema, como o anterior, lhe parecesse pouco apropriado para crianças. Sentia um frêmito de verdadeira dor vibrar nas palavras estrangeiras; e, no seu pouso ardente e solitário, repetiu para si, em voz baixa, o último verso: "Minha filha, ó minha filha!" As palavras pareciam conter tudo quanto ele próprio sentia de arrependimento, de saudade, de infeliz amor.

O MAIS SINGULAR ERA que, depois daquela noite de calor e promiscuidade na prisão, estivesse agora vivendo numa região deserta, mas quase como se tivesse morrido lá com a cabeça do velho em seu ombro, e agora vagueasse numa espécie de limbo, por não ter sido suficientemente bom, nem suficientemente mau... A vida se retirara de toda parte, não apenas do Entreposto de Bananas. Quando a tempestade rebentou e ele correu para uma habitação a fim de abrigar-se, sabia muito bem que ali não encontraria vivalma.

As choças surgiam à luz dos relâmpagos, pareciam vacilar um segundo, para depois desaparecerem nas trevas reboantes. A chuva ainda não chegara ali: vinha da Baía de Campeche, em grandes bátegas, cobrindo metodicamente a província inteira. No intervalo dos trovões, o padre imaginava ouvi-la. Como um sussurrar titânico, dirigindo-se para as montanhas, já tão próximas — agora era questão de uns trinta quilômetros, apenas.

Alcançou a primeira choça; a porta estava aberta; à luz trêmula de um relâmpago, viu — como já esperava — que estava deserta. Nada mais que um monte de milho e alguma coisa de vago e cinzento que se movia — sem dúvida um rato. Correu para a choça vizinha mas era exatamente a mesma coisa (o milho e nada mais): parecia que toda a vida humana fugia à sua aproximação, como se Alguém tivesse determinado que doravante tinha de ficar só — absortamente só. Enquanto ali estava, a chuva alcançou a clareira; vinha da floresta, como um espesso fumo branco, e passava além. Era como se um inimigo estivesse largando uma nuvem de gás sobre um território inteiro, cuidadosamente, de modo que ninguém escapasse. As pancadas de chuva duravam só o tempo suficiente, como se o inimigo dispusesse de um cronômetro e soubesse o momento preciso do limite de resistência dos pulmões. O telhado da choça resistiu à água durante um momento, mas logo a deixou vazar. As varas do teto cederam sob o seu peso e depois afastaram-se. A chuva atravessou-as em meia dúzia de lugares, em largos jorros negros. De repente, parou; o teto ficou a gotejar, e a chuva seguiu além, com os relâmpagos a lhe fuzilarem nos flancos, como uma barragem protetora. Dentro em poucos minutos alcançaria as montanhas: mais algumas tempestades assim, e elas ficariam intransponíveis.

Estivera a caminhar o dia inteiro e sentia-se exausto: achou um lugar seco e sentou-se. À luz de um relâmpago, pôde divisar a clareira. Por toda parte, em torno, o doce rumor dos pingos d'água. Era quase a paz, mas não inteiramente. Pois para ter paz, a gente necessita de companhia humana: a sua solidão estava prenhe de ameaças. Lembrou-se de súbito, sem motivo aparente, de um dia de chuva no seminário americano: as vidraças da biblioteca embaçadas pelo aquecimento central, as altas prateleiras cheias de livros serenos, um jovem, um desconhecido de Tucson desenhando suas iniciais no vidro com o dedo... aquilo, era a paz. A paz que ele olhava agora do exterior, sem acreditar que viesse um dia a desfrutá-la de novo. Criara o seu próprio mundo — aquele mundo — choças vazias e arruinadas, a tempestade que atravessava a clareira e, novamente, o medo — medo porque afinal de contas, acabava de perceber de que não estava só.

Alguém andava cautelosamente lá fora. Os passos aproximavam-se, paravam. Ficou esperando, passivamente; atrás de si, a água escorria do telhado. Pensou no mestiço que percorria a cidade, em busca de um ensejo para o denunciar. Um rosto espreitou da porta da cabana e retirou-se precipitadamente — rosto de velha, mas, com os índios, nunca se tinha certeza — podia não ter mais de vinte anos. Levantou-se e saiu; ela deitou a correr dentro da sua saia espessa que mais parecia um saco, com as tranças a dançarem pesadamente. Parecia que a sua solidão tinha de ser apenas interrompida por aqueles rostos fugidios — criaturas que pareciam surgir de súbito da Idade da Pedra e se sumiam com igual rapidez.

Sentia-se tomado de uma sombria cólera — não, aquela face ele não deixaria escapar… Saiu a perseguir a mulher, patinhando nas poças d'água; mas a índia lhe levava dianteira e corria sem o mínimo constrangimento, de modo que atingiu primeiro a floresta. O padre voltou para a cabana mais próxima. Não era aquela em que se havia abrigado, mas estava igualmente vazia. Que teria acontecido à gente daquela aldeia? Sabia que aqueles acampamentos mais ou menos selvagens eram temporários. Os índios cultivavam um pedaço de terra e, depois de terem esgotado o solo, tratavam de mudar-se; ignoravam a rotação das colheitas. Mas, sempre que se mudavam, levavam consigo o milho. Daquela vez, pareciam ter fugido… escorraçados pela violência ou pela doença. Ouvira falar desses êxodos, em caso de epidemia, e o mais horrível, naturalmente, era que transportavam consigo a sua doença, aonde quer que fossem; às vezes ficavam em pânico, como moscas contra uma vidraça, mas isso discretamente, sem que ninguém soubesse, abafando o ruído de seus movimentos. De mau humor, o padre voltou-se para observar a clareira e viu que a índia voltava furtivamente para a choça onde ele se havia refugiado. Chamou-a em tom autoritário, o que a fez voltar em passos arrastados para a floresta. Aquele andar desajeitado lembrou-lhe um pássaro que fingisse ter uma asa partida... Não fez um movimento para segui--la. Ela é que parou a observá-lo, antes de chegar às árvores; e ele, por sua vez dirigiu-se vagarosamente para a outra choça. A certa altura, voltou-se; a mulher seguia-o à distância, sem despregar os olhos dele. Mais uma vez lhe fez lembrar qualquer coisa de animal ou de ave ansiosa. Continuou na direção da choça. Ao longe, os relâmpagos ainda atravessavam o céu, porém mal se ouvia a trovoada. O céu começava a clarear e a lua saía dentre as nuvens. De repente, um grito estranho, artificial, e, voltando-se, viu a mulher que, a caminho da floresta, tropeçou, estendeu os braços e caiu no chão, como uma ave que se oferecesse.

 Diante daquela comédia, tinha ele agora inteira certeza de que na choça havia algo de valor, talvez oculto entre o milho, e, sem mais prestar atenção à mulher, prosseguiu o seu caminho. Como os relâmpagos se haviam afastado, não podia distinguir coisa alguma. Tateou o chão com o pé até chegar ao monte de milho. Lá fora, passos vagarosos aproximavam-se. Começou a apalpar o milho: talvez ali houvesse algum alimento escondido. O estalido seco das folhas juntava-se ao escorrer da água e aos passos cautelosos, como o ruído discreto de pessoas ocupadas em seus negócios particulares. E pôs a mão num rosto.

 Não se assustava mais com uma coisa daquelas. Aliás, aquilo que tinha sob seus dedos era algo de humano. Desceu a mão ao longo do corpo: era uma criança, que se mantinha completamente tranquila ao seu contato. Na porta, a lua mostrava indistintamente a face da mulher: talvez estivesse cheia de angústia, mas era impossível saber. Tenho de levar isto para onde se possa ver, pensou o padre.

Era um menino — de uns três anos de idade: cabecinha redonda e mirrada, com uma guedelha de cabelos negros: inconsciente, mas ainda vivo: sentia-lhe o débil palpitar do coração no peito. Voltou-lhe de novo a ideia de uma epidemia, até o momento em que, retirando a mão, viu que o menino estava úmido de sangue, e não de suor. Sentiu-se tomado de horror e de nojo: a violência por toda a parte: não teria um fim a violência? "Que aconteceu?", perguntou com voz rude à mulher. Parecia que, em toda aquela província, o homem tinha por missão suprimir o homem.

Ajoelhada a alguns passos dele, a mulher seguia com os olhos cada gesto de suas mãos. Sabia um pouco de espanhol, pois respondeu: "Americano". O menino tinha uma espécie de camisola parda; o padre levantou-a até o pescoço: o corpo estava baleado em três lugares. A vida abandonava-o pouco a pouco; nada havia a fazer; mas, em todo caso era preciso tentar... "Água, água", disse à mulher, mas esta, ali acocorada, sempre a fitá-lo, não pareceu compreender. Pensar que, porque seus olhos não exprimem nada, uma criatura não esteja sofrendo é um erro fácil de cometer. Quando tocara na criança percebeu que a mulher se movia inquietamente — pronta a atacá-lo a dentadas, ao mais leve gemido do filho.

Começou a falar lenta e suavemente, sem saber até que ponto ela o compreendia. "Temos de arranjar água para lavá-lo. Não tenha medo de mim. Não faço mal nenhum à criança."

Tirou a camisa e começou a rasgá-la em tiras. Era contra todas as regras da higiene, mas que outra coisa poderia fazer? Rezar, naturalmente, mas não se reza pela vida, por esta vida. Repetiu: "Água". A mulher pareceu compreender; olhou desanimadamente em volta, para onde a chuva se acumulara em poças — era a única água que ali havia. Bem, pensou ele, a terra é tão limpa como qualquer vasilha. Umedeceu um pedaço da camisa e curvou-se sobre a criança: ouviu a mulher arrastar-se mais para perto, como uma ameaça que se aproximava. Tentou tranquilizá-la novamente: "Não precisa ter medo de mim. Eu sou um padre".

À palavra "padre", ela compreendeu: inclinou-se para a frente, pegou a mão que segurava o pano molhado e beijou-a. No mesmo instante, enquanto os lábios da mulher estavam pousados na mão do padre, o rosto do menino contraiu-se, os olhos abriram-se, fixando-se no padre e na mulher; o frágil corpinho convulsionou-se numa espécie de fúria dolorosa; eles viram os olhos rolarem e depois parar subitamente, como bolas num tabuleiro de jogo de paciência, aqueles olhos a que a morte dava uma feia cor amarela. A mulher largou a mão do padre e correu para uma poça, pondo as mãos em concha para enchê-las de água. "Agora não é mais preciso", disse o padre, levantando-se, com as tiras molhadas nas mãos. A mulher abriu os dedos e deixou cair a água. "Padre...", suplicou ela. O padre ajoelhou-se desanimadamente e começou a rezar.

Não achava mais sentido em orações como aquela. Com a hóstia era diferente: colocá-la entre os lábios de um moribundo era colocar ali a Deus. A Hóstia era um fato, qualquer coisa de palpável; mas aquilo não passava de uma piedosa aspiração. Por que é que alguém havia de escutar as *suas* orações? O pecado impedia a sua ascensão: as orações pesavam-lhe na alma como no corpo um alimento indigesto.

Findas as orações, levantou o corpo e transportou-o para a cabana, como um móvel; parecia-lhe pura perda de tempo tê-lo tirado para fora, como uma cadeira que fosse levada para o jardim e imediatamente recolhida porque a relva estava úmida. A mulher seguiu-o humildemente; parecia não querer tocar no corpo, contentando-se em ver pousá-lo de novo no escuro, sobre o milho. O padre sentou-se no chão e murmurou: "É preciso enterrá-lo".

Com um aceno de cabeça, a mulher deu a entender que percebia.

"Onde está seu marido? Poderá ajudá-la?"

A mulher começou a falar rapidamente, talvez em dialeto camacho. O padre apenas conseguiu compreender uma que outra palavra em espanhol. A palavra "americano" tornou a aparecer. Lembrou-se do homem procurado pela polícia, cujo retrato estava pendurado na parede da chefatura, ao lado do seu. "Foi *ele* quem fez isto?" A mulher sacudiu a cabeça. Que teria então acontecido? Teria o homem se refugiado ali e teriam os soldados feito fogo contra as cabanas? Não era impossível. Subitamente sua atenção despertou: ela havia pronunciado o nome de Entreposto de Bananas — mas lá não encontrara nenhum moribundo, nenhum sinal de violência... a menos que o silêncio e o abandono indicassem... Presumira ele que a mãe adoecera, mas bem podia ter sido alguma coisa pior. E imaginava aquele estúpido do capitão Fellows tomando da espingarda e apresentando-se desse jeito diante de um homem cujo principal talento consistia em puxar rapidamente a pistola ou atirar diretamente de dentro do bolso. Aquela pobre pequena... que responsabilidade não teria talvez sido forçada a tomar.

Afastando a ideia, dirigiu-se à mulher: "Tem uma enxada?". Não compreendeu, e ele, então, recorreu ao gesto indicativo de cavar. A trovoada interrompeu-os. Aproximava-se segunda tempestade, como se o inimigo, reconhecendo que o primeiro fogo de barragem deixara alguns sobreviventes, voltasse para acabar de liquidá-los. Tornou a ouvir o enorme resfolegar da chuva a quilômetros de distância e notou que a mulher proferira a palavra "igreja". O espanhol dela consistia em palavras isoladas que o levavam a cismar no que tencionaria dizer. A chuva afinal os alcançou. Caía como um muro entre o padre e a fuga. Toda luz desapareceu, exceto a dos relâmpagos.

Contra uma chuva *daquelas*, o teto não mais lhes oferecia abrigo. Em breve a água começou a varar por toda parte. As folhas secas sobre as quais repousava a criança morta estalavam como lenha a arder. O padre tremia de frio: provavelmente iria ter febre, e devia fugir antes que ficasse incapaz de se mover. A mulher (que ele agora não podia ver) repetiu *"Iglesia"* com voz suplicante. Pensou que ela desejava sem dúvida que o seu filho fosse enterrado perto de uma igreja ou talvez simplesmente levado até o altar, a fim de fazer com que o seu corpo tocasse nos pés do Cristo. Eles tinham dessas ideias fantásticas.

Aproveitou um longo tremular de luz azul para dar-lhe a entender, com um gesto, que era impossível. "Os soldados", disse ele, e ela replicou imediatamente: "Americano".

Essa palavra voltava sempre à boca, mas como se tivesse vários significados que dependiam do tom em que era proferida, e que tanto podia ser uma explicação como um aviso ou uma ameaça. Talvez quisesse dizer que os soldados estavam todos ocupados na perseguição, mas, ainda assim, aquela chuva ameaçava deitar tudo a perder. Faltavam ainda trinta quilômetros para alcançar a fronteira, e as veredas da montanha deviam ficar intransitáveis durante a tempestade. Uma igreja... Não fazia a menor ideia onde pudesse encontrar uma igreja. Era coisa que não via há anos, e achava difícil de acreditar que ainda existissem, a uns dias de viagem apenas. Quando um novo relâmpago fulgurou, viu que a mulher ainda estava a olhá-lo, com irremovível impaciência.

Durante as últimas trinta horas, apenas tinham tido açúcar para comer — grandes torrões pardacentos, do tamanho de um crânio de bebê. Não tinham visto ninguém nem trocado palavra. De que servia se, a bem dizer, as únicas palavras que tinham em comum eram *"Iglesia"* e "americano"? A mulher seguia-o de perto com a criança morta presa às costas; parecia nunca sentir cansaço. Um dia e uma noite de caminhada levaram-nos dos pântanos para o sopé das colinas; dormiram quinze metros acima do vagaroso rio verde, debaixo de uma rocha saliente onde o solo estava enxuto — tudo em redor não era mais que uma espessa camada de lama. A mulher se acocorou com os joelhos à altura do queixo, a cabeça pendente; não mostrava a mínima emoção: colocara atrás de si o cadáver da criança, como se precisasse de proteção contra os ladrões, como quaisquer outros pertences. Tinham-se orientado pelo sol até que a barra da montanha lhes indicou o caminho a seguir. Era como se fossem os únicos sobreviventes de um mundo prestes a extinguir-se, transportando consigo o símbolo visível dessa morte.

Punha-se às vezes a cogitar se estaria em segurança, mas, quando não há sinal aparente de fronteira entre uma província e outra, nem exames de passaportes ou postos aduaneiros, o perigo parece que continua a pairar sobre nós, viaja a nosso lado, ergue os seus pés pesados ao mesmo ritmo da nossa marcha. Pareciam avançar tão pouco: o caminho erguia-se abruptamente, a uns cento e cinquenta metros, para descer de novo, coberto de lama; a certa altura, formou um enorme gancho, de tal forma que, após três horas de marcha tinham voltado a um ponto fronteiro ao da partida, a menos de duzentos metros de distância.

Ao entardecer de um segundo dia de viagem, chegaram a um vasto planalto coberto de relva baixa. Cruzes estranhamente agrupadas, inclinadas em ângulos diferentes, erguiam as silhuetas negras contra o céu; algumas tinham seis metros de altura, outras não passavam de dois. Assemelhavam-se a plantas que tivessem sido deixadas para aproveitamento de semente. O padre parou a contemplá-las: eram os primeiros símbolos cristãos que via expostos em público nos últimos cinco anos ou mais, se é que àquele deserto planalto se podia chamar um lugar público. Padre algum podia estar ligado à construção daquele estranho e rude conjunto: era obra de índios e nada tinha de comum com os asseados paramentos da missa e a complicada simbologia litúrgica. Era como que um atalho para o fundo sombrio e mágico da fé — para a noite em que os túmulos se abririam e os mortos andariam. Ouviu um movimento atrás de si: voltou-se.

A mulher ajoelhara-se e arrastava-se vagarosamente para o grupo das cruzes, com a criança morta atada às costas. Ao alcançar a cruz mais alta, desprendeu o cadáver, encostou-lhe primeiro a cara e depois os quadris na madeira. Em seguida benzeu-se, não como fazem os católicos cm geral, mas segundo um rito curioso e complicado, que abrangia o nariz e os ouvidos. Estaria ela à espera de um milagre? E se estava, por que não havia de ser-lhe concedido? — perguntava a si mesmo o padre. Dizem que a fé move montanhas, e ali havia fé — a fé na saliva que curava o cego e na voz que ressuscitara o morto. Surgiu a estreia vespertina, muito baixa no extremo do planalto, como se a gente lhe pudesse tocar com a mão; erguia-se um vento brando e morno. O padre surpreendeu-se a observar a criança, à espera de qualquer movimento. Não veio — e foi como se Deus tivesse perdido uma bela ocasião. A mulher sentou-se e, tirando um torrão de açúcar, começou a comer. A criança jazia imóvel ao pé da cruz. Afinal de contas, por que é que se havia de esperar que Deus castigasse o inocente, prolongando-lhe a vida?

"Vamos", disse o padre, mas a mulher chupava o açúcar com os incisivos agudo, sem lhe dar atenção. Ele olhou para o céu e viu que nuvens negras velavam a estrela vespertina. "Vamos!" Não havia um único lugar onde abrigar-se naquele planalto.

A mulher não se mexia. A cara de nariz achatado, entre as tranças pretas, continuava impassível. Parecia que havia cumprido com o seu dever e agora estava pronta para o repouso eterno. De súbito, o padre estremeceu; a dor, que todo o dia lhe comprimira a testa, como um chapéu muito apertado, tornou-se mais violenta. Tenho de arranjar abrigo, pensou, o primeiro dever do homem é para consigo mesmo: até a Igreja ensina isso, de certa maneira. O céu escurecia, as cruzes erguiam-se como horrendos cactos secos. Encaminhou-se para a borda do planalto. Uma vez, antes que o caminho baixasse, olhou para trás: a mulher ainda roía o torrão de açúcar, e ele lembrou-se que aquele torrão era o único mantimento que ainda tinham de reserva.

O caminho era muito íngreme, tão íngreme que ele teve de virar de costas e descer de gatinhas; de ambos os lados, as árvores saíam verticalmente da rocha cinzenta e, cento e cinquenta metros mais abaixo, o caminho tornava a subir. O padre começou a suar e a sentir uma sede torturante. Afinal principiou a chover, e isso foi como um alívio. Ele deixou-se ficar onde estava, encostado a um rochedo; não havia abrigo antes de alcançar o fundo da barranca e parecia quase não valer a pena aquele esforço. Tremia mais ou menos continuamente, e a dor dava a impressão de já não ser dentro da cabeça — era qualquer coisa exterior, um ruído, um cheiro... Os seus sentidos confundiam-se uns com os outros. Por um instante, aquela dor se assemelhou a uma voz impertinente a querer explicar-lhe que se enganara de caminho: lembrou-se de um mapa geográfico das duas províncias vizinhas, que ele vira outrora. A província de que agora fugia estava semeada de aldeias — na terra pantanosa e ardente, a procriação era rápida como a dos mosquitos; mas na província contígua, no canto noroeste, dificilmente se encontraria no mapa mais do que papel em branco. Agora estás sobre um papel em branco, lhe dizia a dor. Mas há um caminho, retorquia ele cansadamente. Há um caminho, dizia a dor, um caminho pode fazê-lo andar oitenta quilômetros sem que o leve a parte alguma: bem sabe que não suportará a caminhada. Só há papel em branco à tua volta.

Outras vezes a dor era uma cara. Convencia-se de que o americano estava a espiá-lo — tinha a pele cheia de pequenas marcas como uma fotografia de jornal. Ao que parecia, tinha-os seguido desde o princípio, porque queria também matar a mãe: os assassinos têm dessa espécie de sentimentalismo. Era preciso fazer alguma coisa: a chuva era uma cortina atrás da qual quase tudo podia acontecer. Eu não devia tê-la deixado sozinha, pensou, Que Deus me perdoe. Sou um irresponsável: que é que se pode esperar de um padre beberrão? Esforçou-se por levantar-se e começou a subir o aclive que levava ao planalto. Tinha pensamentos que o atormentavam. Não se tratava apenas da mulher: também era responsável pelo americano. As duas fotografias, a dele e a do bandido, estavam dependuradas juntas na Chefatura de Polícia, como irmãos numa galeria de retratos de família. A gente não deixa um irmão exposto à tentação.

Tremendo, suando e encharcado de chuva, chegou à borda do planalto. Ali não havia ninguém — uma criança morta não era ninguém: apenas um objeto inútil abandonado ao pé de uma das cruzes. A mãe tinha ido embora. Fizera o que queria. A surpresa como que o livrou momentaneamente da febre. Um pequeno torrão de açúcar — tudo o que restava — fora deixado junto à boca da criança. Para o caso de se dar o milagre, ou para o espírito comer? Curvou-se com um obscuro sentimento de vergonha e pegou no torrão de açúcar: a criança morta não lhe podia rosnar como um cachorro doente. Mas quem era ele para descrer de milagres? Hesitou, enquanto a chuva desabava torrencialmente; depois levou o torrão à boca. Se Deus resolvesse ressuscitar a criança não poderia igualmente alimentá-la?

Começou logo a comer. A febre voltou; o açúcar lhe empacava na garganta; sentia uma sede torturante. Agachado, tentou sorver alguma água de uma depressão do solo; chegou até a chupar as calças encharcadas. A criança jazia sob a chuva como um escuro monte de esterco. Voltou para a borda do planalto e desceu o barranco: era a solidão que ele agora sentia — até aquela cara de delírio havia desaparecido; movia-se sozinho por aquela folha de papel em branco, adentrando-se cada vez mais na terra abandonada.

Nalguma parte, nalguma direção, havia cidades, naturalmente. Avançando bastante, alcançava-se a costa, o Pacífico, a estrada de ferro para Guatemala. Lá havia estradas e automóveis. Fazia dez anos que não via um trem. Imaginava a linha negra seguindo a costa ao longe do mapa, e parecia-lhe ver os cem, cento e cinquenta quilômetros da região ignota. Era onde se encontrava: afastara-se demasiado de todos os outros homens. A natureza, agora, o aniquilaria.

Contudo, continuou a andar; que adiantaria voltar para a aldeia deserta, para o Entreposto de Bananas com a sua cadela moribunda e a sua rede quebrada? Nada mais havia a fazer senão ir botando um pé adiante do outro, ora subindo, ora descendo. Do alto do barranco, quando a chuva passou, não viu mais que uma enorme superfície enrugada, florestas e montes, sobre a qual se ia esgaçando o véu cinzento da chuva. Olhou só um momento e desviou os olhos. Era como olhar para o desespero.

Deviam ter passado horas e horas quando deixou de subir. Era de noite e estava numa floresta: macacos invisíveis saltavam desajeitada e audaciosamente entre as árvores, e deviam ser cobras aquelas coisas que silvavam na relva como fósforos riscados. Não tinha medo delas: eram uma forma de vida, e ele sentia a vida constantemente a fugir-lhe. Não eram só as pessoas que se afastavam, eram também os animais e os répteis; dentro em pouco ficaria sozinho, sozinho com a própria respiração. Começou a recitar para si mesmo: "Ó Deus, eu amei a beleza da tua casa"; e o cheiro das folhas encharcadas e podres, o calor da noite e a escuridão fizeram-lhe crer que se achava na galeria de uma mina, descendo para as entranhas da terra, para se sepultar. Dentro em pouco, encontraria a tumba.

Quando um homem se aproximou, com uma espingarda, ele não reagiu. O homem vinha cautelosamente: não é de esperar um encontro debaixo da terra. "Quem é?", perguntou o homem, com a arma pronta a atirar.

Pela primeira vez em dez anos, o padre disse o seu nome a um desconhecido, porque estava cansado e não via motivo para continuar a viver.

"Um padre?", perguntou o homem com espanto. "Mas de onde vem o senhor?"

A febre esmoreceu de novo: um pouco de realidade aflorou à tona, e ele disse: "Fique descansado, que não lhe trarei complicações. Vou seguir o meu caminho". Reuniu as poucas forças que lhe restavam e continuou a andar. Uma face atônita apareceu em meio da sua febre e logo se desvaneceu. Não haveria mais reféns, assegurou em voz alta a si mesmo. Seguiam-no passos: ele era como um homem perigoso, que a segurança requer que se acompanhe até a fronteira, antes de voltar para casa. Repetiu alto: "Tranquilize-se. Não vou ficar aqui. Não desejo nada".

A voz disse, humildemente, ansiosamente: "Padre...".

"Vou-me embora já." Tentou correr e viu-se subitamente fora da floresta, numa longa encosta relvada. Embaixo, havia luzes e cabanas, e em cima, na orla da floresta, um grande prédio caiado. Um quartel? Haveria lá soldados? "Se me viram, entrego-me", disse ele. "Garanto-lhe que ninguém mais há de sofrer por minha causa."

"Padre..." A dor de cabeça torturava-o; tropeçou e apoiou-se à parede para não cair. Sentia-se infinitamente cansado. Perguntou: "É o quartel?".

"Padre", disse a voz, intrigada e aflita, "é a nossa igreja."

"Uma igreja?" O padre correu incredulamente as mãos pela parede como um cego que procura reconhecer determinada casa. Mas estava por demais cansado para sentir o que quer que fosse. Ouviu o homem da espingarda balbuciar, fora de vista: "Que honra, padre! Temos de mandar repicar os sinos...". Sentou-se de repente na relva molhada da chuva, e, repousando a cabeça contra a parede branca, adormeceu encostado à sua casa.

Seus sonhos encheram-se de uma confusão de jubilosos ruídos.

TERCEIRA PARTE

CAPÍTULO 1

A MULHER DE MEIA-IDADE estava sentada na varanda, consertando meias; usava um *pince-nez* e descalçara os sapatos para estar mais à vontade. Sr. Lehr, seu irmão, lia uma revista de Nova York de três semanas antes, mas isso realmente não importava: a cena toda respirava paz.

"Sirva-se de água quando quiser", disse srta. Lehr. Uma grande bilha de barro estava pousada num canto fresco, com uma concha e uma caneca. "Não precisam ferver a água?", perguntou o padre.

"Oh, não, a *nossa* água é fresca e pura", disse srta. Lehr, formalizada, como se não pudesse responsabilizar-se pela água de seus vizinhos.

"A melhor água da província", confirmou o irmão. As lustrosas folhas da revista estalavam enquanto ele as virava: estavam cheias de fotografias de senadores e membros do Congresso, de pesadas mandíbulas imberbes de mastins. O prado estendia-se além do muro do jardim, ondulando suavemente até as montanhas, e um pé de tulipa florescia e murchava diariamente no portão.

"Está com um aspecto muito melhor, padre", disse srta. Lehr. Ambos falavam um inglês gutural com leve sotaque americano. Sr. Lehr tinha deixado a Alemanha quando rapaz para escapar do serviço militar; tinha uma cara de idealista, enrugada e astuta. Naquela terra, quem quisesse conservar algum ideal tinha de ser astuto, e ele empregava toda a sua astúcia na defesa de uma vida sossegada e boa.

"Oh, do que ele precisava era de uns dias de descanso", observou sr. Lehr. Não tinha a mínima curiosidade a respeito daquele homem que o seu empregado lhe trouxera três dias antes, desmaiado no lombo de uma mula. Tudo quanto sabia era o que o padre lhe havia contado. Era outra coisa que aquela terra ensinava à gente: nunca fazer perguntas nem conjeturas.

"Em breve poderei prosseguir viagem", disse o padre.

"Não precisa se apressar", respondeu srta. Lehr, virando a meia do irmão, em busca de buracos.

"Oh", retrucou sr. Lehr, "também tivemos as nossas atribulações." Virou a página e disse: "Aquele senador Hiram Long... deviam controlá-lo. Não é direito insultar os outros países."

"Não tentaram tirar as suas terras?"

A face idealista voltou-se para ele: tinha um ar de inocente velhacaria. "Dei-lhes o que me pediram, duzentos hectares de terra estéril. Isso me livrou de uma importante soma em impostos. Nunca pude cultivar nada ali." Apontou para os pilares da varanda: "Foi a última vez que *realmente* nos incomodaram. Está vendo aqueles buracos de bala ali? Foi a gente de Pancho Villa."

O padre levantou-se e foi beber mais água; na verdade não estava com muita sede: era apenas para saborear o luxo em que vivia. "Quanto tempo levarei até Las Casas?", perguntou.

"Uns quatro dias", respondeu sr. Lehr.

"Nas condições em que *está*", contrariou a irmã, "nunca menos de seis."

"Vai ser tão estranho", disse o padre. "Uma cidade com igrejas, com uma universidade..."

"Minha irmã e eu", disse sr. Lehr, "é claro que somos luteranos. Não vamos com a sua igreja, padre. Demasiado luxo, parece-me, enquanto há gente morrendo de fome."

"Ora, meu caro", disse srta. Lehr, "isso não é culpa do padre."

"Luxo?", perguntou o padre. Estava junto à bilha, de copo na mão, tentando coordenar as ideias, de olhos fitos nas vastas e serenas encostas cobertas de relva. "Quer dizer que...?" Talvez o sr. Lehr estivesse com a razão, pensou: ele próprio tinha vivido muito folgadamente em outros tempos, e agora estava ali, já disposto a cair de novo na ociosidade.

"Todos aqueles ouros das igrejas."

"Muitas vezes não passam de pintura", murmurou o padre, conciliatoriamente. Sim, pensou, há três dias que não faço nada, absolutamente nada, e olhou para os seus pés, elegantemente calçados num par de sapatos do sr. Lehr, e para as suas pernas, enfiadas numas calças do sr. Lehr. Sr. Lehr disse: "O padre não se incomoda que eu diga o que penso. Estamos entre cristãos".

"Naturalmente. Gosto de ouvir..."

"Parece-me que os seus fiéis fazem muito barulho a respeito de coisas secundárias."

"Sim? Quer o senhor dizer..."

"Jejuns... o peixe às sextas-feiras..."

Sim, lembrava-se, como de alguma coisa passada na sua infância, que houvera um tempo em que havia observado tais regras. "Afinal de contas, sr. Lehr, o senhor é alemão. Uma grande nação militar."

"Eu nunca fui soldado. Desaprovo..."

"Sim, naturalmente. Mas, em todo o caso, deve compreender que a disciplina é necessária. Os exercícios militares podem não fazer ganhar uma batalha, mas formam o caráter. Senão, resulta em gente... bem, em gente como eu." Olhou com súbito ódio para os seus sapatos: eles eram como o labéu de um desertor. "Gente como eu", repetiu com violência.

Houve um grande embaraço; srta. Lehr começou a dizer qualquer coisa: "Ora, padre...", mas o sr. Lehr tomou a iniciativa, deixando de parte a revista, com a sua exposição de políticos bem barbeados. Disse, com a sua voz teuto-americana, de gutural precisão: "Bem, creio que está na hora do banho. Não quer vir comigo, padre?" e o padre o seguiu obedientemente até o quarto que compartilhavam. Despiu as roupas do sr. Lehr, vestiu o impermeável do sr. Lehr, e acompanhou o sr. Lehr, de pés descalços, através da varanda e do campo. No dia anterior indagara apreensivamente: "Não há cobras?" e o sr. Lehr fizera um resmungo de pouco caso, dizendo que, se houvesse cobras, elas haveriam de fugir. Sr. Lehr e sua irmã tinham conseguido privar de sua realidade a selvageria que os cercava, simplesmente recusando-se a ver tudo quanto fosse incompatível com um ordinário trem de vida teuto-americano. Era, a seu modo, uma admirável norma de vida.

No extremo do campo, um arroio pouco profundo corria sobre um leito de seixos pardos. Sr. Lehr despiu o roupão e deitou-se de costas; até mesmo as suas velhas pernas magras de músculos descarnados exprimiam a retidão e o idealismo. Peixes minúsculos vinham brincar-lhe sobre o peito e, imperturbáveis, bicavam-lhe os mamilos: era aquele o esqueleto do jovem que discordara do militarismo a ponto de fugir. Depois sentou-se e começou a ensaboar meticulosamente as coxas finas. Em seguida o padre pegou no sabão e fez o mesmo. Bem via que era aquilo que o outro esperava dele, embora não pudesse deixar de pensar que era pura perda de tempo. O suor limpava tão bem quanto a água: Mas aquela era a raça que tinha inventado o provérbio de que a limpeza era irmã da santidade — a limpeza, não a pureza.

Em todo o caso sentia um indizível bem-estar, mergulhado na frescura da corrente enquanto o sol baixava... Pensou na cela da prisão, com o velho e a devota, no mestiço atravessando a porta da cabana, na criança morta e no entreposto abandonado. Pensou, com vergonha, na filha, que havia deixado junto àquele monturo entregue à sua ciência e à sua ignorância. Ele não tinha direito àquele luxo.

"Podia passar-me o sabão?", pediu o sr. Lehr.

Virara de barriga para baixo e estava agora entregue à lavagem das costas.

O padre falou: "Creio de meu dever comunicar-lhe... Amanhã digo missa na aldeia. Não preferiria que eu deixasse a sua casa? Não quero causar-lhe complicações."

Sem sair da sua seriedade, o sr. Lehr borrifava água pelo corpo. "Oh, a mim não me incomodam", disse. "Mas o senhor devia ter cuidado. Sabe, com certeza, que é contra a lei."

"Sei", disse o padre. "Sei disso."

"Um padre que conheci foi multado em quatrocentos pesos. Como ele não tinha dinheiro para pagar, deram-lhe uma semana de prisão. De que está sorrindo?"

"Somente porque parece... tão calmo aqui. Uma semana de prisão!"

"Bem, eu sempre ouvi dizer que os senhores se tiram de apuros com as coletas. Quer o sabão?"

"Não, obrigado. Já terminei."

"É melhor nos enxugarmos agora. Srta. Lehr gosta de tomar banho antes do pôr do sol."

Quando voltaram, um atrás do outro, para o bangalô, encontraram a srta. Lehr, muito volumosa dentro do seu roupão. Perguntou mecanicamente, como um relógio de suave timbre: "A água está boa hoje?". E o irmão respondeu, como já devia ter respondido milhares de vezes: "Está bem fresca e muito agradável, minha cara". E a srta. Lehr seguiu pela relva, arrastando os chinelos: ia um pouco curvada, devido à miopia.

"Se não se incomoda", disse sr. Lehr, fechando a porta do quarto, "ficaremos aqui até que minha irmã regresse. O senhor compreende... é que se avista o arroio da frente da casa." Começou a vestir-se. Era alto e ossudo, um tanto rígido. Duas camas de ferro, uma cadeira e um guarda-roupa: o quarto seria monástico, se ali houvesse uma cruz. Nada de "coisas secundárias", como diria sr. Lehr. Mas havia uma Bíblia. Estava no chão, perto de uma das camas, protegida por uma capa de oleado preto. Quando terminou de vestir-se, o padre abriu-a.

Na guarda havia um rótulo indicando que o livro era um objeto da Casa Gideons. Assim continuava: "Uma Bíblia em cada Quarto do Hotel. À conquista de Caixeiros-Viajantes para Cristo. Boas-Novas!" Seguia-se uma lista de textos. O padre leu com algum espanto:

Se estiver preocupado	*leia*	Salmo 34.
Se os negócios forem mal		Salmo 37.
Se forem bem		I Coríntios, x, 2.
Se tiver pecado e reincidido		Tiago, I. Oseas, xiv, 4-9.
Se cansado de pecar		Salmo 51. Lucas, xviii, 9-14.
Se deseja paz, poder e abundância		João, xiv.
Se se sentir só e desanimado		Salmo 23 e 27.
Se estiver perdendo a confiança nos homens		I Coríntios, xiii.
Se deseja um sono tranquilo		Salmo 121.

Não podia atinar como aquilo viera parar — com seus feios tipos e suas explicações simplistas — numa fazenda do sul do México. Sr. Lehr voltou-se do espelho, com uma grande escova de cabelos na mão e explicou meticulosamente: "Minha irmã tinha um hotel para caixeiros-viajantes. Vendeu-o para vir morar comigo quando minha esposa faleceu, e trouxe uma dessas Bíblias do hotel. Mas o senhor não compreenderia isso, padre. Os padres não gostam que se leia a Bíblia". No tocante à sua fé, sempre estava na

defensiva, como se tivesse permanente consciência de qualquer atrito, como de um sapato apertado.
"Sua esposa está enterrada aqui?", perguntou o padre.
"Sim, no prado", respondeu o outro laconicamente. Ficou a escutar, de escova na mão, uns leves passos que se aproximavam. "É a srta. Lehr que volta do banho", disse ele. "Agora podemos sair."

AO CHEGAR DIANTE DA igreja, apeou do velho cavalo do sr. Lehr e atirou as rédeas para cima de umas moitas. Era a sua primeira visita à vila desde a noite em que desmaiara junto à parede do templo. A povoação estendia-se na sua frente à luz crepuscular: bangalôs cobertos de zinco se defrontavam ao longo de uma única e larga rua onde a erva crescia. Alguns lampiões tinham sido acesos e carregavam fogo para as cabanas mais pobres. Caminhava lentamente, cheio de paz e segurança. O primeiro homem que viu tirou o chapéu, ajoelhou-se e beijou-lhe a mão.
"Como se chamas?"
"Pedro, meu padre."
"Boa noite, Pedro."
"Vai haver missa de manhã, padre?"
"Sim, vai haver missa."
Passou pela escola rural. O mestre-escola estava sentado num degrau; era um jovem rechonchudo, de olhos escuros e óculos de tartaruga. Quando avistou o padre, olhou ostensivamente para o outro lado. Representava o elemento respeitador da lei: não reconheceria criminosos. Começou a falar em tom pedante e dogmático com alguém que se achava atrás dele, sobre qualquer coisa referente à classe infantil. Uma mulher beijou a mão do padre: era estranho ser novamente desejado, não se sentir portador da morte.
"Vai confessar-nos, padre?"

"Sim, sim. No celeiro do *señor* Lehr. Antes da missa. Estarei lá às cinco horas. Logo que amanhecer."

"Mas são tantos os que querem confessar-se…"

"Está bem, então também hoje de noite… às oito."

"E ainda há muitas crianças para serem batizadas. Não temos padre há três anos."

"Vou ficar aqui mais dois dias."

"E quanto vai pedir, padre?"

"Bem… dois pesos é o preço habitual." Preciso alugar duas mulas e um guia, pensou ele. Terei necessidade de cinquenta pesos para ir até Las Casas. Cinco pesos para a missa — ficam quarenta e cinco.

"Nós aqui somos muito pobres, padre", regateou ela com voz melíflua. "Aqui, como me vê, tenho quatro filhos. Oito pesos é muito dinheiro."

"Quatro filhos é muito", retorquiu o padre, "se o outro padre só partiu há três anos."

Ele sentia voltar à sua voz o antigo tom de autoridade, como se os últimos anos tivessem sido apenas um sonho, como se ele jamais se houvesse afastado das Irmandades, das Filhas de Maria e da missa diária. Perguntou secamente: "Quantas crianças há aqui, para serem batizadas?"

"Umas cem, padre."

Pôs-se a fazer seus cálculos: então não havia necessidade de chegar a Las Casas como um mendigo; poderia comprar uma roupa decente, achar um alojamento respeitável, instalar-se.

"Paguem um peso e cinquenta por cabeça."

"Um peso, padre… Nós somos muito pobres."

"Um peso e cinquenta." Uma voz que vinha de um passado remoto lhe murmurava ao ouvido com firmeza: essa gente não dá valor ao que não paga. Era o velho padre a quem ele sucedera em Concepción. "Eles sempre dizem que são pobres", explicara-lhe o outro, "que estão morrendo de fome, mas têm sempre algum dinheirinho enterrado em qualquer parte, numa panela." "Devem levar o dinheiro... e as crianças", disse o padre, "ao celeiro do *señor* Lehr, amanhã, às duas da tarde."

"Sim, meu padre", disse ela. Parecia muito satisfeita: tinha conseguido um abatimento de cinquenta centavos por cabeça. O padre continuou a andar. Digamos cem crianças, pensava ele, o que significa cento e sessenta pesos com a missa de amanhã. Talvez consiga as mulas e o guia por quarenta pesos. O *señor* Lehr me dará mantimentos para seis dias. Ficarei com cento e vinte pesos. Depois de todos aqueles anos de miséria, tal soma lhe parecia uma fortuna. Sentia o respeito acompanhá-lo ao longo de toda a rua; os homens tiravam o chapéu à sua passagem; era como se tivesse voltado aos dias de antes da perseguição. Sentia a vida antiga materializar-se em torno de si como um hábito, uma espécie de armadura que lhe regia o modo de andar e até mesmo as palavras que pronunciava. Uma voz chamou-o da cantina: "Padre".

Era um homem muito gordo, com o tríplice queixo do ofício; apesar do calor, usava colete e uma corrente de relógio. "Que há?" Por detrás da cabeça do homem, viam-se garrafas de água mineral, cerveja, aguardente... O padre passou da rua poeirenta para o calor do lampião. "Que quer?", perguntou ele, no seu readquirido tom de autoridade e impaciência.

"Pensei, padre, que talvez o senhor tivesse necessidade de um pouco de vinho de missa."

"Talvez... mas o senhor terá de conceder-me crédito."

"Padre sempre tem crédito em meu estabelecimento. Eu sou religioso. Este é um lugar de muita religião. Com certeza vai fazer batizados, não é?" Inclinava-se pressurosamente, num misto de respeito e impertinência como se fossem duas pessoas das mesmas ideias, duas pessoas muito educadas.

"Talvez..."

O homem sorria com um ar cúmplice. Entre gente como nós, parecia ele dizer, não há necessidade de explicações: nós adivinhamos o pensamento um do outro. "Nos velhos tempos, quando a igreja estava aberta, eu era tesoureiro da Irmandade do Santíssimo Sacramento", disse ele. "Oh, sim, eu sou um bom católico, padre. A gente daqui, naturalmente, é muito ignorante." Perguntou: "Não quereria conceder-me a honra de aceitar um copo de aguardente?". Era amigável à sua maneira.

O padre respondeu, hesitante: "É muita amabilidade...". Já os dois copos estavam cheios. Lembrou-se da última vez em que bebera, sentado numa cama, no escuro, a ouvir o chefe de polícia e, quando a luz voltara, a última gota de vinho que desaparecia... Aquela lembrança era como uma mão que lhe tirava a máscara e o expunha tal qual era. O cheiro do álcool fazia-lhe secar a boca. Que comediante eu sou!, pensou o padre. Nada tenho a fazer aqui, no meio dessa boa gente. Fez girar o copo que tinha na mão, e todos os outros copos também giraram na sua memória: lembrou-se do dentista falando em seus filhos e de Maria desenterrando a garrafa de aguardente que havia guardado para ele – o padre bêbado.

Tomou um gole com relutância. "É uma boa aguardente, padre."

"Sim. É boa mesmo."

"Posso arranjar-lhe doze garrafas por sessenta pesos."

"Onde é que eu vou arranjar sessenta pesos?" Pensou consigo que, até certo ponto, era melhor do outro lado da fronteira. A morte e o medo não eram o pior. Às vezes é um erro a vida continuar.

"Não quero aproveitar-me do senhor, padre. Cinquenta pesos."

"Cinquenta, sessenta, para mim dá no mesmo."

"Vamos! Mais um copo, padre. É aguardente da boa." O homem inclinava-se para a frente, convidativamente e, atravessado no balcão, insistiu: "Por que não meia dúzia, padre, por vinte e quatro pesos? Sempre há os batizados", acrescentou manhosamente.

Era terrível a facilidade com que a gente esquecia e recaía; ainda lhe parecia ouvir a própria voz, a falar na rua, no velho tom de Concepción, que o pecado mortal, a impenitência e a deserção não haviam mudado. A aguardente empasta-se-lhe na língua, de mistura com a sua própria corrupção. Deus podia perdoar a covardia e a paixão, mas seria possível perdoar a devoção transformada em mero hábito? Lembrava-se da mulher na prisão e como tinha sido impossível abalar-lhe a suficiência: parecia-lhe que ele era da mesma espécie. Bebeu a aguardente como quem bebe a condenação. Homens como o mestiço ainda poderiam salvar-se. A salvação poderia abater-se como um raio sobre o coração maligno, mas o hábito da devoção excluía tudo, exceto as orações da noite, a reunião da Irmandade e o toque de lábios humildes na mão enluvada.

"Las Casas é uma bela cidade, padre. Dizem que lá se ouve missa diária."

Ali estava outra pessoa devota. Havia-as à farta por esse mundo. O homem estava servindo um pouco mais de aguardente, mas com prudência — não muito. "Quando lá chegar, padre, procure um compadre meu na rua Guadalupe. É proprietário da cantina mais próxima da igreja. Um bom homem. Tesoureiro da Irmandade do Santíssimo Sacramento, como eu fui aqui nos bons tempos. Arranja-lhe bem barato o que o senhor quiser. E agora, quantas garrafas quer para a viagem?"

O padre bebeu outro gole. Não adiantava nada não beber. Adquirira o hábito — como o da devoção e da voz paroquial. "Três garrafas... onze pesos. Guarde-as para mim aqui." Bebeu o resto e saiu para a rua; as luzes estavam acesas às janelas entre as quais a larga rua se estendia como um prado. Tropeçou num buraco e sentiu a mão de alguém agarrá-lo pela manga. "Ah, Pedro. É o seu nome, não é? Obrigado."

"Às suas ordens, padre."

A igreja erguia-se na escuridão como um bloco de gelo a derreter-se com o calor. O telhado se abatera num lugar; acima da porta um canto da cornija se desmoronava. O padre lançou um rápido olhar de soslaio a Pedro retendo a respiração por causa do cheiro da aguardente, mas só pôde divisar os vagos contornos de seu rosto. Disse com um sentimento de astúcia, como para enganar um ávido inquisidor dentro de seu próprio coração: "Diga ao pessoal, Pedro, que eu peço apenas um peso pelos batizados...". Mesmo assim ainda sobrava bastante para a aguardente ainda que tivesse de chegar a Las Casas como um mendigo. Houve uns dois segundos de silêncio, e depois a astuta voz aldeã começou a queixar-se: "Somos pobres, padre. Um peso é muito dinheiro. Eu, por exemplo, tenho três filhos. Deixe por setenta e cinco centavos, padre".

Srta. Lehr estirou os pés nos folgados chinelos e, vindos da escuridão lá fora, os cascudos começaram a invadir a varanda. "Uma vez em Pittsburg...", dizia ela. Seu irmão dormia, com um antigo jornal atravessado nos joelhos: o correio havia chegado. O padre teve um risinho indulgente, como nos velhos tempos: era um cacoete que não se perdia facilmente. Srta. Lehr parou e fungou: "Engraçado! Pareceu-me sentir um cheiro de — álcool".

O padre reteve a respiração, curvando-se para trás na cadeira de balanço. Que sossego, pensou, que segurança. Lembrou-se de pessoas da cidade que não podiam dormir no campo por causa do silêncio. O silêncio, como o ruído, pode atordoar os tímpanos.

"Que é que eu estava dizendo, padre?"

"Que uma vez em Pittsburg..."

"Ah, sim... Em Pittsburg, eu estava esperando o trem. Não tinha nada para ler: os livros são tão caros. Então tive a ideia de comprar um jornal — qualquer jornal, as notícias são sempre as mesmas. Mas, quando o abri, vi que se chamava qualquer coisa como *Notícias Policiais*. Nunca imaginei que se imprimissem coisas tão medonhas. Naturalmente só li algumas linhas. Creio que foi a coisa mais terrível que já me aconteceu. Aquilo... bem, aquilo me abriu os olhos."

"Ah, sim?"

"Eu nunca disse nada ao sr. Lehr. Creio que ele não me julgaria como antes, se soubesse."

"Mas não houve nada de mal ..."

"Não, mas sempre se fica sabendo, não é...?"

Nalguma parte, de muito longe, um pássaro desconhecido lançou o seu apelo; o lampião da mesa começou a soltar fumo, e a srta. Lehr inclinou-se para baixar a mecha: foi como se a única luz, por quilômetros ao redor, houvesse diminuído. O gosto da aguardente lhe voltou à boca, da mesma forma que o cheiro do éter lembra a um homem uma recente operação antes que ele se haja habituado à vida: ligava-o a outro modo de existência. Ainda não se sentia integrado naquela profunda tranquilidade. Com o tempo, tudo há de passar, dizia consigo; hei de conseguir dominar-me: desta vez encomendei só três garrafas. Serão as últimas; aqui não preciso beber — sabia que estava mentindo. Sr. Lehr acordou subitamente e murmurou: "Como eu ia dizendo...".

"Você não estava dizendo nada, meu caro. Estava era dormindo."

"Oh, não. Estávamos falando daquele maldito Hoover."

"Não me parece. Isso foi há muito tempo."

"Está bem", disse sr. Lehr. "Foi um dia estafante. O padre também deve estar cansado... depois de todas aquelas confissões", acrescentou com ligeira repugnância.

Das oito às dez, foi um cortejo ininterrupto de penitentes; duas horas do pior que um lugarejo daqueles podia produzir em três anos. Não tinha sido muita coisa — uma cidade teria feito melhor figura — ou quem sabe se não? Não é muito o que um homem pode fazer. Embriaguez, adultério, pequenas sujeiras: com o gosto de aguardente na boca, ali ficara sentado, durante todo aquele tempo, numa cadeira de balanço, dentro de uma baia da estrebaria, evitando olhar para a cara de quem estava ajoelhado à sua frente. Os outros tinham ficado à espera, de joelhos no estábulo vazio — o estábulo do sr. Lehr estivera desocupado naqueles últimos anos. Só lhe restava um cavalo velho, que resfolegava ruidosamente na escuridão, acompanhando o ciciar dos pecados.

"Quantas vezes?"

"Doze, padre. Talvez mais..." e o cavalo resfolegava.

É de pasmar o sentimento de inocência que acompanha o pecado — só o homem rígido e prudente e o santo estão isentos disso. Aquela gente saía limpa do estábulo. Ele, padre, era o único que não se havia arrependido, nem confessado, nem fora absolvido. Quisera dizer a um daqueles homens: "O amor não é pecado, mas deve ser feliz e franco: só é mau quando secreto e doloroso... pode ser a coisa mais dolorosa do mundo, depois da perda de Deus. Ele é a perda de Deus. Não tem necessidade de penitência, meu filho, já sofreu bastante." E a um outro: "A luxúria não é o pior de tudo. É só porque de um dia para outro pode transformar-se em amor que devemos evitá-la. E quando amamos o nosso pecado, na verdade estamos condenados." Mas o hábito do confessionário tornara a impor-se: era como se estivesse de novo na abafada arca tumular onde as pessoas sepultam as suas impurezas com o auxílio do seu padre. Ele dizia: "Pecado mortal... perigo... domínio próprio" como se essas palavras significassem alguma coisa. E acrescentava: "Diga três padre-nossos e três ave-marias".

Dizia cansadamente: "A embriaguez é apenas o começo...". E sentia que não podia encontrar exemplo nem mesmo contra esse vício banal a não ser o cheiro de aguardente que ele próprio espalhava pelo estábulo. E a penitência rapidamente, mecanicamente, secamente. O homem devia sair dizendo: "que mau padre!", sem sentir nenhum estímulo ou interesse...

"Essas regras", dizia, "foram feitas para os homens. A Igreja não espera... Se não puder jejuar, então coma." A velha continuava a balbuciar, enquanto os penitentes se moviam impacientes na estrebaria e o cavalo relinchava, a balbuciar sobre abstinências quebradas e orações da noite encurtadas. De súbito, com uma estranha nostalgia, lhe veio inopinadamente a lembrança do pátio da prisão, com os reféns a esperar junto da bica, evitando olhar para ele — no sofrimento e resistência de toda aquela gente do outro lado das montanhas. Interrompeu ferozmente a mulher: "Por que não se confessa como deve? Não me interessam as suas rações de peixe ou se tem muito sono de noite... lembre-se dos seus verdadeiros pecados".

"Mas eu sou uma mulher decente, padre!", retorquiu ela, espantada.

"Então o que é que está fazendo aqui, a tomar lugar dos pecadores?"

"Eu amo a Deus, padre", replicou ela com altivez. Ele lançou-lhe um rápido olhar, à luz da vela que ardia no chão — os olhinhos negros e duros sob o xale preto — mais uma devota — igual a ele.

"Como sabe disso? Amar a Deus é o mesmo que amar a um homem — ou a um filho. É querer estar com Ele perto d'Ele." Fez um gesto de desânimo: "É querer protegê-Lo contra nós mesmos".

Depois que se retirou o último penitente, atravessou o pátio em direção ao bangalô: avistara o lampião aceso e a srta. Lehr a costurar, e sentia o cheiro da erva molhada pelas primeiras chuvas. Devia ser possível ser feliz ali, se não estivesse tão preso ao medo e ao sofrimento pois a infelicidade também pode tornar-se um hábito, como a devoção. Talvez fosse seu dever vencê-la, descobrir a paz. Sentiu imensa inveja das pessoas que confessara e absolvera. Daqui a seis dias disse consigo em Las Casas também eu... mas não podia acreditar que ninguém, em parte nenhuma, conseguisse aliviá-lo do peso que trazia no coração. Mesmo quando bebia sentia-se amarrado ao seu pecado pelo amor. Seria mais fácil se livrar do ódio.

"Sente-se, padre", disse srta. Lehr. "Deve estar muito cansado. Eu nunca aprovei a confissão, naturalmente. Nem tampouco o sr. Lehr."

"Ah, não?"

"Não sei como é que os padres podem ficar ali sentados, a ouvir todas essas coisas horríveis... Lembro-me que uma vez em Pittsburg..."

AS DUAS MULAS TINHAM sido trazidas de noite, para que ele pudesse partir cedo logo em seguida à missa — a segunda que diria no celeiro do sr. Lehr. O guia estava dormindo em qualquer parte, provavelmente junto com as mulas; era uma criatura magra e nervosa, que nunca tinha ido a Las Casas e conhecia o caminho só por ouvir dizer. Srta. Lehr insistira na véspera em acordá-lo de manhã, embora ele despertasse por si mesmo antes do raiar do dia. Deitado na cama, ouviu o despertador num outro quarto, estridente como um telefone. Logo a seguir, os chinelos da srta. Lehr no corredor, e suas batidas à porta. Sr. Lehr, sem se perturbar, continuava a dormir de costas, magro e rígido como um arcebispo no seu túmulo.

O padre, que dormira vestido, abriu a porta antes que a srta. Lehr pudesse afastar-se. Ela deu um gritinho de susto: sua figurinha obesa era encimada por uma rede de prender os cabelos.

"Desculpe-me."

"Oh, não quer dizer nada. Quanto tempo durará a missa, padre?"

"Vai haver muitas comunhões. Talvez quarenta e cinco minutos."

"Vou preparar café e sanduíches."

"Não se incomode."

"Oh, não podemos deixá-lo ir com fome."

Acompanhou-o até a porta, conservando-se um pouco atrás dele, para não ser vista assim por nenhum animal ou gente, surgidos daquele vasto e vazio mundo matutino. A luz cinzenta espraiava-se pelos campos; no portão, o tulipeiro florescia uma vez mais; ao longe, para além do arroio onde tomara banho, vinha gente da aldeia a caminho do celeiro do sr. Lehr; àquela distância, pareciam minúsculos demais para seres humanos. O padre sentia em seu redor uma felicidade expectante, como se quisesse que ele tomasse parte nela, qualquer coisa como a atmosfera de um público de crianças num cinema, ou num rodeio. Tinha consciência da alegria que poderia sentir, se não tivesse deixado atrás de si, do outro lado das montanhas, algumas recordações penosas. Um homem deve sempre preferir a paz à violência, e ele se encaminhava para a paz.

"A senhora foi muito bondosa comigo, srta. Lehr."

Como lhe parecera estranho, no princípio, ser tratado como convidado, e não como criminoso ou mau padre. Eram hereges — nunca lhes ocorrera a ideia de que ele não fosse boa pessoa: não tinham a propensão inquisitorial dos católicos.

"Tivemos gosto na sua companhia, padre. Mas deve sentir-se satisfeito por se ir embora. Las Casas é uma bela cidade. Um lugar de muita moral, como sempre diz o sr. Lehr. Se encontrar o padre Quintana, dê-lhe lembranças nossas: ele esteve aqui há três anos.

O sino começou a tocar: tinham-no trazido da igreja para o pendurarem à frente do celeiro do sr. Lehr. Era como um domingo em qualquer parte.

"Muitas vezes desejei", disse srta. Lehr, "ir à igreja."

"E por que não?"

"Sr. Lehr não havia de gostar. Ele é muito intransigente. Mas é uma coisa que acontece tão raramente hoje em dia — não creio que teremos outro serviço religioso senão daqui a três anos."

"Eu voltarei antes disso."

"Oh, não", exclamou a srta. Lehr, "não faça isso. É uma viagem difícil e Las Casas é uma bela cidade. Tem luz elétrica nas ruas e dois hotéis. O padre Quintana prometeu voltar — mas há cristãos por toda a parte, não é mesmo? Por que haveria ele de voltar? Nem por isso estamos em tão más circunstâncias."

Um pequeno grupo de índios atravessou o portão: secas e minúsculas criaturas da Idade da Pedra. Os homens, de casaco curto, caminhavam apoiados a compridos varapaus, e as mulheres, de tranças negras e cabeça pendida, carregavam os filhos às costas. "Os índios ouviram dizer que o senhor estava aqui", explicou srta. Lehr. "Não me admira que tenham andado oitenta quilômetros." Pararam junto ao portão a observá-lo; quando o padre olhou para eles, ajoelharam-se e benzeram-se — daquela maneira estranha e complicada, tocando no nariz, nos ouvidos e no queixo. "Meu irmão fica tão zangado quando vê alguém ajoelhar-se aos pés de um padre. Mas eu não vejo que possa haver algum mal nisso."

Atrás da esquina da casa, as mulas escarvavam o solo; com certeza o guia as colocara para fora para lhes dar milho; são animais que comem muito devagar: é preciso dar-lhes tempo. Era hora de começar a missa e ir embora. Ele respirava o cheiro da madrugada — o mundo era ainda fresco e verde e, lá na aldeia, além do prado, alguns cães ladravam. O despertador fazia ouvir o seu tique-taque na mão da srta. Lehr. "Agora tenho de ir", disse ele. Sentia uma estranha relutância em deixar a srta. Lehr, e a casa, e o irmão dormindo lá dentro. Tinha consciência de um sentimento ao mesmo tempo de ternura e dependência em relação a eles. Quando a gente acorda depois de uma operação arriscada, dá especial valor à primeira face que distingue ao dissiparem-se os efeitos do anestésico.

Não possuía paramentos, mas mesmo assim as missas naquela aldeia pareciam-se mais com as dos seus velhos dias paroquiais do que todas as que celebrara nos últimos oito anos. Não havia receio de interrupções, não era preciso apressar os sacramentos antes que a polícia chegasse. Havia até uma pedra de ara trazida da igreja fechada. Mas, por causa mesmo de toda aquela paz, mais consciente se sentiu da própria indignidade, quando se preparou para a Comunhão — "Que a recepção do teu Corpo, Senhor Jesus Cristo, de que eu, embora indigno, pretendo participar, não seja para meu julgamento e condenação." Um homem virtuoso pode quase deixar de acreditar no Inferno, mas ele carregava o Inferno consigo. Às vezes de noite sonhava com ele. *Domine, non sum dignus... Domine, non sum dignus...* O mal lhe corria nas veias como malária. Lembrou-se de haver sonhado um dia com uma vasta arena relvada em que se alinhavam as imagens dos santos — mas os santos estavam vivos, viravam os olhos para um e outro lado, à espera de alguma coisa. Ele também esperava em tremenda expectativa. Pedros e Paulos com longas barbas e Bíblias contra o peito, esperavam qualquer coisa que se aproximava, vigiavam, por trás das costas dele, uma entrada que ele não podia ver. Era como a ameaçadora aproximação de um animal bravio. Nesse momento ouviu, finos e repetidos, os sons de uma marimba, um foguete explodiu, e Cristo entrou dançando na arena. Dançava e contorcia-se, com a face ensanguentada e pintada, e pulava e pulava, a fazer trejeitos, como uma prostituta sorridente e convidativa. Acordou com a sensação de completo desespero que a gente deve sentir ao ver que o único dinheiro que possui é falso.

"...e vimos a Sua glória, a glória do Unigênito do Pai, cheio de graça e verdade." A missa terminara.

Daqui a três dias, disse consigo, estarei em Las Casas, confessado e absolvido. E automaticamente lhe veio à lembrança, com doloroso amor, a imagem da menina junto ao monte de lixo. De que serviria a confissão quando a gente amava o resultado do crime?

O povo ajoelhou-se quando ele se retirava. Viu o pequeno grupo de índios, as mulheres cujos filhos havia batizado, Pedro, o homem da cantina lá estava também com a face oculta nas mãos rechonchudas, as contas do rosário a penderem-lhe por entre os dedos. Parecia um bom homem; talvez fosse bom mesmo; talvez, pensou o padre, eu tenha perdido a faculdade de julgar — talvez aquela mulher da prisão fosse a melhor pessoa que lá se achava. Um cavalo relinchou, atado a uma árvore, e, pela porta aberta, entrou toda a frescura da manhã.

Ao lado da mula, dois homens esperavam, e, perto dele, coçando a axila e aguardando-o com um sorriso dúbio e defensivo, estava o mestiço. Foi como a leve pontada que nos faz lembrar a nossa doença, ou talvez como a inesperada recordação que nos vem lembrar que, afinal de contas, o amor não morreu. "Ora essa", disse o padre, "eu não te esperava aqui."

"Claro que não, padre." O mestiço sorriu.

"Trouxe os soldados consigo?"

"O senhor sai com cada uma, padre!", protestou o homem, com um risinho ingênuo. Por trás dele, do outro lado do pátio e por uma porta aberta, o padre avistava a srta. Lehr preparando os seus sanduíches; tinha se vestido, mas ainda trazia a rede nos cabelos. Embrulhava cuidadosamente os sanduíches em papel impermeável, e os seus tranquilos movimentos davam uma curiosa impressão de irrealidade. O mestiço é que era real. "Que trapaça está preparando agora?", perguntou-lhe o padre. Teria subornado o guia para fazê-lo atravessar de novo a fronteira? Daquele homem tudo se podia esperar.

"O senhor não devia dizer uma coisas dessas, padre."

Srta. Lehr afastara-se da sua vista, silenciosamente, como um sonho.

"Acha que não?"

"Estou aqui, padre." O homem pareceu tomar fôlego antes de fazer a sua surpreendente declaração. "Estou aqui por um ato de caridade."

O guia acabara de preparar uma das mulas e passava à outra, encurtando ainda mais o já curto estribo mexicano; o padre riu nervosamente: "Um ato de caridade?".

"O senhor é o único padre deste lado de Las Casas, e o homem está morrendo..."

"Que homem?"

"O ianque."

"De que está falando?"

"Aquele que a polícia procurava. Assaltou um banco. Bem sabe de quem quero falar."

"Ele não tem necessidade de mim", disse o padre com impaciência, recordando a fotografia que, na parede gretada, olhava para a festa de primeira comunhão.

"Mas ele é um bom católico, padre." Coçando a axila, não o olhava de frente. "Ele está morrendo", prosseguiu, "e nem o senhor nem eu desejaríamos ter na consciência o que aquele homem..."

"Pois podemos dar-nos por muito felizes se não tivermos coisa pior na consciência."

"Que quer dizer, padre?"

"Que ele apenas matou e roubou. Não traiu os seus amigos."

"Santa Mãe de Deus, eu nunca..."

"Sim, sim, e eu também", disse o padre. Voltou-se para o guia: "As mulas já estão prontas?".

"Sim, padre."

"Então, partamos." Tinha este esquecido completamente a srta. Lehr: o outro mundo estendera a mão através da fronteira e ele estava de novo na atmosfera da fuga.

"Para onde vai?", perguntou o mestiço.

"Para Las Casas." Montou rapidamente na mula. O mestiço agarrou-se ao estribo e o padre lembrou-se do primeiro encontro entre ambos: era a mesmíssima mistura de queixa, apelo, abuso. "Belo padre é o senhor! O seu bispo devia saber disso. Então um homem está morrendo, quer confessar-se, e só porque o senhor deseja ir para a cidade..."

"Por que me julgas tão idiota?", retrucou o padre. "Sei muito bem por que veio. É a única pessoa capaz de identificar-me, e eles não podem perseguir-me dentro desta província. E agora, se eu perguntar onde está esse americano, vai me dizer — já sei, é desnecessário falar — que ele está exatamente do outro lado da fronteira."

"Aí é que o senhor se engana. Ele está deste lado."

"Dois ou três quilômetros não faz diferença."

"É uma coisa horrível, padre, nunca acreditarem na gente. Só porque uma vez — bem, isso eu reconheço..."

O padre tocou a mula; saíram do pátio do sr. Lehr e dirigiram-se para o sul; o mestiço trotava junto ao estribo.

"Lembro-me que me disse que nunca esqueceria a minha cara."

"E não esqueci", exclamou o mestiço triunfalmente, "senão não estaria aqui, não é? Escute, padre, reconheço... Não imagina o quanto uma recompensa pode tentar um pobre como eu. E quando o senhor não queria acreditar em mim, pensei: bem, se é isso o que ele acha — vai ver! Mas sou um católico, e, quando um agonizante reclama um padre..."

Subiram a longa encosta dos campos do sr. Lehr que conduzia à próxima cordilheira. O ar ainda estava fresco, às seis da manhã e a novecentos metros de altitude; aquela noite seria muito fria: tinham mais dois quilômetros a subir. "Por que haveria eu de cair na sua ratoeira?", disse o padre inquietamente.

"Olhe, padre." O mestiço lhe estendia um pedaço de papel: a letra familiar chamou a atenção do padre — letra grande e forte de criança. O papel servira para embrulhar comida: estava manchado e gorduroso. O padre leu: "O príncipe da Dinamarca pergunta a si mesmo se deve matar-se ou não, se será melhor continuar a sofrer todas as dúvidas a respeito de seu pai, ou, de um só golpe...".

"Isso não, padre, do outro lado. Isso aí não é nada."

Virou o papel e leu uma única frase em inglês, escrita com lápis rombudo: "Por amor de Jesus Cristo, padre..." A mula, que ele esquecia de bater, caía num lento e preguiçoso passo; o padre não tentou esporeá-la: aquele pedaço de papel não deixava a mínima dúvida. Sentiu o laço apertar-se de novo irrevogavelmente.

"Como foi que isso chegou às suas mãos?"

"Foi assim, padre. Eu estava com a polícia quando eles atiraram no homem. Era uma aldeia do outro lado. Ele agarrou uma criança para lhe servir de escudo, mas os soldados, naturalmente, não se importaram com isso. Era apenas um indiozinho. Os dois foram atingidos pelas balas, mas ele escapou."

"Mas como...?"

"Foi assim mesmo, padre." Ele estava positivamente de língua à solta. Ao que parecia estava com medo do tenente, que ficara muito contrariado com a fuga do padre, e então resolvera atravessar a fronteira, fora do seu alcance. Achou uma oportunidade à noite, e, no caminho — era provavelmente deste lado da fronteira, mas quem pode saber ao certo onde uma província termina e onde começa a outra? — topara com o americano. O homem fora ferido na barriga...

"Mas como pôde escapar, então?"

"Ora, padre, ele é um homem de um vigor mais que humano. E estava morrendo, queria um padre..."

"Como foi que ele te disse isso?"

"Bastaram duas palavras padre." Depois para provar a história o homem ainda encontrara força suficiente para escrever aquele bilhete, e assim... A história tinha mais buracos que uma peneira. Mas o que restava de tudo era aquele bilhete, como uma lápide comemorativa que não se pode deixar de ver.

Irritado, o mestiço agarrou na rédea: "O senhor não tem confiança em mim, padre."

"Não. Não tenho."

"Pensa que estou mentindo..."

"A maior parte disso tudo não passa de mentira."

Fez parar a mula e ficou algum tempo a refletir, olhando para o sul. Tinha certeza de que aquilo era uma cilada. Provavelmente fora o próprio mestiço quem a sugerira, no seu desejo de obter a recompensa. Mas o fato era que o americano estava morrendo. Pensou no Entreposto de Bananas abandonado, onde certamente alguma coisa havia acontecido, e no indiozinho morto sob o milho: não havia dúvida que precisavam dele... um homem com todo aquele peso n'alma... O mais estranho de tudo é que se sentia inteiramente feliz; na verdade jamais acreditara naquela paz. Tantas vezes tinha sonhado com ela do outro lado da fronteira que agora não parecia mais que um sonho. Começou a assobiar uma canção, qualquer coisa que ouvira uma vez, não sabia onde: "No meu jardim achei uma rosa...". Era tempo de despertar. Na realidade não teria sido um bom sonho — quando se confessasse em Las Casas e tivesse de declarar, além do mais, que se recusara a confessar um moribundo em pecado mortal.

"O homem ainda está vivo?", indagou.

"Creio que sim, padre", apressou-se em responder o mestiço.

"É muito longe?"

"Umas quatro... cinco horas, padre."

"Vocês dois podem montar a outra mula, cada um por sua vez."

Fez a mula dar volta e chamou o guia. O homem apeou e ouviu impassivelmente as suas explicações. A única observação que fez foi para o mestiço, enquanto o ajudava a montar: "Cuidado com esse saco. A aguardente do padre está aí dentro."

Voltaram lentamente. Srta. Lehr estava ao portão. "O senhor esqueceu os sanduíches, padre", disse ela.

"Ah, sim. Obrigado." Lançou um rápido olhar em redor. Nada daquilo significava coisa alguma para ele. "Sr. Lehr ainda está dormindo?", perguntou.

"Quer que o acorde?"

"Não, não. Mas peço-lhe que lhe agradeça, da minha parte, a sua hospitalidade."

"Pois não. E quem sabe, padre, se não nos tornaremos a ver daqui a poucos anos, como o senhor disse?" Olhava curiosamente para o mestiço, e este a fitava com os seus olhos amarelos e insolentes.

"É possível", disse o padre, desviando os olhos, com um dissimulado e secreto sorriso.

"Então, padre, até à vista. Tem de partir, não é? O sol já está alto."

"Até à vista, minha cara srta. Lehr." O mestiço chicoteou impacientemente a mula.

"Não é por aí", observou srta. Lehr.

"Primeiro tenho de ir fazer uma visita", explicou o padre e, forçando a mula a um trote incômodo, lá se foi atrás do mestiço, na direção da aldeia. Passaram pela igreja caiada de branco — aquilo também pertencia a um sonho. Na vida real não havia igrejas. A longa e desalinhada rua estendia-se à frente deles. O mestre-escola estava à porta e acenou-lhe ironicamente, com um olhar malicioso por detrás dos óculos de tartaruga. "Então, padre, vai-se embora com o seu espólio?"

O padre fez parar a mula. Voltou-se para o mestiço: "É verdade... Tinha me esquecido..."

"Os batizados renderam...", continuou o mestre-escola. "Vale a pena esperar alguns anos, não é?"

"Venha, padre", instou o mestiço. "Não lhe dê ouvidos." Cuspinhou. "É um mau sujeito."

"O senhor conhece melhor do que ninguém a gente daqui", disse o padre ao mestre-escola. "Deixo-lhe uma doação. Quer aplicá-la em coisas que não prejudiquem, isto é, alimentos, cobertores? Mas nada de livros..."

"Eles precisam mais de comida que de livros."

"Eu tenho aqui quarenta e cinco pesos..."

"Padre, que vai fazer?", gemeu o mestiço.

"Pesam-lhe na consciência?", indagou o mestre-escola.

"Exatamente."

"Mesmo assim, não posso deixar de agradecer-lhe. É bom ver um padre de consciência. É mais uma etapa na evolução", disse ele, com os óculos faiscando ao sol, figurinha roliça e azeda de exilado, diante do seu casebre coberto de zinco.

Passaram as últimas casas, o cemitério, e começaram a subir. "Mas por que, padre? Por quê?" não cessava de protestar o mestiço. "Não é mau sujeito. Faz o que pode, e eu não terei mais necessidade de dinheiro, não é?" E durante algum tempo avançaram em silêncio, enquanto o sol se tornava ofuscante e as mulas curvavam o lombo sobre o caminho pedregoso e escarpado. O padre recomeçou a assobiar a única canção que conhecia: "No meu jardim encontrei uma rosa...". Em dado momento, o mestiço iniciou uma queixa a respeito de qualquer coisa: "O pior que há com o senhor, padre, é que...". Mas não chegou a completar seu pensamento, porque realmente não havia nada de que se queixasse, enquanto a sua marcha prosseguia ininterruptamente para o norte, em direção à fronteira.

"Está com fome?", perguntou por fim o padre.

O mestiço resmungou algumas palavras que tanto pareciam ser de cólera como de troça.

"Tire um sanduíche", disse o padre, abrindo o pacote da srta. Lehr.

CAPÍTULO 2

"É ALI", DISSE O mestiço, com uma espécie de relincho de triunfo, como se tivesse, durante sete horas, suportado os sofrimentos de um inocente injustamente suspeito de mentira. Apontava com o dedo, no barranco oposto, para um grupo de choças de índios, numa península rochosa que se projetava sobre o abismo. Estavam talvez à distância de uns cento e oitenta metros, mas seria preciso ao menos ainda uma hora para chegar até lá, descendo trezentos metros e subindo outros trezentos.

Imóvel na sela, o padre observava atentamente o aldeamento: não descobriu o menor movimento em parte alguma. Até mesmo o posto do vigia, pequena plataforma de varas que dominava as choças, estava deserto. "Parece que não há ninguém", disse ele. "Tinha voltado ao mundo da solidão."

"Ora", disse o mestiço, "o senhor não esperava mesmo encontrar ninguém, não é? A não ser o gringo. Ele está lá. Vai encontrá-lo em breve."

"Onde estão os índios?"

"Já começa o senhor!", queixou-se o homem. "Desconfiança. Sempre desconfiança. Como vou saber onde estão os índios? Pois já não lhe disse que o homem estava sozinho?"

O padre apeou da mula. "Que vai fazer agora?", exclamou o mestiço, desesperado.

"Não precisaremos mais de mulas. Podem ir de volta."

"Não precisamos? E como vai o senhor sair daqui?"

"Oh, isso é coisa com que não tenho de preocupar-me, não é mesmo?" Contou quarenta pesos e voltou-se para o homem das mulas: "Eu o contratei para ir até Las Casas. Você teve sorte! Aqui está o pagamento de seis dias."

"Não precisa mais de mim, padre?"

"Não. Acho que é melhor você sair daqui o mais depressa possível. Afaste-se disso... você bem sabe o que é..."

"Mas padre", disse o mestiço com agitação, "não podemos fazer a pé todo esse caminho. Não se esqueça que o homem está morrendo."

"Levaremos o mesmo tempo a pé. Vá andando, amigo", acrescentou para o homem das mulas. O mestiço acompanhou com um olhar de cobiça as mulas que partiam pela estreita senda pedregosa; desapareceram atrás de uma saliência da rocha — *toc, toc, toc* — e o ruído dos seus cascos não tardou a sumir-se no silêncio.

"Vamos", disse o padre com voz firme, "não nos demoremos mais." E lá se foi caminho abaixo, com o seu pequeno saco ao ombro. Ouvia o mestiço arquejar atrás de si: seu fôlego era curto; provavelmente lhe haviam dado demasiada cerveja na capital. E o padre pensou, com um estranho sentimento de desdenhoso afeto, em tudo quanto havia acontecido a ambos desde aquele primeiro encontro numa aldeia de que ele nem sequer sabia o nome: a figura do mestiço, naquela tarde ardente, estendido na rede que fazia balançar com o pé amarelado e nu. Se naquele momento o homem estivesse dormindo, nada daquilo tudo teria acontecido. Era na verdade muito pouca sorte para o pobre-diabo ter sido obrigado a arcar com tamanho pecado. O padre lançou um olhar para trás e viu os dedões saindo como vermes dos tênis furados. O homem escolhia o lugar onde pôr o pé, sem deixar um só instante de resmungar. Seus perpétuos queixumes não lhe auxiliavam em nada a respiração. Pobre homem, pensou o padre, na verdade não é tão mau assim...

Nem tampouco tinha forças suficientes para *aquela* viagem... Já o padre atingira o alto do barranco e ele ainda estava a cinquenta metros de distância. O padre sentou-se numa pedra e enxugou a testa. Muito antes de o ter alcançado, o mestiço começou a queixar-se: "Para que tanta pressa?". Parecia que, quanto mais via aproximar-se o momento de trair, mais aumentavam os seus agravos contra a vítima.

"Mas não disse que ele estava agonizante?"

"Que está morrendo, está mesmo. Mas isso ainda pode durar muito tempo."

"Quanto mais durar, melhor para todos nós", disse o padre.

"Talvez tenha razão. Vou descansar aqui."

Mas, como uma criança teimosa, o mestiço agora desejava seguir. "O senhor não faz nada com moderação", disse ele. "Ou anda correndo ou fica sentado."

"Será que nunca posso fazer nada direito?", disse o padre. E, mostrando que bem sabia o que estava acontecendo, acrescentou secamente: "Suponho que eles me deixarão falar com o homem, não é?"

"Naturalmente", disse o mestiço, mas apressou-se logo em emendar a mão: "Eles quem? De quem está falando agora? Primeiro se queixa de que o lugar está deserto, e agora me vem com 'eles'!" E depois, com lágrimas na voz: "O senhor pode ser um bom homem, pode ser um santo... Mas por que não fala claramente, de modo que a gente entenda? Isso basta para fazer de um homem um mau católico."

"Está vendo este saco?", disse o padre. "Inútil carregá-lo mais além. É muito pesado. Creio que uma bebida nos faria bem. Temos necessidade de coragem, tanto um como o outro, não é verdade?"

"Bebida, padre?", disse o agitado, excitado, vendo-o desembrulhar uma garrafa. Não tirava os olhos do padre enquanto este bebia. Suas duas presas mostravam-se cobiçosamente, tremendo levemente sobre o lábio inferior. Depois ele também colou a boca ao gargalo. "Suponho que isso é ilegal", disse o padre com um risinho, "deste lado da fronteira... se é que estamos deste lado..." Bebeu novo trago e passou a garrafa: em breve estaria esvaziada. Agarrou-a então e arremessou-a contra uma rocha, onde ela explodiu como uma granada. O mestiço sobressaltou-se. "Cuidado!", disse ele. "Podiam pensar que o senhor tem uma arma."

"Quanto às restantes", disse o padre, "não precisamos delas."

"Quer dizer que ainda há mais?"

"Mais duas garrafas — mas não podemos beber mais com este calor. É melhor deixá-las aqui."

"Por que não me disse que o saco era muito pesado, padre? Vou carregá-lo para o senhor. Quando quiser que eu faça alguma coisa, é só pedir. Estou sempre pronto a ajudar. O senhor é que nunca pede nada."

Recomeçaram a subida, com as garrafas a chocalhar levemente; o sol lhes batia a pino sobre as cabeças. Gastaram quase uma hora para alcançar o alto do barranco. Depois, o promontório onde se elevava a torre de vigia abriu-se diante deles como uma mandíbula e apareceram os telhados das choças sobre os rochedos que dominavam a estrada. Os índios não constroem suas habitações à beira de um caminho de mulas; preferem ficar afastados e vigiar tudo quanto se aproxima. O padre interrogava-se a si próprio a que momento apareceriam os policiais; até então se haviam conservado cuidadosamente ocultos.

"Por aqui, padre." O mestiço tomou a dianteira, arrastando-se por cima das rochas para o pequeno planalto. Parecia ansioso, quase como se esperasse que ali fosse acontecer alguma coisa.

Havia umas doze cabanas, muito tranquilas, que se erguiam como túmulos para o céu pesado. Aproximava-se a tempestade.
O padre sentia uma impaciência nervosa. Já que viera meter-se no laço, o menos que os outros podiam fazer era apertá-lo rapidamente e acabar com tudo. Perguntava a si mesmo se o alvejariam de uma das cabanas. Chegara ao termo do tempo: em breve não haveria amanhã nem ontem, só Eternidade. Desejaria ter bebido mais aguardente; a voz lhe saiu trêmula, quando disse: "Bem, chegamos. Onde está o ianque?".
"Ah! sim, o ianque", disse o mestiço, com um leve estremecimento. Parecia que, por um momento, havia esquecido o pretexto. Ficou diante das cabanas de boca aberta, também admirado. "Estava ali quando o deixei", respondeu.
"Mas ele não se achava em condições de mudar de lugar, não é verdade?"
Se não fosse o bilhete, teria duvidado da própria existência do americano, e também se não tivesse visto a criança morta. Começou a atravessar a pequena clareira silenciosa, em direção à cabana: iriam matá-lo antes que ele pudesse alcançar a porta? Era como caminhar de olhos vendados sobre uma prancha: a gente não sabe em que momento vai cair no abismo para sempre. Veio-lhe um soluço, e cruzou as mãos atrás das costas, para que parassem de tremer. De certo modo ficara contente por se haver desviado do portão da srta. Lehr — não chegara realmente a acreditar no seu regresso ao trabalho paroquiano, à missa diária e às cuidadosas aparências de devoção; mas, em todo caso, sempre era preciso estar um pouquinho bêbado para morrer. Chegou à porta — não se ouvia um único ruído em parte alguma. Uma voz chamou: "Padre".
Olhou em redor. O mestiço estava na clareira, de feições desfiguradas; os dois caninos não paravam de tremer; parecia aterrorizado.
"O que é que há?"
"Nada, padre."

"Por que me chamou?"

"Eu não disse nada", mentiu ele.

O padre voltou-se e entrou.

O americano achava-se realmente ali. Quanto a saber se estaria vivo, isso era outra coisa. Estava estendido numa esteira de palha, de olhos fechados, boca aberta, e segurava o ventre com as duas mãos como uma criança que está com dor de barriga. A dor deforma um rosto — a menos que o êxito no crime imponha também a sua máscara especial, como a política ou a devoção. Mal se podia encontrar ainda qualquer semelhança com a fotografia da Chefatura de Polícia: o padre tinha visto lá um homem rude, arrogante, um homem que abrira o seu próprio caminho. Ali só havia uma face de vagabundo, a que a dor, desnudando-lhe os nervos, emprestava um falso ar de espiritualidade.

Ajoelhou-se e pôs a cara perto da boca do homem, tentando sentir-lhe a respiração. Chegou-lhe um pesado bafio: mistura de vômito, fumo de charuto e álcool; não era com poucas açucenas que se dissimularia tudo aquilo. Uma voz muito fraca lhe murmurou ao ouvido, em inglês: "Suma-se, padre". Do lado de fora da porta, à luz tempestuosa, estava parado o mestiço, olhando para dentro da cabana.

"Com que então está vivo?", disse o padre rapidamente. "É melhor nos apressarmos... Resta-lhe pouco tempo."

"Suma-se, padre."

"Mandou chamar-me, não foi? É católico?"

"Suma-se", murmurou de novo a voz como se isso fosse a única coisa que ele pudesse lembrar de alguma lição aprendida há muito tempo.

"Vamos, vamos", disse o padre. "Desde quando não se confessa?"

As pálpebras abriram-se e olhos atônitos ergueram-se para ele. O homem disse com uma voz cheia de estupefação: "Dez anos, creio. Mas que diabo está fazendo aqui?"

"Você reclamou um padre. Ande, fale. Dez anos é muito tempo."
"O senhor tem de sumir-se daqui", disse o homem. Agora se lembrava da lição inteira. Estendido ali na esteira de palha, as mãos cruzadas sobre o ventre, com um pouco de vitalidade que lhe restava concentrada no cérebro, parecia um réptil ao qual fora esmagado um pedaço do corpo. Disse com uma voz estranha: "Aquele filho da...". "Que espécie de confissão é essa?!" interrompeu o padre furiosamente. "Eu fiz cinco horas de viagem... e só posso arrancar de você palavras sujas." Parecia-lhe horrivelmente injusto que a sua inutilidade voltasse com o perigo — nada podia fazer por um homem como aquele.

"Escute, padre...", disse o homem.

"Estou escutando."

"Suma-se daqui imediatamente. Eu não sabia..."

"Não fiz toda essa viagem para falar a respeito de mim mesmo. Quanto mais depressa você fizer a sua confissão, mais depressa sairei daqui."

"Não precisa preocupar-se comigo. Estou liquidado."

"Condenado, quer dizer?", observou o padre, já com raiva.

"É isto. Condenado", replicou o homem, lambendo o sangue que lhe escorria dos lábios.

"Escute", disse o padre, inclinando-se mais para a boca nauseabunda, "eu vim aqui para ouvir a sua confissão. Não quer confessar-se?"

"Não."

"E queria, quando escreveu aquele bilhete?"

"Pode ser..."

"Olhe, eu sei o que você tenciona dizer-me. Eu já sei, está compreendendo? Deixe isso. Lembre-se de que está morrendo. Não confie demais na misericórdia de Deus. Ele lhe deu esta oportunidade; pode não lhe dar outra. Que espécie de vida levou durante estes anos? Parece-lhe assim tão esplêndida? Matou muita gente — quase que não fez outra coisa. Qualquer um pode assim agir por certo tempo; afinal, acaba por ser morto também. Tal como acontece a você. Nada fica, a não ser o sofrimento."

"Padre."

"Que quer?"

O padre deu um suspiro de impaciência, inclinando-se mais. Por um momento teve a esperança de que por fim houvesse encaminhado o homem para alguma estreita senda de arrependimento.

"Fique com a minha arma, padre. Compreende o que eu quero dizer? Está aqui debaixo do meu braço."

"Não tenho nenhuma necessidade de armas."

"Tem, sim, e muita." O homem desprendeu uma das mãos da barriga e começou-a movê-la lentamente para o alto do corpo. Todo aquele esforço... Era insuportável de ver.

"Fique quieto", disse vivamente o padre. "Não está mais aí."

Bem via o coldre vazio debaixo da axila, e aquele foi o primeiro indício que teve de uma presença estranha, que não era a do mestiço.

"Filhos da...", disse o homem, e a mão tombou debilmente onde chegara, sobre o coração: imitava a pudica atitude de uma estátua feminina, com uma das mãos cobrindo o seio e a outra cobrindo o ventre. Fazia muito calor na choça; a plúmbea luz da tempestade pesava sobre eles.

"Escute, padre..." Sem esperança, o padre sentara-se ao lado do homem; nada havia agora que pudesse dirigir para a paz aquela alma violenta: talvez, por um instante, horas antes, quando ele escrevera aquele recado — mas o momento propício se fora. E agora ele falava, cochichando, de uma faca. Diz uma lenda espalhada entre os assassinos que os olhos das vítimas conservam a imagem do último objeto que viram. Por que não acreditariam os cristãos que o mesmo acontece com a alma, que ela retém, no momento supremo, a absolvição e a paz, após uma vida inteira de crimes revoltantes? Ao passo que acontece a um homem piedoso morrer subitamente, sem remissão de seus pecados, num bordel, e que uma vida aparentemente virtuosa fique para sempre marcada com o selo da impureza... Ouvira certas pessoas discutirem sobre a injustiça do arrependimento da última hora — como se fosse possível romper hábitos de toda uma vida, sejam para o seu bem ou para o mal... Pode-se duvidar do valor de uma vida virtuosa que termina na vício... tanto quanto se pode duvidar de uma vida de pecado que termina bem. Fez um derradeiro e desesperado esforço. "Você outrora teve fé", disse ele. "Procure compreender. Resta-lhe uma oportunidade de salvação. A oportunidade da última hora. A do bom ladrão. Você assassinou homens... talvez até crianças...", acrescentou, lembrando-se do montinho escuro ao pé da cruz. "Mas isso não é necessariamente de tamanha importância. São coisas que pertencem a esta vida, tão breve, que dura alguns anos apenas e já termina. Você pode livrar-se desse fardo aqui mesmo, nesta choça, e adentrar aliviado a vida eterna..." Sentia-se invadido de tristeza e de nostalgia ante a evocação dessa vida que ele próprio jamais poderia levar... que expressavam as palavras: paz, glória, amor.

"Padre", insistiu a voz. "Deixe-me. Ocupe-se de si mesmo. Tome a minha faca..." A mão começou de novo a sua cansada marcha, desta vez para o quadril. Os joelhos dobraram-se, a quererem voltar-se, e em seguida o corpo inteiro abandonou o esforço, a alma, tudo.

O padre murmurou às pressas as palavras da absolvição condicional, para o caso de que a alma, um segundo antes de atravessar a fronteira, se houvesse arrependido. Mas era muito mais provável que tivesse partido ainda em busca da faca, inclinada para um ato de violência que ela queria cumprir por procuração. Orou: "Deus de misericórdia, esse homem pensou na minha sorte, em todo caso, e foi porque desejava salvar-me...", mas orava sem convicção. Pondo as coisas a limpo, era apenas um criminoso tentando auxiliar a fuga de outro… Fosse como fosse, em nenhum dos dois havia grande mérito.

CAPÍTULO 3

"E ENTÃO, JÁ TERMINOU?", perguntou uma voz.
O padre ergueu-se, e, sobressaltado, fez um pequeno gesto de assentimento. Reconheceu o oficial de polícia que lhe dera dinheiro na prisão, uma escura e elegante figura parada à porta, com a luz da tempestade a brilhar-lhe nas perneiras. Tinha uma das mãos no revólver e olhava carrancudo para o bandido morto. "Não esperava ver-me..."
"Esperar, esperava...", disse o padre. "Mas tenho de lhe agradecer..."
"Agradecer o quê?"
"Por me haver deixado a sós com ele."
"Não sou um bárbaro", disse o oficial. "Quer sair agora, por favor? Não adianta nada tentar fugir. Veja só!", acrescentou, enquanto o padre saía e olhava para os doze homens armados que cercavam a cabana.
"Já estou farto de fugir", disse ele.
O mestiço desaparecera; nuvens pesadas acumulavam-se no céu; por baixo delas as montanhas pareciam minúsculos brinquedos. O padre suspirou e riu nervosamente: "Que trabalhão tive para atravessar essas montanhas, e agora... aqui estou".
"Nunca pensei que fosse voltar."

"Oh, bem sabe como é, tenente. Até um covarde possui certo sentimento do dever..." O vento fresco e puro que às vezes sopra justamente antes de uma tempestade lhe acariciou a pele. Acrescentou, com mal fingida desenvoltura: "Vão fuzilar-me em seguida?"

O tenente repetiu, incisivamente: "Não sou um bárbaro. O senhor será julgado... segundo as leis."

"Por que crime...?"

"De traição."

"Terei então de fazer de novo essa longa viagem?"

"Sim. A menos que tente fugir." Conservava a mão na arma como se desconfiasse do padre a ponto de não permitir que ele se aproximasse. "Eu seria capaz de jurar..."

"O senhor já me viu duas vezes", explicou o padre. "Primeiro, quando apanhou um refém na minha aldeia. Perguntou à minha filha: 'Quem é esse homem?' E ela respondeu: 'É meu pai'. E o senhor me deixou em paz." De repente as montanhas desapareceram: foi como se alguém houvesse lançado água à cara dos dois homens.

"Depressa!", disse o tenente. "Entremos para a cabana." Chamou um dos homens: "Traga uns caixotes, para nos sentarmos." Entraram na cabana onde se achava o morto, enquanto a tempestade atroava em redor. Um soldado a escorrer água lhes trouxe dois caixotes. "Uma vela", ordenou o tenente, sentando-se num dos caixotes e tirando o revólver. "Sente-se", disse ele ao padre, "longe da porta, onde eu possa vê-lo." O soldado acendeu a vela, fixou-a na sua própria cera sobre o chão de terra batida, e o padre sentou-se perto do americano: encolhido no gesto que tentara para apanhar a faca, dava este a impressão de que se inclinava para o companheiro, a fim de lhe fazer alguma confidência. Eram da mesma raça: ambos sujos e de barba grande. O tenente parecia pertencer a uma raça completamente diversa. Disse com desdém: "Então tem uma filha?"

"Sim", respondeu o padre.

"E é um padre?..."

"Não vá imaginar que todos os padres são como eu. Há bons padres e maus padres", acrescentou, vendo os clarões da vela brincarem sobre os botões brilhantes. "Acontece simplesmente que eu sou um mau padre."

"Então talvez estejamos prestando um bom serviço à sua Igreja..."

"Sim."

O tenente olhou-o vivamente, como se suspeitasse que o padre estivesse zombando dele.

"O senhor disse que eu o tinha visto duas vezes, não foi?"

"Sim, eu estava na prisão. O senhor me deu dinheiro."

"Agora me lembro." E acrescentou, furioso: "É o cúmulo do ridículo! Nós o tínhamos seguro e o deixamos escapar. Sem contar que perdemos dois homens na sua busca. Estariam vivos hoje..." A chama da vela ziguezagueava sob as gotas da chuva que tombavam do teto. "Esse americano não valia o sacrifício de duas vidas humanas. Na verdade, não tinha feito nada de muito repreensível."

A chuva tombava em bátegas ininterruptas. Esperaram em silêncio. De súbito, o tenente exclamou: "Tire as mãos dos bolsos!"

"Eu estava apenas procurando um baralho. Pensava que, para ajudar-nos a passar o tempo..."

"Eu não jogo cartas", disse o tenente em tom ríspido.

"Não, não. Não é para jogar. Eu queria mostrar-lhe alguns truques. Permite-me?"

"Vá lá! Se isso o diverte."

Sr. Lehr lhe presenteou com velhas cartas de jogar. "Olhe, eis aqui três cartas. O ás, o rei e o valete. Pois bem", estendeu-as em leque no chão, "diga-me onde está o ás."

"Aqui, está visto", respondeu o outro de má vontade, completamente indiferente.

"Está enganado", disse o padre, virando a carta, "é o valete."

O tenente declarou com ar de desprezo: "É um jogo de trapaceiros... ou um brinquedo de crianças".

"Eis aqui outro truque", disse o padre, "que se chama a Fuga do Valete. Divido o baralho em três montes. Assim. E coloco o valete de copas no monte central." Seu rosto se iluminava à medida que ele ia falando. Fazia tanto tempo que não tocava em cartas — esquecia até a tempestade, a morte, e o rosto hostil, obstinadamente fechado, que estava à sua frente. "Eu digo: 'Foge, Valete!'." Cortou o monte da esquerda, descobrindo o valete. "E ei-lo aqui!"

"Naturalmente, há dois valetes."

"Verifique o senhor mesmo."

A contragosto, o tenente curvou-se e examinou o monte do centro. "Suponho", disse ele, "que o senhor apresenta isto aos índios como um milagre de Deus."

"Oh, não", retrucou o padre, a rir. "Foi um índio quem me ensinou isso. Era o homem mais rico da sua aldeia. Não se espante! Com uns dedos daquela agilidade... Era nas festas que eu costumava realizar esses truques... as festas que dávamos na paróquia, em benefício das Irmandades, compreende?"

Uma expressão de desgosto físico passou pelas feições do tenente. "Lembro-me dessas Irmandades", disse ele.

"Quando era pequeno?"

"Já era bastante grande para ver..."

"O quê?"

"A charlatanice." Explodiu subitamente, possesso, com uma das mãos sobre o revólver, como se lhe viesse a ideia que seria melhor eliminar imediatamente e para sempre aquele verme. "Que bom pretexto aquele! Que comédia! Vender os próprios bens e dar tudo aos pobres, este é o preceito, não é? E a senhora Fulana, mulher do farmacêutico, decretava que certa família não merecia verdadeiramente que lhe fizessem caridade, e o senhor Beltrano que, se aquelas criaturas morressem de fome, tinham apenas o

que mereciam; pois eram socialistas, ainda por cima... E então o padre — o senhor — tomava nota dos que haviam cumprido com as suas obrigações religiosas e feito dádivas à Igreja." Ele tinha elevado a voz: um policial inquieto meteu a cabeça pela porta para saber o que se passava, depois se retirou sob a chuva diluviana.
"A Igreja era pobre, o padre era pobre, por conseguinte cada qual devia vender o que possuía e dar tudo à Igreja."
"Como o senhor tem razão!", disse o padre, que acrescentou vivamente: "E como está enganado, sem dúvida!"
"Que quer dizer?", perguntou agressivamente o tenente. "Razão? O senhor nem é capaz de defender-se..."
"Senti logo a sua bondade quando o senhor me deu aquele dinheiro à saída da prisão."
"Só o escuto", disse o tenente, "porque o senhor está perdido. Perdido sem a mínima esperança. Nada do que disser fará a mínima diferença."
"Naturalmente."
Ele não tinha absolutamente a intenção de encolerizar o oficial de polícia, mas, naqueles últimos oito anos, não tinha, senão, falado com camponeses e índios. Qualquer coisa no seu tom irritou o tenente. "O senhor constitui um perigo", gritou ele. "Eis porque nós o matamos. Compreenda bem que não tenho nada contra o senhor, como homem."
"Mas naturalmente. É contra Deus que o senhor tem alguma coisa. Pertenço à espécie de homens a quem manda prender todos os dias — e a quem dá dinheiro."
"Não, eu não iria combater uma lenda."
"Mas eu não valho a pena que me combatam! Foi o senhor que o disse: mentiroso, bêbado. Este homem aqui era muito mais digno das suas balas do que eu."
"Trata-se de suas ideias." O tenente transpirava um pouco naquele ar quente e úmido. "Vocês são tão hábeis, vocês todos",

prosseguiu ele. "Mas diga-me uma coisa: que foi que já fizeram por nós, no México? Já disseram alguma vez a um proprietário de terras que não devia bater em seu peão? Oh, sim, eu sei. Vocês decerto lhe diziam isso no confessionário, e o dever de vocês é esquecê-lo imediatamente, não é verdade? Vocês saem de lá e vão jantar com o dito proprietário, e o dever de vocês é ignorar que ele massacrou camponeses. Não se fala mais nisso: ele deixou aquela bagatela na caixa da igreja."

"Continue", disse o padre. Estava sentado no caixote com as mãos sobre os joelhos e a cabeça inclinada. Pensava: Quarenta e oito horas até a capital. Hoje é domingo. Talvez eu esteja morto na terça-feira. Tinha o sentimento de ser um traidor, ao reconhecer que não tinha mais medo do sofrimento causado pelas balas do que aquilo que viria depois.

"Pois bem nós também temos as nossas ideias", dizia o tenente. "Basta de dinheiro para dizer orações, basta de dinheiro para construir edifícios onde dizem orações. Em lugar disso, alimentaremos o povo, lhe ensinaremos a ler, lhe daremos livros. Velaremos para que ele não sofra mais..."

"Mas se o povo ama os seus sofrimentos..."

"Um homem pode gostar de violar mulheres. Devemos acaso permitir que o faça, só por que o deseja? Sofrer é um delito."

"E o senhor sofre sem interrupção", observou o padre, com os olhos fixos naquela face cheia de amargura por trás da chama da vela. "Como soa bem todo esse programa! Será que o *jefe* tem o mesmo ideal que o senhor?"

"Oh, nós também temos as nossas ovelhas negras."

"E que acontecerá depois? Quero dizer, quando o mundo tiver bastante que comer e puder ler os bons livros — os livros que os senhores lhe permitam ler?"

"Nada. A morte é um fato. Nós não tentamos corrigir os fatos."

"Estamos de acordo em inúmeros pontos", observou o padre, distribuindo negligentemente as suas cartas. "Nós temos também os nossos fatos que não tentamos corrigir: por exemplo, que o mundo é cheio de sofrimento, que cada um, rico ou pobre, sofre, a menos que seja um santo e que os santos são raros. É inútil preocupar-se aqui com um pouco de dor física. Há ao menos uma coisa de que temos certeza, o senhor e eu: é que daqui a duzentos anos estaremos todos mortos."

Ele tentava em vão baralhar devidamente as cartas: as suas mãos não estavam firmes.

"Em todo caso, o senhor não deixa de estar preocupado agora com um pouco de dor física", disse malevolamente o tenente, olhando os dedos do padre.

"Ah, mas eu não sou um santo. Nem sequer sou um homem de coragem." Ergueu os olhos com apreensão: a luz voltava, a vela não era mais necessária. Em breve estaria bastante claro para empreender a longa viagem de volta. Tinha grande vontade de continuar a conversa com o tenente para retardar, ainda que por alguns minutos, o momento da partida. "Existe uma outra diferença entre nós", disse ele. "Não adianta o senhor trabalhar para o fim que se propõe a menos que o senhor mesmo não seja honrado e bom. Ora, o seu partido nem sempre se há de compor de homens honrados e bons. Então verá voltarem as fomes de outrora, os maus tratos, as fortunas adquiridas por quaisquer meios. Ao passo que o fato de que eu seja um covarde... e tudo o mais... não tem tamanha importância. Posso, apesar disso, colocar a Deus na boca de um fiel, e posso dar-lhe a absolvição de Deus. E, ainda que todos os padres fossem semelhantes a mim, isso não alteraria absolutamente nada."

"Eis outra coisa que eu não compreendo", disse o tenente. "Por que é que o senhor, dentre todos, ficou, quando os outros fugiram?"

"Nem todos fugiram."

"Mas por que foi que o senhor ficou?"

"Já uma vez perguntei a mim mesmo", respondeu o padre. "A verdade é que um homem não se vê colocado de repente diante de dois partidos a tomar, um bom e outro mau. Vai-se envolvendo pouco a pouco. No primeiro ano, meu Deus... eu não acreditava que houvesse realmente necessidade de fugir. Não era a primeira vez na História que queimavam igrejas. O senhor não ignora o que já aconteceu tantas vezes. Isso não significa grande coisa. Eu pensava que poderia ficar, digamos, ainda um mês, para ver se as coisas melhoravam. E depois... oh! o senhor não pode saber como o tempo passa depressa." A luz do dia voltara completamente com o fim da tempestade: era preciso recomeçar a vida. Um policial que passava pela porta olhou para os dois com curiosidade. "O senhor sabe que de repente me dei conta de que por quilômetros em derredor, não havia outro padre senão eu?! A lei que obrigou os padres a casar lhes deu o golpe de misericórdia. Todos se foram, e tinham razão. Havia um em particular que não me achava muito a seu gosto. Tenho a língua comprida, o senhor sabe, e me era difícil contê-la. Esse padre dizia — e com razão — que eu não tinha firmeza de caráter. Ele fugiu. Tornei a sentir a sensação, o senhor vai rir, que tive na escola quando um professor brutal, que me aterrorizara durante anos, foi aposentado por velhice. É que eu não tinha mais de me importar com a opinião dos outros. Quanto aos leigos... não me incomodavam: estimavam-me até..." Lançou, de soslaio, um vago sorriso ao corpo encolhido do americano.

"Continue", disse o tenente com ar casmurro.

"Neste passo, o senhor ficará sabendo tudo o que me concerne antes de chegarmos... à prisão, digamos."

"É melhor que eu fique sabendo... o que se refere a nossos inimigos, quero dizer."

"Aquele padre tinha razão. Foi depois da sua partida que comecei a decair. Tudo se foi desagregando pouco a pouco. Comecei a negligenciar meus deveres. Adquiri o hábito de beber. Creio que seria melhor que eu tivesse ido embora também. Pois era o orgulho que incessantemente me fazia agir. Não era mais o amor de Deus." Estava sentado no seu caixote de costas curvadas, o corpo retaco apertado na roupa velha do sr. Lehr. "Foi o orgulho que causou a queda dos anjos. O orgulho é o que há de pior. Eu pensava que era um tipo maravilhoso, por ter ficado quando todos os outros haviam partido. Depois pensei que era tão excepcional que só podia obedecer às minhas próprias leis. Deixei de jejuar, renunciei à missa cotidiana, descuidei de minhas orações... e depois um belo dia simplesmente porque estava bêbado, porque me sentia só... vê o senhor o que chegou a acontecer... fiz um filho. E tudo isso, eu o fiz por orgulho. O orgulho de ter ficado. Eu não servia para nada, mas ficara. Pelo menos, não servia para grande coisa. Cheguei a não ter nem mesmo cem comunhões por mês. Se eu tivesse partido, teria dado o bom Deus a doze vezes esse número de fiéis. É um erro pensar que, por ser uma coisa difícil ou perigosa..." Agitou as mãos no ar.

Com voz furibunda, o tenente interrompeu-o: "Pois bem, o senhor vai tornar-se um mártir, terá essa satisfação".

"Oh, não. Os mártires não se parecem absolutamente comigo. Não ficam a refletir todo o tempo. Se eu tivesse bebido um pouco mais de aguardente, não teria tanto medo, neste momento."

De súbito, o tenente interpelou um homem que rondava perto da porta: "Que é que há? Por que anda à roda de mim?".

"A tempestade passou, tenente. Estava pensando quando poderíamos partir."

"Partimos imediatamente."

Ergueu-se e colocou o revólver no coldre. "Encilhem um cavalo para o prisioneiro", ordenou. "E que alguns homens abram uma cova para o ianque. Depressa."

O padre meteu as cartas no bolso e levantou-se. "O senhor escutou com muita paciência", disse ele.

"As ideias dos outros", interrompeu o tenente, "não me causam medo."

Com a chuva que caíra, o chão evaporava uma névoa que chegava quase até os joelhos. Os cavalos estavam prontos. O padre montou. Mas, antes que tivesse tempo de dar um passo, uma voz obrigou-o a voltar-se — aquela espécie de triste guincho que tantas vezes ouvira: "Padre". Era o mestiço.

"Hum, você outra vez...", disse o padre.

"Bem sei o que está pensando, padre. O senhor não possui um pingo de caridade cristã. Nunca deixou de pensar que eu ia traí-lo."

"Vá!", disse o tenente asperamente. "Já terminou o seu serviço."

"Posso dizer uma palavra, tenente?", perguntou o padre.

"O senhor é um bom homem", interrompeu o mestiço açodadamente, "mas pensa muito mal das pessoas. Eu só quero é a sua bênção."

"De que servirá ela? Não poderá vendê-la."

"É que não nos veremos mais. E eu não queria que o senhor partisse com maus pensamentos..."

"É muito supersticioso", observou o padre, "imaginando que minha bênção possa pôr uma venda nos olhos de Deus. Não posso impedir que Ele veja tudo. É melhor que se recolha para fazer as suas orações. E depois, se o Céu te conceder a graça do arrependimento, trata de distribuir o dinheiro..."

"Que dinheiro?", disse o mestiço, sacudindo furiosamente o estribo do padre. "Que dinheiro? Já começa o senhor?"

O padre suspirou. A provação o esgotara. O medo pode ser mais fatigante que uma longa e monótona cavalgada. "Eu rezarei por ti", disse ele, avançando o cavalo para colocá-lo ao lado da montaria do tenente.

"Eu também rezarei pelo senhor, padre", declarou o mestiço com suficiência. A certa altura, como o cavalo se preparasse para a abrupta descida entre rochedos, o padre olhou para trás. O mestiço estava sozinho entre as choças, com a boca entreaberta, os dois longos caninos à mostra. Podia-se tirar um instantâneo no momento em que ali estava a gritar alguma queixa ou reclamação: que era um bom católico, talvez... uma das mãos coçava a axila. O padre abanou-lhe com a mão; não lhe guardava nenhum rancor, porque dos homens não esperava outra coisa e tinha pelo menos um motivo de satisfação: aquela cara amarelada e falsa não estaria presente na hora de sua morte.

"O SENHOR É UM homem educado", disse o tenente. Achava-se deitado à porta da cabana, com a cabeça sobre o capote enrolado e o revólver ao lado. Era noite, mas nenhum deles conseguia dormir. O padre, quando se virava, gemia um pouco, por causa do entorpecimento e das cãibras. O tenente estava com pressa de chegar e tinham cavalgado até a meia-noite. Já tinham descido os montes e entrado na zona dos pântanos. Em breve a planície estaria subdividida por banhados. As chuvas tinham deveras começado.

"Nada disso", respondeu o padre. "Meu pai era um vendeiro."
"Quero dizer que esteve no estrangeiro. Sabe falar como um ianque. Frequentou a escola."
"Sim."
"Eu tive de aprender tudo por mim mesmo. Mas há coisas que a gente não aprende nas escolas. Que há ricos e pobres..." Baixou a voz: "Mandei fuzilar três homens por causa do senhor. Coitados! Isso me fez odiá-lo."
"Compreendo", admitiu o padre, tentando levantar-se para aliviar a cãibra da perna direita. O tenente sentou-se rápido, de arma em punho.

"Que está fazendo?"

"Nada. Apenas uma cãibra." E tornou a deitar-se com um gemido.

"Aqueles homens que eu fuzilei", disse o tenente, "eram da minha raça, eram a minha gente. Eu desejaria dar-lhes o mundo inteiro."

"Quem sabe? Talvez tenha sido isso o que o senhor fez."

O tenente cuspiu de súbito, com irritação, como se tivesse sentido qualquer coisa repugnante na língua. "Tem sempre respostas que não significam coisa alguma", disse ele.

"Nunca aproveitei com os livros", continuou o padre. "Não tenho memória. Mas há uma coisa que sempre me intrigou nos homens, como o senhor. Odeia os ricos e ama os pobres, não é assim?"

"É."

"Pois bem, se eu o odiasse, tenente, não procuraria educar um filho meu para ser como o senhor. Isso não teria sentido."

"Está sofismando..."

"Talvez. Nunca consegui entender direito as suas ideias. Sempre proclamamos que os pobres eram abençoados e que os ricos teriam muita dificuldade para entrar no Céu. Por que haveríamos também de tornar a coisa difícil para os pobres? Oh, eu sei que nos dizem que devemos dar aos pobres, para que não tenham fome — a fome pode obrigar a fazer tanto mal como o dinheiro. Mas por que havíamos de dar poder aos pobres? É melhor deixá-los morrer na imundície, para acordarem no Céu — desde que não lhes afundemos a cara na imundície."

"Detesto as suas razões", disse o tenente. "Não quero saber de razões. Ao ver alguém sofrendo, os indivíduos como o senhor não param de raciocinar. Talvez o sofrimento seja bom, dizem; talvez um dia o sofredor venha a sentir os seus benefícios. Eu prefiro deixar falar meu coração."

"Pela boca de um fuzil."

"Sim. Pela boca de um fuzil."

"Oh, quando chegar à minha idade, talvez o senhor venha a pensar que o coração é um animal em que não se pode confiar. O espírito também o é, mas esse não fala de amor. Amor... E uma moça se afoga, ou uma criança é estrangulada, e o coração sempre a murmurar: amor, amor..."

Por momentos ficaram em silêncio. O padre pensou que o tenente estivesse dormindo, até que este falou de novo. "O senhor nunca fala francamente. A mim diz uma coisa, mas, a qualquer outro homem, ou mulher, diz: 'Deus é amor'. Mas como sabe que isso comigo não pega, diz-me coisas diferentes. As coisas que acha que eu posso aceitar..."

"Oh!", exclamou o padre, "isso é outra coisa muito diferente. Deus é amor. Não digo que o coração não sinta um gosto desse amor... mas que gosto! Um pequenino cálice misturado num balde de água salobra. Não reconheceríamos *esse* amor de Deus. Até havia de parecer ódio. Seria o suficiente para nos assustar. Pois não abrasou a sarça no deserto? Não abriu túmulos e não pôs os mortos a andar nas trevas? Oh, um homem como eu seria capaz de fugir um quilômetro se sentisse por perto esse amor de Deus."

"O senhor não tem muita confiança nele, não é? Não parece um Deus muito grato. Se um homem me servisse tão bem como o senhor serviu a Ele, olhe, eu o recomendaria para ser promovido e faria com que lhe dessem uma pensão... e se esse homem estivesse sofrendo, com um câncer, eu lhe meteria uma bala na cabeça."

"Ouça", disse o padre com voz compenetrada, inclinando-se na escuridão e comprimindo um pé entorpecido, "eu não sou tão desonesto como o senhor pensa. Por que acha que eu iria dizer do púlpito, aos fiéis, que, se a morte os apanha de surpresa, eles estarão condenados? Não, eu não lhes iria contar histórias da carochinha em que eu próprio não acreditasse... Não sei absolutamente nada da misericórdia divina. Não sei em que medida o coração humano aparece a Deus como um objeto de horror. Mas uma coisa eu sei: que se um único homem aqui nesta província perder a alma, eu também estarei condenado." E acrescentou pausadamente: "Nem desejaria que fosse de outro modo. Só quero justiça, e nada mais".

"Chegaremos antes de escurecer", disse o tenente. À frente cavalgavam seis homens, e outros seis atrás; às vezes, nas faixas de floresta entre os braços do rio, tinham de avançar um atrás do outro. O tenente estava pouco conversador e, a certa altura, quando dois dos homens começaram a cantar uma canção acerca de um gordo bodegueiro e sua mulher, ordenou-lhes desabridamente que se calassem. Não era por certo uma procissão triunfal. O padre cavalgava com um débil sorriso estampado na face: era como uma máscara que houvesse posto, para poder pensar calmamente sem que ninguém o notasse. No que principalmente pensava era no sofrimento.

"Suponho", disse o tenente, franzindo a testa, "que está à espera de um milagre."

"Perdão. Que foi que o senhor disse?"

"Disse que deve estar à espera de um milagre."

"Não."

"Mas acredita neles, não é verdade?"

"Acredito. Mas não para mim. Não sirvo para mais nada: por que haveria Deus de conservar-me a vida?"

"Não consigo compreender como um homem como o senhor ainda possa acreditar nessas coisas. Os índios, ainda bem. Eles, a primeira vez que veem uma lâmpada elétrica, pensam que se trata de um milagre."

"E creio que se o senhor visse, pela primeira vez, ressuscitar mm morto, pensaria a mesma coisa." E deu um risinho sem convicção por detrás da sua máscara risonha. "Oh, sim, é engraçado, não acha?", prosseguiu ele. "Não é que não haja mais milagres: o que acontece é que lhes dão outro nome. Imagine os médicos reunidos em torno de um morto. Ele não respira mais, seu pulso parou, seu coração não bate: está morto. Então alguém o chama à vida... e os médicos — qual é o termo? — os médicos 'reservam a sua opinião'. Negam-se a falar em milagre, porque é uma palavra de que não gostam. E depois, eis que o fato se repete várias vezes — sem dúvida porque Deus está passeando pela terra — e então eles dizem: milagres não existem, mas nós ampliamos a nossa concepção do que é a vida. Desde então, um homem vive ainda após a parada da respiração, do pulso, das batidas do coração. E inventam uma palavra nova para designar essa forma de vida e declaram que, mais uma vez, a ciência deu a explicação racional de um aparente milagre." Novo risinho. "Impossível convencê-los."

Tinham deixado o caminho da floresta e percorriam uma estrada de dura terra batida. O tenente esporeou o cavalo e todo o grupo partiu a galope. Estavam quase chegando. Sempre carrancudo, o tenente disse: "O senhor não é mau sujeito. Se há qualquer coisa que eu possa fazer por si..."

"Se me concedesse licença para confessar-me..."

Surgiam as primeiras habitações: pequenas casas de barro a tombar em ruínas, com algumas colunas clássicas de argila caiada e uma criança suja brincando entre os detritos.

"Mas não há mais padre", objetou o tenente.

"Há o padre José."

"O padre José não lhe serve", disse o tenente com desprezo.

"Para mim, serve. Não seria fácil descobrir um santo por aqui, não acha?"

Durante um momento, o tenente continuou a avançar em silêncio; chegaram ao cemitério cheio de anjos mutilados e passaram pelo grande pórtico onde se via em letras negras a palavra

SILÊNCIO. "Muito bem", disse ele então. "O senhor terá o padre José." Desviou os olhos ao passar pelo muro do cemitério onde fuzilavam os condenados. A estrada descia em forte ladeira para o rio; à direita, onde fora a catedral, as barras de ferro erguiam-se vazias no calor da tarde. Havia um ar de desolação por tudo, mais do que nas montanhas, porque ali outrora abundara a vida. Nem pulso, nem respiração, nem coração a bater, pensava o tenente, mas ainda assim, vida. — só restava arranjar-lhe um nome. Um garoto, que os via passar, gritou para o tenente: "O senhor o apanhou, tenente?". E ele vagamente se lembrou daquela cara: no meio da praça, uma vez... a garrafa que se quebrara a seus pés... Tentou retribuir o sorriso do menino, mas não conseguiu esboçar mais que uma estranha e amarga careta, onde não transluzia nem a vitória, nem a esperança. Era preciso começar tudo de novo.

CAPÍTULO 4

O TENENTE ESPEROU QUE anoitecesse e foi ele próprio procurar o padre José. Seria perigoso mandar outra pessoa, pois logo se espalharia pela cidade que fora permitido ao padre José exercer uma função religiosa na prisão. Seria até mais prudente que o chefe não ficasse sabendo de nada: convém não confiar nos superiores quando se é mais bem-sucedido do que eles. Sabia que o chefe não tinha ficado contente por ter ele trazido o padre: do seu ponto de vista, uma fuga seria o melhor.

No pátio sentiu-se observado por uma dúzia de olhos; as crianças ali se aglomeravam, prontas para vaiar o padre José, se ele aparecesse. Lamentava ter feito aquela promessa ao padre, mas ia cumprir com a sua palavra — pois seria um triunfo para aquele velho mundo corrupto dominado por Deus, poder mostrar-se superior sob qualquer aspecto — na coragem, na verdade, ou na justiça...

Ninguém respondeu à sua batida: ficou esperando na escuridão do pátio como um suplicante. Bateu de novo; uma voz respondeu: "Um momento, um momento".

O padre José encostou a cara às barras da janela e perguntou: "Quem está aí?". Parecia estar procurando alguma coisa perto do chão.

"O tenente da polícia."

"Oh!", exclamou o padre José com voz de falsete. "Desculpe. São estas minhas calças... está muito escuro." Pareceu que levantava qualquer coisa, e houve um estalido seco, como se o cinto ou os suspensórios tivessem rebentado. Através do pátio, as crianças começaram a esganiçar-se: "Padre José! Padre José!". Quando chegou à porta, nem sequer olhou para os meninos, contentando-se em murmurar ternamente: "Esses diabretes".

"Quero que o senhor me acompanhe até a Chefatura de Polícia", disse o tenente.

"Mas eu não fiz nada. Absolutamente nada. Tenho tido tanta cautela."

"Padre José!", gritaram as crianças.

Ele falou com voz súplice: "Se é por causa de um enterro, o senhor foi mal informado. Pois eu não quis dizer nem ao menos uma oração."

"Padre José, padre José!"

O tenente voltou-se e atravessou o pátio. Dirigiu-se furiosamente às carinhas encostadas às grades: "Fiquem quietos. Vão para a cama. Já! Não estão ouvindo?". Foram desaparecendo um por um, mas, logo que o tenente voltou as costas, lá estavam de novo à espreita.

"Ninguém pode com essas crianças", disse o padre José.

Uma voz de mulher indagou: "Onde está, José?".

"Aqui, minha querida. É a polícia."

Uma enorme mulher de camisola branca aproximou-se deles como uma vaga. Não passava muito das sete horas: talvez andasse sempre assim vestida, pensou o tenente, talvez vivesse sempre na cama. "O seu marido", disse ele, acentuando a palavra com satisfação, "o seu marido tem de comparecer à Chefatura de Polícia."

"Quem diz isso?"

"Eu."

"Ele não fez nada."

"Eu estava justamente dizendo ao tenente, minha querida..."

"Calado. Deixa que eu falo."

"Parem com essa taramela", interrompeu o tenente. "Tem necessidade do senhor lá para ver um homem... um padre. Ele quer confessar-se."

"A mim?"

"Sim. Não há outro."

"Pobre homem...", disse o padre José. Seus olhinhos vermelhos relancearam o pátio. "Pobre homem." Agitou-se inquietamente e lançou um rápido e furtivo olhar para o céu, onde giravam as constelações.

"Não irá", disse a mulher.

"Pois é contra a lei, não é?", acentuou o padre.

"Não precisam preocupar-se com isso."

"Ah, com que então não temos de preocupar-nos com isso?", irrompeu a mulher. "Bem estou vendo o seu joguinho. Não querem deixar meu marido em paz. Querem apanhá-lo em flagrante. Eu sei como é a coisa. Mandam a gente pedir-lhe que diga orações... porque ele é bom. Mas lembre-se disto: ele é pensionista do governo."

O tenente falou, pausadamente: "Esse padre — faz anos que está trabalhando secretamente — pela Igreja *do senhor*. Nós o apanhamos e, naturalmente, será fuzilado amanhã. Não é mau homem e prometi-lhe que podia receber a sua visita. Parece estar convencido de que isso lhe fará bem."

"Eu o conheço", interrompeu a mulher, "é um bêbado. Não passa disto."

"Pobre homem", disse o padre José. "Uma vez tentou esconder-se aqui."

"Prometo-lhe", continuou o tenente, "que ninguém ficará sabendo."

"Ninguém ficará sabendo?", cacarejou a mulher. "Não tardará a correr a cidade. Olhe aquelas crianças ali. Nunca deixam o José em paz. Vai ser um nunca acabar", continuou ela.

"Todo mundo há de querer confessar-se e o governador logo ficará sabendo, e a pensão será suspensa."

"Talvez seja o meu dever, querida...", começou José.

"Você não é mais padre", disse a mulher, "é meu marido." Ela empregou uma expressão grosseira. "É esse o seu dever agora."

O tenente os escutava com uma cáustica satisfação. Era como se recebesse a confirmação de velhas ideias.

"Não tenho tempo para ouvir discussões. Vem comigo ou não?"

"Ele não pode obrigá-lo", disse a mulher.

"Minha querida, mas é que... eu *sou* padre."

"Padre!", cacarejou de novo a mulher, "você, padre!?" Soltou uma gargalhada, que as crianças logo imitaram por detrás das grades. O padre José levou os dedos aos olhos avermelhados, como se estes lhe estivessem doendo. "Minha querida...", disse ele. Mas o riso continuou.

"Como é, vem comigo?"

O padre José fez um gesto de desespero, como para dizer que uma derrota a mais ou a menos não importava nada numa vida como a sua. "Acho que... não é possível", disse ele.

"Muito bem", disse o tenente. Deu uma volta brusca: tinha perdido muito tempo no exercício da misericórdia... Ouviu atrás de si a voz suplicante do padre José. "Diga-lhe que vou orar por ele." As crianças tinham recobrado o atrevimento. Uma delas gritou esganiçadamente: "Vem para a cama, José!". E o tenente também acabou rindo — insignificante acréscimo ao riso geral que agora cercava o padre José e que subia para as disciplinadas constelações que ele outrora conhecera pelos nomes.

O TENENTE ABRIU A porta da cela: lá dentro a escuridão era profunda. Fechou cuidadosamente a porta e correu o ferrolho, conservando sempre uma das mãos na coronha do revólver. "Não quer vir", disse ele.

Nas trevas distinguia-se um pequeno vulto encolhido: era o padre. Achava-se acocorado no chão, como uma criança que estivesse brincando. "Quer dizer... que não vem hoje?"

"Quero dizer que não virá nunca."

Houve um momento de silêncio, se é que se pode chamar silêncio o incessante zumbir dos mosquitos e o bater dos cascudos contra a parede. Afinal o padre falou: "Com certeza ficou com medo...".

"A mulher não quis deixá-lo vir."

"Pobre homem!" Tentou rir, mas nenhum som poderia ser mais miserável do que aquele desanimado esforço. A cabeça pendeu-lhe entre os joelhos: dava a impressão de haver renunciado a tudo e de ter sido abandonado por todos.

"É melhor que saiba tudo", disse o tenente. "O senhor foi julgado e condenado."

"Não poderia eu ter assistido ao meu próprio julgamento?"

"Isso não adiantaria nada."

"É verdade." Ficou em silêncio, pensando que atitude tomar. Depois perguntou, com fingida desenvoltura: "E posso perguntar-lhe... quando?".

"Amanhã." A prontidão e brevidade da resposta puseram fim à comédia. A cabeça tombou de novo e, tanto quanto era possível distinguir na escuridão, parecia que ele estava roendo as unhas.

"Não é bom ficar sozinho numa noite como esta", disse o tenente. "Se quiser ser transferido para a cela comum..."

"Não, não. Prefiro ficar sozinho. Tenho muito que fazer." A voz faltou-lhe, e saiu sumida, como se estivesse muito constipado. "Tantas coisas em que pensar...", acrescentou a custo.

"Gostaria de fazer alguma coisa pelo senhor", disse o outro.

"Trouxe-lhe um pouco de aguardente."

"Mesmo contra a lei?"

"Sim."

"É muita bondade da sua parte", disse o padre, pegando o pequeno frasco. "No meu lugar, o senhor não precisaria disto. Mas eu sempre tive medo do sofrimento."

"Todos temos de morrer um dia", disse o tenente. "Quando, pouco importa."

"O senhor é um homem bom, tenente: nada tem a temer."

"O senhor me sai com cada uma!", censurou o tenente. "Às vezes penso que quer apenas iludir-me."

"Mas com que fim?"

"Oh, não sei. Para deixá-lo escapar — ou para levar-me a acreditar na Santa Igreja, na Comunhão dos Santos... o que é que vem depois?"

"A remissão dos pecados..."

"Nem o senhor mesmo acredita nisso."

"Sim, creio", disse o homenzinho com teimosia.

"Então, por que se inquieta?"

"Eu não sou ignorante, creia. Sempre soube o que estava fazendo. E não posso dar absolvição a mim mesmo."

"Se o padre José tivesse vindo, teria feito assim tanta diferença?"

Teve de esperar muito tempo pela resposta e, quando ela veio, não a compreendeu. "Outro homem... isso facilita..."

"Há mais alguma coisa que eu possa fazer pelo senhor?"

"Não. Nada mais."

O tenente reabriu a porta, levando maquinalmente a mão à coronha do revólver. Sentia-se melancólico, como se, agora que o último padre estava preso, nada mais restasse em que pensar. A mola da ação parecia haver rebentado. Pensava nas semanas de perseguição como numa época feliz que acabava de findar para sempre. Sentia-se sem finalidade como se a vida houvesse fugido do mundo. Disse com amarga benevolência (não podia sentir

o mínimo ódio por aquele homenzinho acocorado a um canto):
"Trate de dormir".

Estava fechando a porta quando uma voz assustada falou:
"Tenente".

"Que há?"

"Já viu fuzilar gente, gente como eu?"

"Sim."

"A dor dura... muito tempo?"

"Não, não. Um segundo", respondeu o tenente em tom casmurro e, fechando a porta, atravessou o pátio caiado. Entrou no gabinete: os retratos do padre e do bandido estavam ainda pendurados à parede. Rasgou-os: nunca mais haveria precisão deles. Depois sentou-se à mesa, deixou pender a cabeça entre as mãos e adormeceu de profunda fadiga. Mais tarde, não pôde lembrar-se do que havia sonhado, a não ser de um riso, um riso que durava todo o tempo, e de um longo corredor cuja porta não conseguia achar.

O PADRE SENTOU-SE NO chão, segurando o frasco de aguardente. Desarrolhou-o e levou o gargalo à boca. O álcool não lhe causou o mínimo efeito: era como se fosse água. Pousou o frasco e começou a murmurar uma espécie de confissão geral: "Pequei contra a castidade". A frase convencional não tinha nenhum significado: era como uma frase de jornal. Impossível sentir arrependimento por uma coisa assim. Recomeçou: "Dormi com uma mulher". E tentou imaginar o outro padre a perguntar-lhe: "Quantas vezes? Era casada?". "Não." Sem atentar no que fazia, bebeu outro gole.

Quando o líquido lhe tocou a língua, lembrou-se da sua filha, surgindo da claridade: a cara triste, teimosa, de ar sabido. "Ó meu Deus, ajudai-a. Condenai-me, eu o mereço, mas concedei-lhe a vida eterna." Era essa a espécie de amor que ele deveria sentir por todas as almas deste mundo: todo o medo, todo o desejo de salvar concentrava-se injustamente numa só criança. Pôs-se a soluçar; era como se tivesse de vê-la afogar-se, parado à margem, porque havia esquecido como se nadava. Era isto, pensou, que eu devia ter sempre sentido por toda a gente, e tentou voltar o espírito para o mestiço, para o tenente, até mesmo para um dentista com quem passara alguns minutos, para a menina do Entreposto de Bananas, evocando uma longa sucessão de faces, que vinham de encontro à sua atenção, como se se tratasse de uma porta emperrada. Pois aqueles também estavam em perigo. "Ajudai-os, Senhor!" Mas, durante a oração, voltou a pensar na filha junto ao monturo, e reconheceu que era só por ela que estava rezando. Mais um fracasso.

Passado um momento, recomeçou: "Embriaguei-me... não sei quantas vezes. Não há um dever que eu não tivesse desleixado. Pequei por orgulho, por falta de caridade..." As palavras se tornavam de novo convencionais, sem significação alguma. Não tinha confessor que o auxiliasse a desviar o espírito da fórmula para o fato.

Tomou outro gole e, erguendo-se penosamente por causa da cãibra, foi até à porta e olhou através das grades para o pátio quente e enluarado. Viu os policiais adormecidos nas redes, enquanto um deles, que não podia dormir, embalava-se indolentemente, de um lado para outro, de um lado para outro. Havia por toda parte um estranho silêncio, até mesmo nas outras celas; era como se o mundo inteiro tivesse cautelosamente voltado as costas para não vê-lo morrer. Apalpando o muro, dirigiu-se para o canto mais afastado e sentou-se, com o frasco entre os joelhos. Se eu não tivesse sido tão inútil, pensou, tão inútil... Aqueles duros e desesperados oito anos lhe pareciam apenas uma caricatura de sacerdócio: algumas comunhões, algumas confissões e uma infindável série de maus exemplos. Se ao menos eu tivesse uma alma para oferecer, pensou, de modo que pudesse dizer: Vede o que eu fiz... Gente havia morrido por ele, gente que merecia ser um santo. E o seu espírito se encheu de amargura por causa deles, a quem Deus não tinha julgado preciso enviar um santo. O padre José e eu, pensou, o padre José e eu... E tomou outro gole. Pensou na face glacial dos santos a rejeitá-lo.

A noite era mais longa do que a última que passara na prisão, porque estava sozinho. Só a aguardente, que terminou pelas duas da madrugada, o conseguiu adormecer. Sentia-se enjoado de medo, o estômago lhe doía, a bebida secara-lhe a boca. Começou a falar consigo mesmo, pois não mais podia suportar o silêncio. Queixava-se miseravelmente: "Tudo isto é muito bom... para os santos." E depois: "Como é que ele sabe que dura apenas um segundo? E quanto dura um segundo?" Começou a chorar, batendo devagarzinho com a cabeça na parede. Tinham dado uma oportunidade ao padre José, mas, a ele, nunca. Talvez o tivessem interpretado mal, justamente porque ele lhes escapara por tanto tempo. Talvez tivessem realmente pensado que ele recusaria as condições que o padre José aceitara, que se negaria a casar, que era orgulhoso. Quem sabe se, se ele próprio o sugerisse, ainda conseguiria escapar? A esperança acalmou-o por um momento, e adormeceu com a cabeça encostada à parede.

Teve um curioso sonho. Sonhou que estava sentado a uma mesa de café, em frente ao altar-mor da catedral. Diante dele, estavam servidos uns seis pratos, e ele comia sofregamente. Havia um cheiro de incenso e uma estranha sensação de euforia. Os pratos — como todos os alimentos nos sonhos — não tinham lá muito gosto, mas parecia-lhe que, quando os terminasse, lhe trariam o melhor de todos. Um padre movia-se diante do altar, dizendo missa, mas ele não prestava atenção: parecia-lhe que não tinha mais nada a ver com aquilo. Afinal os seis pratos ficaram vazios; alguém, que não se via, tocou o sinal de Elevação, e o oficiante ajoelhou-se antes de erguer a Hóstia. Mas *ele* continuou sentado à espera, sem fazer caso de Deus no altar, como se fosse um Deus para os outros e não para ele. Depois, o copo junto a seu prato começou a encher-se de vinho e ele, erguendo os olhos, viu que era a menina do Entreposto de Bananas que o estava servindo. "Tirei isso do quarto de meu pai", disse ela.

"Mas você não o roubou, hein?"

"Não, não foi bem isso", disse a menina, com a sua voz pausada e precisa.

"Você é muito bondosa. Esqueci-me do alfabeto — como é mesmo que se chama?"

"Morse."

"Isso mesmo. Morse. Três batidas longas e uma breve." E imediatamente começaram as batidas: dava-as o padre no altar, dava-as uma Irmandade inteira, invisível ao longo das naves — três longas e uma breve. "Que é isto?"

"Notícias", respondeu-lhe a menina, fitando-o com um olhar sério, cheio de interesse e responsabilidade.

Acordou de madrugada. Acordou com um grande sentimento de esperança, que súbita e completamente o abandonou, ao primeiro olhar que lançou ao pátio da prisão. Acocorou-se com o frasco vazio entre as mãos e tentou lembrar-se de um ato de contrição. "Ó Deus, arrependo-me e peço perdão de todos os meus pecados... crucificado... merecedor dos vossos terríveis castigos." Sentia-se confuso, com o espírito distraído: não era aquela a boa morte que a gente costumava implorar. Viu a sua própria sombra na parede da cela; tinha um ar de surpresa e grotesca insignificância. Que tolo tinha sido em pensar que era bastante forte para ficar, quando os outros fugiam. Que sujeito impossível sou eu, pensou, e que inútil! Não fiz coisa alguma por ninguém. Era o mesmo que se não tivesse nascido. Os pais estavam mortos... ele próprio, em breve, nem uma recordação seria... afinal de contas, talvez até nem do Inferno fosse digno... As lágrimas corriam-lhe pela face; naquele momento não tinha medo da condenação eterna — até o medo do sofrimento físico passara para segundo plano.

Sentia apenas um imenso desapontamento, por ter de comparecer perante Deus de mãos vazias, sem ter feito absolutamente coisa alguma. Parecia-lhe, naquele momento, que teria sido muito fácil ser um santo. Teria bastado um pouco de domínio próprio e um pouco de coragem. Sentia-se como alguém que tivesse perdido a felicidade, por questão de segundos, num lugar combinado. Sabia agora que, no fim, apenas uma coisa contava: ser santo.

QUARTA PARTE

Sra. Fellows estava estendida em seu leito, no abafado quarto do hotel, ouvindo a sirene de um vapor que passava no rio. Não podia ver nada porque tinha sobre os olhos e a testa um lenço embebido em água-de-colônia. "Querido, querido", chamou bruscamente, mas ninguém respondeu. Parecia-lhe que a tinham sepultado prematuramente naquele grande túmulo de bronze da família, recostada sozinha sobre dois travesseiros, debaixo de um dossel. "Querido!", chamou de novo, asperamente, e ficou à espera.

"Que quer, Trixy?" Era o capitão Fellows. "Eu tinha adormecido", acrescentou ele, "estava sonhando..."

"Põe mais um pouco de água-de-colônia neste lenço, querido. Minha cabeça está rebentando."

"Pois não, Trixy."

Levou o lenço; tinha o ar envelhecido e cansado de um homem sem preocupação e que se aborrece; encaminhou-se para o toucador.

"Não ponha muito, querido. Levará dias para conseguirmos mais."

Ele não respondeu, e a mulher prosseguiu, no mesmo tom acerbo: "Ouviu o que eu disse, não, querido?".

"Sim."

"Tem andado tão calado estes dias... Não imagina o que é estar doente e só."

"Mas me parece", respondeu o capitão Fellows, "que deve compreender..."

"Mas nós combinamos — não foi, querido? — que seria melhor não dizer nada, nunca. Não devemos ser mórbidos."

"Isso não."

"Temos de viver a nossa própria vida."

"Temos sim."

Aproximou-se do leito e colocou o lenço sobre os olhos da mulher. Depois, sentando-se numa cadeira, passou a mão por baixo do mosquiteiro e segurou a mão dela. Davam a estranha impressão de serem duas crianças perdidas numa cidade desconhecida, sem o cuidado de pessoas adultas.

"Tens as passagens?", perguntou ela.

"Sim, querida."

"Tenho de me levantar mais tarde para arrumar as malas, mas minha cabeça dói tanto... Disseste a eles que mandassem buscar os caixotes?"

"Esqueci-me."

"Deverias fazer o possível para pensar nas coisas", censurou em voz débil e arrastada, "não há mais ninguém para..." E ambos ficaram silenciosos, ante aquela frase que devia ter sido evitada.

"Há muita agitação na cidade", disse ele subitamente.

"Não será uma revolução?"

"Oh, não. Apanharam um padre e vão fuzilá-lo esta manhã, o pobre-diabo... Não posso deixar de pensar se não será o homem que Coral — quero dizer, o homem a quem demos abrigo."

"Não é provável."

"Não, não é..."

"Há tantos padres."

Largou a mão da mulher e foi até a janela, de onde ficou a olhar para fora: embarcações no rio, uma pequena praça pública cheia de pedras, onde se erguia um busto, e abutres por toda a parte.

Sra. Fellows falou: "Como será bom voltarmos para casa. Cheguei a pensar que ia morrer aqui."

"Que ideia, querida!"

"Acontece isso a muita gente."

"Que acontece, acontece...", disse ele, sombriamente.

"Olha a sua promessa, querido!", relembrou sra. Fellows, vivamente. Deu um longo suspiro: "Ai, esta minha pobre cabeça...".

"Quer aspirina?"

"Não sei onde a pus. Nunca está nada no lugar."

"Quer que eu vá comprar mais?"

"Não, querido, não posso suportar a solidão." Continuou, com teatral vivacidade: "Espero ficar completamente curada quando estivermos na nossa terra. Lá consultarei um médico competente. Às vezes tenho a impressão de que isto é mais do que uma simples dor de cabeça. Não disse que recebi uma carta da Norah?"

"Não."

"Vai buscar os meus óculos, querido, e eu lerei — o que nos toca."

"Estão em cima da sua cama."

"Ah, é mesmo." Um dos veleiros zarpou e começou a descer o largo e vagaroso rio, em direção ao mar. Sra. Fellows lia com satisfação: "'Querida Trix, como não deves ter sofrido! Aquele miserável...'" Interrompeu-se bruscamente: "Oh, sim." E depois ela continua: 'Naturalmente, vocês virão passar algum tempo conosco, até encontrarem casa. Se não se importarem de ficar num pequeno pavilhão...'"

O capitão Fellows atalhou, rispidamente: "Eu não volto."

"'O aluguel é apenas de cinquenta e seis libras por ano, e há um quarto de banho para a criada.'"

"Eu fico aqui."

"'Um *cookanheat**.' Mas que é que está dizendo, querido?"

"Voltar, não volto."

"Já discutimos isso muitas vezes, querido. Bem sabe que eu morreria se ficasse."

"Não precisa ficar."

"Mas não posso voltar sozinha. O que é que Norah há de pensar. Além disso... oh, é um absurdo!"

"Um homem aqui pode trabalhar bastante."

"Apanhando bananas?", retrucou sra. Fellows. Teve um risinho cortante: "E não era muito bom nisso..."

Furioso, ele voltou-se: "E não se importas de fugir e *abandoná-la*, não é?"

"Não foi culpa minha... Se estivesses em casa..." Começou a chorar, enrodilhada debaixo do mosquiteiro. "Não chegarei viva..."

Ele encaminhou-se cansadamente para o leito e tomou-lhe de novo a mão. Não valia a pena. Ambos haviam sido abandonados. Tinham de amarrar-se um ao outro. "Não vai me deixar sozinha, não é?" O quarto tresandava à água-de-colônia.

"Não, querida."

"Não compreende como seria absurdo?"

"Sim, compreendo."

Ficaram sentados muito tempo em silêncio, enquanto o sol da manhã se erguia lá fora e o calor no quarto se tornava sufocante. Afinal a sra. Fellows perguntou: "Em que pensa, querido?"

"Estava agora mesmo pensando naquele padre. Tipo esquisito! Bebia. Fico a imaginar se não será ele que..."

"Se for, bem o merece."

---

* Aparato híbrido de forno e fogão com caldeira de aquecimento central criado nos anos 1920. (N. E.)

"Mas o mais estranho é a maneira como ela passou a ser depois... como se ele lhe tivesse contado coisas..."

"Querido", repetiu sra. Fellows, com teimosa doçura, do fundo do seu leito, "olha a sua promessa."

"Desculpa. Tentar, eu tento, mas é como uma coisa que vem subindo a toda hora..."

"Ao menos temos um ao outro, querido", disse sra. Fellows, e ouviu-se o ruído da carta amarrotada de Norah, quando ela virou a cabeça, envolta no lenço, para a desviar da forte luz do exterior.

SR. TENCH, CURVADO SOBRE a bacia de esmalte, lavava as mãos com sabonete cor-de-rosa. Disse, no seu mau espanhol: "Não precisa ter medo. Logo que doer, me diga".

O quarto do chefe fora transformado numa espécie de gabinete dentário provisório, com grande despesa, pois fora preciso transportar não só o próprio sr. Tench, mas também a cadeira e o armário de instrumentos do sr. Tench, sem contar com toda a espécie de misteriosos caixotes que não pareciam conter senão palha e que, sem dúvida, não voltariam vazios.

"Há meses que tenho isto", disse o chefe. "Não pode imaginar como tenho sofrido."

"Fez mal em não me chamar mais cedo. Seus dentes estão em péssimo estado. Foi muita sorte não ter apanhado piorreia."

Acabou de lavar-se e de súbito ficou imóvel, de toalha na mão, pensando em qualquer coisa. "Que é que há?", perguntou o chefe. Sr. Tench despertou em sobressalto e, aproximando-se do armário, começou a alinhar as agulhas da broca em uma fila ameaçadora. O chefe olhava-o com apreensão. "Sua mão está muito trêmula", disse ele. "Tem certeza de que se sente bem esta manhã?"

"É o meu estômago", respondeu sr. Tench. "Às vezes tenho tantas manchas diante dos olhos que parece que estou com um véu." Ajustou uma agulha na broca. "Agora abra a boca." Começou a encher a boca do chefe com chumaços de algodão. "Nunca vi dentes tão estragados como os seus... salvo uma vez."

O chefe esforçou-se por falar. Só um dentista poderia compreender a pergunta inquieta e abafada.

"Não, não era um cliente. Espero que alguém o tenha curado. Nesta terra, cura-se uma porção de gente à bala, não é verdade?" Enquanto brocava o dente, tentava manter a conversa: era assim que se fazia em Southend. "Aconteceu-me uma coisa estranha", disse ele, "justamente antes de embarcar para cá. Não tinha a mínima notícia dela há — há vinte anos! E depois, sem mais nem menos ela..." Curvou-se mais e esgaravatou furiosamente; o chefe ergueu as mãos, gemendo.

"Bocheche", disse sr. Tench, e começou a ajustar a broca com ar sombrio. "Que era mesmo que eu lhe estava dizendo? Oh, sim, a minha mulher... Parece que ela entrou para uma espécie de religião. Um grupo... Oxford... Que irá fazer em Oxford? Escreveu para dizer que me perdoou e que deseja legalizar a nossa situação. Divórcio, creio eu... E é ela quem *me* perdoa!", disse sr. Tench, perdido em seus pensamentos, com a broca na mão, olhando em derredor o acanhado quarto. Arrotou, e pôs-se a apalpar o estômago com a mão livre, como que procurando o lugar exato de uma dor obscura que quase nunca o deixava. O chefe recostou-se, exausto, de boca aberta.

"Isto vem e vai", disse sr. Tench, perdendo completamente o fio de seus pensamentos. "Naturalmente, não é nada. Indigestão, apenas. Mas me incomoda terrivelmente." Olhou intensamente para o interior da boca, como se um cristal estivesse oculto entre os dentes cariados. Depois, como se estivesse fazendo um terrível esforço de vontade, inclinou-se para a frente, curvou o braço da broca e começou a pedalar. O instrumento zumbia e rascava, zumbia e rascava. O chefe inteiriçava o corpo e engalfinhava os dedos nos braços da cadeira. E o pé do sr. Tench subia e baixava, subia e baixava. O chefe fez ouvir uns sons estranhos e agitou as mãos. "Aguente firme", disse sr. Tench, "aguente firme. Falta só um cantinho. Quase terminado. Ali!" Largou tudo de súbito e exclamou: "Santo Deus! O que é que há?".

Abandonou o chefe e correu à janela. Lá embaixo, no pátio, um pelotão de polícia acabava de descansar armas. Com a mão no estômago, protestou: "Outra revolução?".

O chefe soergueu-se e cuspiu um chumaço de algodão. "Claro que não", disse ele. "É um homem que vão fuzilar."

"Por que motivo?"

"Traição."

"Supunha que costumavam fazer isso lá no muro do cemitério..." Uma horrível fascinação retinha-o junto à janela: ia passar-se uma coisa que jamais tinha visto. Ele e os abutres olhavam ao mesmo tempo para baixo, para o pequeno pátio caiado.

"Desta vez achamos melhor que não fosse lá. Podia haver manifestações. O povo é tão ignorante."

Um homenzinho surgiu de uma porta lateral: dois policiais o seguravam, mas via-se bem que ele fazia o melhor que podia — as pernas é que não lhe obedeciam. Arrastaram-no até o muro oposto; um oficial vendou-lhe os olhos com um lenço. Meu Deus, pensou o sr. Tench, mas eu o conheço! É preciso fazer qualquer coisa. Era como estar vendo fuzilar um vizinho.

"Que espera o senhor?", reclamou o chefe. "Está entrando ar no meu dente."

Naturalmente nada havia que fazer. Tudo se passou rapidamente, como coisa rotineira. O oficial afastou-se para um lado, os fuzis ergueram-se e o homenzinho começou de súbito a agitar convulsivamente os braços. Estava tentando dizer alguma coisa: qual era mesmo a frase que geralmente lhes atribuíam no caso? Era também coisa rotineira, mas talvez sua boca estivesse muito seca, pois nada se ouviu a não ser uma palavra que soava como: "Perdão". O estampido dos fuzis abalou o sr. Tench: repercutiu até o fundo de suas entranhas. Sentia ânsias de vômito e teve de fechar os olhos. Depois, ouviu uma detonação isolada e, quando abriu os olhos, viu o oficial recolocando o revólver no coldre. O homenzinho não era mais que um monte ao pé do muro. Fazia parte da rotina: qualquer coisa sem importância que era preciso retirar dali. Dois homens aproximaram-se em seguida. Aquilo era uma arena, o animal estava morto, não havia mais nada que esperar.

"Ai", gemeu o chefe, da sua cadeira, "está doendo... Depressa!", implorava ele ao sr. Tench. Mas o sr. Tench, perto da janela, achava-se imerso em suas recordações, enquanto mecanicamente apalpava o estômago, procurando o mal oculto. Recordou o homenzinho a erguer-se amargamente e desesperançadamente da sua cadeira para acompanhar o menino fora da cidade; recordava um regador verde, o retrato dos filhos, aquele molde de areia que estava fazendo para uma dentadura.

"A obturação...", implorou o chefe, e os olhos do sr. Tench pousaram sobre a placa de vidro onde estava o ouro. Moeda estrangeira, pensou, exigiria moeda estrangeira em pagamento: desta vez, sim, iria embora para sempre... No pátio, tudo fora posto em ordem; um homem espalhava areia com uma pá, como se estivesse a encher uma cova. Mas não havia cova: não havia ninguém ali; invadiu o sr. Tench uma terrível sensação de isolamento que ainda mais lhe aumentou a dor do estômago. O homenzinho falava inglês e sabia coisas a respeito dos filhos dele. Sentiu-se abandonado.

"E AGORA", A VOZ da mulher ergueu-se, triunfal, e as duas meninazinhas de olhos de conta retiveram a respiração, "era chegado o dia da grande prova." Até o menino mostrava interesse; estava de pé junto à janela, olhando para a rua escura e deserta — aquele era o último capítulo, e no último capítulo as coisas sempre se tornavam violentas. Talvez toda a vida fosse assim — monótona e, depois, no fim, uma grande fúria heroica.

"Quando o chefe de polícia entrou na cela de Juan, encontrou-o de joelhos, orando. Não tinha dormido, mas passara a última noite a preparar-se para o martírio. Sentia-se calmo e feliz, e, sorrindo para o chefe de polícia, perguntou-lhe se tinha vindo buscá-lo para o banquete. Até aquele homem perverso, que perseguira tantos inocentes, estava visivelmente comovido."

Se ao menos chegasse depressa ao fuzilamento, pensava o menino. A cena da execução nunca deixava de animá-lo e ele sempre esperava ansiosamente o tiro de misericórdia.

"Conduziram-no para o pátio da prisão. Não foi necessário atar aquelas mãos, ocupadas agora em desfiar as contas do rosário. Nessa curta caminhada até o muro da prisão teria o jovem Juan lembrado aqueles poucos e felizes anos que tão corajosamente vivera? Recordaria os dias de seminário, as afetuosas repreensões dos superiores, a disciplina que moldava o caráter, sem esquecer, também, os dias de frivolidade, quando representava o papel de Nero diante do velho bispo? Agora tinha Nero a seu lado, e aquilo era o anfiteatro romano."

A voz da mãe se tornara um pouco rouca; ela verificou com os dedos as páginas que faltavam: agora não valia a pena parar, e continuou a ler mais rapidamente ainda.

"Ao chegar junto ao muro, Juan voltou-se e começou a rezar — não por si, mas por seus inimigos, pelo pelotão dos míseros e inocentes soldados índios que estavam à sua frente, e até pelo próprio chefe de polícia. Ergueu o crucifixo que pendia da extremidade do rosário e pediu a Deus que lhes perdoasse, que lhes iluminasse a ignorância e os conduzisse por fim — como ocorrera com Saulo, o perseguidor, — ao Reino Eterno."

"Tinham as armas carregadas?", indagou o menino.

"Que quer dizer com 'tinham as armas carregadas'?"

"Por que não atiraram e não o fizeram calar?"

"Porque Deus decidira de outra maneira." Ela tossiu e continuou: "O oficial deu voz de apresentar armas. Nesse momento, expandiu-se pela face de Juan um sorriso de perfeita adoração e felicidade. Era como se estivesse a ver os braços de Deus abrindo--se para acolhê-lo. Sempre dissera à sua mãe e irmãs que tinha o pressentimento de que chegaria ao Céu antes delas. Com um sorriso brincalhão, costumava dizer à mãe, a boa e meticulosa dona de casa: 'Hei de pôr tudo em ordem para a sua chegada'. E eis que agora era chegado o momento: o oficial deu ordem de fogo e…" Tinha lido muito depressa, pois já passara a hora de as meninas irem para a cama, e foi atacada de soluços. "Fogo", repetiu ela, "e…"

As duas meninas, sentadas calmamente lado a lado, pareciam quase adormecidas — aquela era uma parte do livro que não lhes importava muito; suportavam-na por causa do teatro de amadores, da primeira comunhão e da irmã que entrara para o convento, depois de emocionantes despedidas à família no capítulo terceiro.

"Fogo", disse a mãe, numa nova tentativa de reiniciar a leitura, "e Juan, erguendo os braços acima da cabeça, gritou, em forte e corajosa voz, para o pelotão e os fuzis apontados: 'Viva Cristo Rei!'. No instante seguinte, tombava, atingido por doze balas, e o oficial, inclinando-se sobre o seu corpo, aproximou o revólver do ouvido de Juan e puxou o gatilho."

Da janela veio um longo suspiro.

"Não havia necessidade desse último tiro. A alma do jovem herói já havia deixado a sua morada terrestre, e o sorriso feliz da face morta revela até mesmo àqueles ignorantes onde é que poderiam encontrar Juan agora. Um dos soldados ficou tão comovido com a sua atitude que, secretamente, embebeu o lenço no sangue do mártir. E esse lenço, recortado em cem relíquias, foi parar em muitos lares piedosos. E agora", disse a mãe, sem transição, batendo palmas, "para a cama!"

"E esse que fuzilaram hoje", perguntou o menino, "também era um herói?"
"Sim."
"O que parou em nossa casa aquela vez?"
"Sim. Era um dos mártires da Igreja."
"Tinha um cheiro esquisito", disse uma das meninas.
"Não deve repetir isso", censurou a mãe. "Ele pode vir a ser um dos santos."
"Devemos então rezar a ele?"
A mãe hesitou: "Não haveria mal nenhum. Naturalmente, antes de *sabermos* que ele é um santo, deverá haver alguns milagres..."
"Ele gritou: 'Viva el Cristo Rey?'", perguntou o menino.
"Sim. Foi um dos heróis da Fé."
"E molharam um lenço no sangue dele?", continuou o menino. "Ninguém fez isso?"
A mãe replicou gravemente: "Tenho razões para crer... A *señora* Jimenez me disse... Se o seu pai quiser dar-me algum dinheiro, penso que poderei conseguir uma relíquia."
"Custa dinheiro?"
"De que outro modo se poderia conseguir? Nem todos podem ficar com um pedaço."
"É verdade..."
Ficou sentado no rebordo da janela, a olhar para fora. Atrás de si, ouvia os ruídos abafados que faziam as meninas ao deitar-se. Aquilo dava realidade às coisas, ter tido um herói em casa, ainda que só por vinte e quatro horas. E aquele era o último. Não havia mais padres, nem heróis. Ouviu com rancor um rumor de botas que se aproximava pela calçada. A vida ordinária retomava o seu ramerrão em torno dele. Desceu do rebordo da janela e pegou seu castiçal: Zapata, Villa, Madero e os outros, estavam todos mortos, e quem os matava era gente como aquele homem lá fora. Sentia-se desiludido. O tenente seguia pela calçada; havia no seu andar qualquer coisa

de teimoso e enérgico, como se dissesse a cada passo: "O que fiz está feito". Olhou de passagem o menino que segurava a vela e cujo rosto lhe parecia vagamente familiar. Disse consigo: "Eu desejaria fazer muito mais por ele e pelos outros, muito mais; a vida não há de ser para eles o que foi para mim". Mas o amor dinâmico que o fazia acionar o gatilho não tinha, naquela noite, nem força nem vida. Naturalmente, pensou, o impulso há de voltar. Esse amor, como o que se tem por uma mulher, estava sujeito a ciclos: tinha sido satisfeito de manhã, e era só. Aquilo era apenas saciedade. Sorriu constrangidamente para o menino à janela e disse: *"Buenas noches"*. O menino pregara os olhos no coldre do revólver e o tenente lembrou-se de um incidente na praça, quando permitira a uma criança que tocasse na sua arma — talvez aquele mesmo menino. Tornou a sorrir e tocou no coldre, para lhe mostrar que se lembrava. O menino crispou a cara e cuspiu através das grades, com tanta precisão que um pouco de saliva ficou na coronha do revólver.

O MENINO ATRAVESSOU o pátio para ir deitar-se. Dormia num pequeno quarto sombrio, com uma cama de ferro que partilhava com o pai. Deitava-se ao lado da parede, e o pai do lado de fora para não acordar o filho quando viesse para a cama. Tirou os sapatos e despiu-se de cara fechada, à luz da vela; sentia-se logrado e desiludido, por ter perdido alguma coisa. Deitado de costas, naquele calor, contemplava o teto e parecia-lhe que não havia mais nada no mundo a não ser a loja, as leituras da mãe e os brinquedos todos da praça.

Mas não tardou a adormecer. Sonhou que o padre fuzilado naquela manhã estava de novo em sua casa, vestido com a roupa que o pai lhe emprestara, e jazia inteiriçado, à espera do enterro. O menino sentara-se à sua cabeceira e a mãe lia em voz alta um livro muito grande em que se contava que o padre havia representado, diante do bispo, o papel de Júlio César. Aos pés dela havia um cesto de peixes, que sangravam, embrulhados num lenço. Estava muito aborrecido e cansado e, no corredor, alguém batia pregos num caixão. De repente o padre morto lhe piscou — não podia enganar-se, era isso mesmo, sem mais nem menos.

Despertou com as repetidas batidas da aldrava na porta da rua. O pai não estava na cama, e o silêncio era completo no quarto contíguo. Deviam ter passado muitas horas. Ficou deitado, à escuta; estava assustado, mas, depois de um pequeno intervalo, continuaram as batidas, e ninguém se movia em parte alguma da casa. Relutantemente, pousou o pé no chão — podia ser apenas o pai que estava batendo: acendeu a vela, embrulhou-se no cobertor e ficou de novo à escuta. Podia ser que a mãe ouvisse e fosse abrir; mas bem sabia que o *seu* dever era ir ele mesmo. Era o único homem em casa.

Devagar, atravessou o pátio em direção à porta da rua. E se fosse o tenente que havia voltado para vingar-se da cuspida?... Puxou os ferrolhos da pesada porta de ferro e abriu-a. Um homem desconhecido estava à entrada: era um homem alto e pálido, com uma expressão um tanto amarga na boca, que carregava uma mala de mão. Disse o nome da mãe do menino e perguntou se aquela era a casa da *señora*. O menino disse que sim, mas que ela estava dormindo. Começou a fechar a porta: um sapato pontiagudo interpôs-se.

"Desembarquei agora mesmo", disse o desconhecido. "Subi esta noite o rio. Pensei que talvez... Trago para a *señora* uma carta de apresentação de um grande amigo seu."

"Ela está dormindo", repetiu o menino.

"Se me deixasse entrar", disse o homem, com um estranho sorriso assustado; e, de repente, baixando a voz, segredou para o menino: "Eu sou um padre".

"O senhor?"

"Sim", disse ele brandamente. "Sou o padre..." Mas o menino já tinha escancarado a porta, pousando-lhe os lábios na mão, antes que o outro tivesse tempo de dar o nome.

Este livro, composto na fonte Fairfield,
foi impresso em papel pólen soft 70g/m², na Santa Marta.
São Bernardo do Campo, brasil, janeiro de 2020.